Толстой

сенин

코카서스 3국 문학 산책

Лермонтов

조지아,
아제르바이잔,
아르메니아 대표 시와
러시아 문학

-

허승철 역

Пушкин

Маяковский

문예림

코카서스 3국 문학 산책

초판 1쇄 인쇄 2018년 12월 21일
초판 1쇄 발행 2018년 12월 28일

지은이 허승철
펴낸이 서덕일
펴낸곳 문예림

출판등록 1962. 7. 12 (제406-1962-1호)
주소 경기도 파주시 회동길 366 (10881)

전화 (02) 499-1281~2
팩스 (02) 499-1283
전자우편 info@moonyelim.com
홈페이지 www.moonyelim.com

ISBN 978-89-7482-899-8(03890)
값 15,000원

서문

주 우크라이나 대사로 근무하며 겸임국으로 지정된 조지아를 두 번 방문하였다. 나는 귀국 후 《조지아의 역사》를 편역하고, 조지아의 국보와 같은 민족서사시인 《호랑이 가죽을 두른 용사》(쇼타 루스타벨리 작)를 번역해 출간했다. 공무 출장 여행으로 조지아를 짧게 방문하여 대부분의 시간을 수도 트빌리시에서 보내고 돌아온 후, 기회가 되면 여유를 가지고 조지아 구석구석을 돌아보겠다는 꿈을 꾸었으나 아직 이를 실현하지 못하고 있다.
이번 여름 상트페테르부르그와 모스크바, 우크라이나를 거쳐 아제르바이잔 바쿠Baku를 방문하고 돌아오면서 코카서스 순례의 꿈이 다시 살아났다. 흑해에서 코카서스 땅에 진입한 비행기가 한여름인데도 산 정상이 눈에 덮여 있는 조지아 산악 지역을 가로지른 후 아제르바이잔으로 들어서자 땅이 황토색으로 변하기 시작하며 황야와 사막 같은 전경이 눈 아래 펼쳐졌다. 비행기는 카스피해를 끼고 바쿠에 착륙했다. 바쿠에 도착한 날 기온이 38도였고, 국립외교대학에서 공공외교 세미나를 진행한 날은 기온이 43도까지 올라갔다. 바쿠에서 차로 4시간을 달려 아제르바이잔 쪽 코카서스 산악 지역을 2,500미터 가량 올라가 휘날릌Khinaliq을 방문하여 장엄한 산세를 돌아보고, 책에서만 접했던 코카서스 알바니아인의 후손이라는 산악 주민들을 만나고 돌아오니 코카서스에 대한 책을 다시 써야겠다는 생각이 불일 듯 일어났다. 7월 초 서울에 돌아온 후 바로 이 책을 시작하여 약 두 달 만에 초고를 마쳤다.

최근 2~3년 사이 국내에 조지아를 소개하는 글과 방송이 쏟아져 나오고, 남코카서스 지역을 방문하는 한국 관광객의 수가 급격히 늘어나서 조지아의 수도 트빌리시까지 국적기 직항편이 생기고 올해로 한국 방문객이 1만 명을 돌파할 것이라는 예상이 나오고 있다. 2007년 조지아 겸임대사 시절 우크라이나에 이어 조지아가 구소련권 국가 중 두 번째로 무비자 방문국이 되었는데, 이렇게 많은 수의 방문객이 몰려가니 일방선언으로 무비자 방문을 실시하며 문호를 활짝 개방한 조지아에 나름대로 신세를 갚았다는 생각이 든다. 조지아를 방문하면 탄성을 부르는 장엄한 산악 풍경과 8천 년의 역사를 가졌다는 조지아 와인과 이국적인 음식을 즐기고 돌아올 수 있다. 그러나 주마간산(走馬看山) 식의 유람이 아니라 조지아의 문화를 깊이 경험하는 여행을 위해서는, 그 첫 단계로 5세기부터 고유문자를 사용하며 쇼타 루스타벨리Shota Rustaveli를 비롯해 뛰어난 시인들을 배출한 조지아 문학을 알고 떠나는 것이 필요할 것이다. 몇 년 전부터 생각해 오던 조지아 시선집 편역 계획을 확대하여 아제르바이잔과 아르메니아의 대표 시를 한 책에 담고, 19세기 초부터 약 200년 간 남코카서스를 지배했던 러시아 작가들 눈에 비친 코카서스 풍경과 정서를 별도의 장으로 편집하면 코카서스 문학 맛보기와 함께 러시아 문학 공부에도 큰 도움이 될 것이라는 생각이 들었다. 코카서스 지역은 러시아 작가와 지식인들에게는 빼어난 풍광과 이국적 정서가 가득 찬 이상향이자 피난처 같은 곳이었다. 푸쉬킨을 비롯하여 레르몬토프, 톨스토이, 벨르이, 예세닌, 마야콥스키, 파스테르나크, 솔제니친 등 러시아의 주요 작가들 작품에는 코카서스(카프카스)에 대한 묘사가 들어있다. 러시아 작가들에게 조지아가 어떤 곳이었는지를 소련 시대 시인 티호노프는 이렇게 표현했다.

「다른 나라들에게 아주 큰 의미를 가진 나라들이 있다……이런 나라들은 예술가, 작가, 학자들에게 큰 영향을 미친다……유럽 사람들의 의식에서 특별한 의미를 차지하는 이런 나라를 꼽으라면, 내 생각에 그것은 이탈리아이다. 유럽의 모든 시인, 고전주의자들은 이탈리아를 방문했고, 하나같이 자신의 가슴의 특별한 재능을 이 나라에 남겼다. 러시아 시인들에게는 조지아가 우리의 이탈리아가 되었다.」

코카서스 3국의 대표적 시를 소개하고, 러시아 작가들에게 타자(他者)로서의 코카서스가 어떻게 받아들여졌는지를 다룬 이 책의 기획이 산만하게 보일 수도 있다는 염려가 든다. 그러나 조지아, 아제르바이잔, 아르메니아의 문학을 깊이 있게 연구한 전문가가 나오려면 아직 많은 시간을 기다려야 하므로, 현 단계에서는 한 번에 여러 마리 토끼를 잡는 식으로 러시아와 코카서스 3국을 아우르는 이러한 책이 나름대로 쓸모가 있다고 생각한다.

열정과 의욕만으로 책을 쓰는 것은 무모한 일인 것이 분명한데, 우선 문학전공자가 아닌 저자가 여러 작품과 작가를 소개하면서 오류를 범하고, 서술의 균형을 잡지 못할 때도 있는 것은 당연하다. 조지아어, 아제르바이잔어, 아르메니아어를 알지 못하면서 영어, 러시아어 번역본에서 중역(重譯)을 하면서 발생한 오류도 꽤 있을 것으로 본다. 실수를 줄여보고자 여러분의 도움을 받아 이 책을 편집했다. 먼저 러시아어 텍스트 번역과 작가 해설은 석영중 교수, 이명현 교수, 최정현 교수의 검토와 도움을 받았고, 타냐 바제노바(Tanya Bazenova Таня Важенова) 양도 번역을 도왔다. 조지아어 시 텍스트 번역과 검토는 연세대 대학원의 루수단 피르츠칼라바(Rusudan Pirtskhalava რუსუდან ფირცხალავა) 양, 아제르바이잔어 텍스트는 최 호 선생과 한국외대 대학원의 알슬란리 귤나르(Aslanlı Gülnar) 양, 아르메니아어 텍스트는 경희대 대학원의 아니 끼라꼬시얀(Ani Kirakosyan Անի Կիրակոսյան) 양의 도움을 받았다.
이미 40여 언어의 책을 출판하여 한국 출판계의 지평과 우리 독자들의 시야를 넓히신 문예림의 서덕일 대표님과 편집진에 깊은 감사를 표한다.

2018년 12월 역자 허 승 철

목차

제1부 러시아 문학과 코카서스

제1장 러시아인에게 코카서스는 어떠한 땅인가

제2장 러시아 문학

제2부 코카서스 3국 시

제1장 조지아 시인

제2장 아제르바이잔 시인

제3장 아르메니아 주요 시인

부록

아제르바이잔 바쿠의 헤이다르 알리예프 전 대통령 기념관
HEYDAR ALIYEV CENTER IN BAKU, AZEBAIJAN

아제르바이잔 전통 모자
OLD STYLE HATS ON A LOCAL MARKET, AZEBAIJAN

바쿠 전경 (현대식 건물은 바쿠유전 가스 불꽃 형상임)
BAKU, CAPITAL CITY OF AZERBAIJAN

조지아 스바네티 지역의 호수에 비친 별빛
MOUNTAIN LAKE KORULDI, GEORGIA EUROPE.

스바네티 지역의 고산 촌락(유럽에서 가장 높은 고도에 자리잡은 마을임)
USHGULI - THE HIGHEST INHABITED VILLAGE IN SVANETI, GEORGIA

아르메니아 게하르트 수도원 담벼락의
전통 돌 십자가(하츠카르) 장식
GEGHARD, ARMENIA

조지아 트빌리시의 고대 나리칼라 요새와 시계탑
OLD MEIDAN SQUARE AND NARIKALA ANCIENT FORTRESS,
TBILISI, GEORGIA

CHAPTER ONE

제1부
코카서스와 러시아 문학

제1장 러시아인에게 코카서스는 어떠한 땅인가

LITERARY CAUCASUS

러시아 문학과 코카서스

19세기 모험심 많은 러시아 젊은이들과 작가들에게 코카서스(카프카스) 땅은 아름다운 풍광과 이국적 여인들이 손짓하는 엘도라도 같은 신세계였다. 험산준령의 요새에 매복한 이슬람 부족민과 전사들이 러시아 병사들의 목숨을 노리는 위험한 땅이었지만, 이것이 모험심 넘치는 러시아 젊은이들의 동경과 호기심을 막지는 못했다. 《우리 시대의 영웅》의 주인공이 코카서스로 떠나는 장면에 다음과 같은 문장이 나온다.

「그가 코카서스로 가게 된 것은 낭만적 환상의 결과였다……그는 아버지의 마을을 떠나기 전날 예쁜 이웃 소녀에게 자신은 단지 군복무를 위해 그곳으로 가는 것이 아니라 죽음을 찾아서 간다고 말했다……」

코카서스 초입에 다다른 주인공은 코카서스에 거주하는 산악 부족에 대해 이렇게 말한다.

「이 계곡에 살고 있는 부족들은 야만인들이다. 이들의 신은 자유이고, 이들의 법은 전쟁이다」

밋밋하고 단조로운 러시아 평원과 전혀 다른 장엄한 카프카스 산맥과 심연과 같은 깊은 계곡에 압도된 레르몬토프는 이렇게 코카서스 풍광을 표현했다.

「만년설에 뒤덮여
다이아몬드처럼 빛나는 카즈베크 봉을 보라.
저 까마득한 아래 휘돌아가는 테레크 강이 감싸 안은
계곡에는 뱀들이 종족을 번식하고 있다」

러시아 작가들이 이 지역에 관심을 보이기 시작한 것은 코카서스가 러시아의 영향권 아래 들어온 18세기 후반부터이다. 주콥스키 같은 시인의 시에 코카서스 전경이 묘사되기 시작했지만, 소위 문학속의 코카서스(literary Caucasus) 이미지를 본격적으로 만든 것은 푸쉬킨과 레르몬토프이다. 낭만주의 시대에 들어선 러시아 문학에서 코카서스는 다른 대상과 비교할 수 없는 낭만주의 주인공들의 이상적인 활동무대였다. 19세기 전반 러시아 작가들과 지식인들의 내적 성장을 위해 거의 필수 코스가 되었던 이역 땅에서의 유형에서 얻은 이국적 체험은 낭만주의 문학의 풍부한 소재가 되었다. 이러한 체험을 바탕으로 쓴 작품들은 소위 남방 문학(Southern literature)이라는 작은 장르를 형성하기도 했다. 푸쉬킨과 레르몬토프가 자발적 유형을 택해 코카서스를 비롯한 제국의 남부 지역을 여행한 것은 상트페테르부르그의 숨막히는 정형화된 삶으로부터 탈출하기 위한 목적도 있었다. 이렇게 18~19세기 러시아 제국이 팽창하면서 흡수한 흑해 연안, 코카서스, 중앙아시아 지역은 러시아 작가들에게는 새로운 경험과 상상의 무대가 되었다.

러시아의 변경 지역 진출은 비슷한 시기에 진행된 미국의 서부 개척과 자주 비교된다. 그러나 서부 개척이 위대한 미국 문학의 탄생에 큰 기여를 하지 못한 반면, 러시아의 변경 정복은 러시아 문학의 폭과 깊이를 훨씬 확장시키는 결과를 가져왔을 뿐만 아니라, 다른 한편으로는 유럽과의 관계에서 정체성을 찾던 러시아인들에게 동양과 이슬람이라는 새로운 맥락에서 자신의 정체성을 모색할 수 있는 기회를 제공해 주었다. 러시아의 코카서스 병합이 러시아인들의 자아와 타자(他者)로서의 코카서스 인식에 어떤 영향을 가져왔는지는 부록에 수록한 수잔 레이톤 Susan Layton 〈동양 여성으로 그려진 조지아〉에 잘 나타나 있다. [《러시아 문학과 제국》에서 발췌, 번안]

제1부 러시아 문학에 반영된 코카서스'에서는 먼저 간단히 러시아의 코카서스 정복사를 소개한 다음, 코카서스를 소재나 주제로 한 러시아 주요 작가의 작품을 소개한다. 책의 성격과 지면상 시작품을 위주로 번역 소개하고, 산문의 경우는 일부만 발췌하거나 요약하여 수록했다. 19세기 작가로는 주콥스키, 푸쉬킨, 레르몬토프, 오도옙스키, 폴론스키, 톨스토이, 마르코프, 셰브첸코의 작품을 소개하고, 20세기 작가로는 세베랴닌, 벨르이, 예세닌, 만젤슈탐, 마야콥스키, 파스테르나크, 솔제니친, 옙투센코의 작품과 문학세계를 소개한다.

코카서스의 지리적 환경

코카서스는 대(大)코카서스 산맥을 경계로 북(北)코카서스(The North Caucasus)와 남(南)코카서스(The South Caucasus)로 나뉜다. 남코카서스는 러시아에서 바라보면 대코카서스 산맥 너머에 있는 지역이므로 코카서스 너머 지역이라는 의미의 자카프카지예(Zakavkazie)로 불렸고, 이것이 영어로 옮긴 것이 트랜스코카서스(Transcaucasus)라는 명칭이다. 남코카서스에는 소위 코카서스 3국인 조지아, 아르메니아, 아제르바이잔과 이란, 터키의 일부 지역이 포함된다. 남오세티아(South Ossetia), 압하지아(Abkhazia), 나고르노-카라바흐(Nagorno-Karabakh), 나히체반(Nakhichevan), 아자리아(Ajaria) 같은 영토 분쟁 지역과 소수민족 지역도 남코카서스에 들어간다.
북코카서스(the North Caucasus), 〔Ciscaucasia, 러시아어-Предкавказье〕에는 러시아연방의 다게스탄(Dagestan), 체첸-잉구쉬(Chechnya-Ingushetia), 카바르디아-발카르(Kabardino-Balkar), 북오세티아(North Ossetia) 자치공화국 등이 포함된다. 여기에 아디게이(Adygey), 카라차이-체르케스(Karachay-Cherkess) 자치주(自治州)와 크라스노다르(Krasnodar), 스타브로폴(Stavropol) 변강주(邊疆州)(Krai)와 칼미키아(Kalmykia) 자치공화국의 일부와 로스토프(Rostov) 주의 일부가 포함된다.

남코카서스와 북코카서스의 경계를 이루는 대코카서스 산맥에는 5,000미터가 넘는 고산준령들이 줄지어 있다. 엘부르스(Elbrus) 봉은 5,633미터이고, 슈카라(Shkara)(5,201미터), 디키-타우(Dykh-Tau)(5,197미터), 장가(Janga)(5,059미터), 카즈베크(Kazbek) 봉(5,042미터)가 대표적이다. 이 산맥을 가로지르는 통로로는 다랼 계곡(Darayl Pass), 조지아 군사도로(Georgian Military Road)와 오세티아 군사도로(Ossetian Military Road)가 있다. 쿠반(Kuban) 강, 바크산(Baksan) 강, 테레크(Terek 강), 술라크(Sulak) 강, 사무르(Samur) 강은 대코카서스 산맥에서 발원하여 북쪽으로 흐르고, 인구리(Inguri) 강, 리오니(Rioni) 강, 아그라비(Agravi) 강, 이오리(Iori) 강은 남쪽으로 흐른다. 200개가 넘는 빙하가 여러 강에 풍부한 수원이 되고 있다. 3월부터 녹는 고산의 눈은 7, 8월까지 계속 풍부한 수량을 제공한다. 연평균 기온은 북 코카서스가 10도, 남 코카서스는 16도이다.

남코카서스는 북쪽으로는 러시아, 동쪽으로는 카스피해, 남쪽으로는 이란과 터키, 서쪽으로는 흑해와 경계하고 있다. 코카서스 3국의 면적은 한반도보다 조금 작은 186,100㎢

〔조지아 69,700㎢ 아르메니아 29,743㎢, 아제르바이잔 86,600㎢〕이다. 코카서스 3국의 인구는 1,776만 명(조지아 493만 명, 아르메니아 305만 명, 아제르바이잔 978만 명)으로 북코카서스 지역보다 훨씬 높은 인구 밀집도를 보인다. 비교적 온화한 기후와 풍부한 수자원, 농경에 알맞은 지형으로 남코카서스 지역은 고대시대부터 정착 생활이 이루어졌으며, 유럽인의 조상도 이 지역에서 거주하다가 북서쪽 유럽 지역으로 옮겨간 것으로 여겨져서 백인을 뜻하는 코카시안(Caucasian)이란 용어도 나왔다.[1]

⁜ 코카서스와 카프카스의 어원

그리스의 역사학자였던 플리니(Pliny)는 코카서스라는 명칭이 〔눈에 덮인 하얀 빙하〕를 뜻하는 스키타이어의 크로이-카시스(kroy-khasis)에서 나왔다고 주장했다. 루스의 초기 역사를 다룬 지나간 시절의 이야기(the Tale of Past Years)에 나오는 카프카스의 산들(Kavkasijskyě gory, Кавкасийскыѣ горы)이라는 표현에 쓰인 카프카스는 고대 그리스어의 카우카소스(Kaukasos Καύκασος)를 어원으로 한다. 이 단어는 후에 카프카소스(Kafkasos)로 변했다. 이 단어를 갈매기들(καύ)의 산(κασος)으로 해석하는 학자도 있지만, 이보다는 '높은 곳'을 뜻하는 고트어의 Hauhs나 언덕 또는 산을 뜻하는 리투아니아어의 Kaũkas에서 나왔다고 보는 것이 일반적이다. 따라서 발음도 영어식의 코카서스보다는 슬라브어나 발트어의 카프카스가 원어에 가깝다고 볼 수 있다.

러시아의
코카서스 정복사

러시아의 코카서스 진출과 정복은 1650년대부터 1800년대 초중반까지 거의 3세기에 걸쳐 진행되었다. 러시아제국이 카스프해와 코카서스 지역과 접경을 하게 된 것은 1653년 이반 4세가 볼가 강 하류의 아스트라한(Astrakhan)을 정복하면서부터이다. 이전에도 시르카스(Circassia)와 카바르다(Kabarda) 공후들은 러시아를 도와 리보이나 전쟁에 참여하기도 했다. 1561년 카바르다 공후의 딸 쿠체네이(Kucheney)는 이반

1 코카시안(Caucasian) - '괴팅겐 역사학파(Göttingen School of History)'의 멤버였던 19세기 독일의 고고학자 블루멘바흐(Blumenbach)는 인류를 Caucasoid, Mongoloid, Negroid 세 인종으로 나누었다. 그는 Caucasiod는 아프리카를 출발하여 중동을 거쳐 자연환경이 좋은 조지아 지역에 거주하다가 유럽으로 건너가서 백인의 조상이 되었다고 주장했다.

4세에게 시집 와서 그의 여섯 왕비 중 둘째 왕비가 되었다. 그녀는 카바르다의 다른 명칭인 체르카스 출신이라고 해서 마리야 체르사카스카야(Maria Cherkasskaia)라고 불렸다. 그 이전 역사에는 블라디미르-수즈달 공국의 왕자 유리(Yuri)가 귀족들의 정략에 의해 조지아의 전성기를 이끈 타마라(Tamara) 여왕과 결혼했으나 얼마 못가 쫓겨났고, 타마라는 알란족(현 오세티아족의 조상) 출신의 소슬란(Soslan)과 결혼하여 왕가를 잇는다.

1700년대에 들어와 스웨덴을 꺾고 서쪽으로 발트해 진출과 남쪽으로 우크라이나 장악을 마무리 지은 표트르 대제는 남코카서스 지역 진출을 시도한다. 1722년 험준한 대코카서스 산맥을 피해 카스피해 연안을 따라 남진한 러시아 군대는 일시적으로 바쿠를 점령하는데 성공했으나, 그가 사망하면서 이 지역은 다시 페르시아의 손에 넘어가게 되었다. 코카서스 진출을 본격적으로 추진한 것은 예카테리나 여제이다. 오스만 터키와의 전쟁(1768-1774년)에서 승리한 예카테리나는 우크라이나의 오데사와 크림반도를 획득했다. 조지아 지역의 카르틀리(Kartli)와 카케티(Kakheti) 왕국을 통합한 에레클레 2세(Erekle II)는 점증하는 페르시아의 위협에 대항하기 위해 1783년 예카테리나와 게오르기옙스키(Georgiyevsky) 조약을 맺고 자발적으로 러시아의 보호령이 된다. 그러나 1795년 페르시아의 샤(Shah) 아가 무함마드(Agha Muhammad)가 조지아를 침입했을 때 러시아는 이를 방치하여 수도 티플리스는 페르시아군에게 철저하게 유린당한다. 러시아는 대코카서스 산맥을 넘어 군대를 파견하는 것이 거의 불가능했다. 1795년 아가 무함마드가 사망하면서 페르시아군은 물러가고, 1796년 예카테리나는 페르시아를 완전히 정복하여 인도양에 다다르는 야심 찬 소위 '코카서스 프로젝트'를 수립하고 코카서스에 대한 전면적 진출을 시작한다. 이를 위해 1799년 다랼 계곡(Daryal Pass)를 관통하는 소위 조지아 군사도로(Georgian Military Highway)를 뚫었다. 러시아의 코카서스 전진기지인 블라디카프카스(Vladikavkaz -카프카스 정복이라는 의미)에서 조지아[2]의 수도 티플리스(Tiflis)에 다다르는 길이 열리자 조지아는 다시 러시아의 영향권 아래 들어오게 되었다. 카르틀리-카케티의 마지막 왕인 기오르기(Giorgi) 12세가 죽고 내홍에 휩싸인 조지아는 1801년 러시아의 파벨 1세와 정식으로 합병조약을 체결한다. 1802년 차르로 즉위한 알렉산드르 1세는 이전의 보호령-종주국 관계를 완전히 철폐하고 동

2 소련 시절 조지아의 명칭은 그루지아였으나, 독립 후인 2000년대 말부터 조지아가 정식 국제적 명칭이 되었다. 같은 명칭인 미국의 조지아 주는 조지아를 영국의 식민지로 지정한 대영제국의 조지 2세(George II)의 이름을 딴 것이다. 조지아인들은 자신들의 땅을 카르트벨리인들의 땅(land of Kartvelians)이라는 뜻의 사카르토벨로(Sakartvelo საქართველო)라고 부른다. 러시아 작가들은 그루지아라는 명칭을 썼지만, 이 책에서는 현대 명칭인 조지아로 통일하여 쓴다.

부 조지아를 러시아에 완전히 합병시키고, 조지아의 바그라트 왕조를 철폐한 후 왕가를 러시아로 이주시킨다. 알렉산드르는 조지아계 러시아 귀족인 파벨 찌찌아노프(Pavel Tsitsianov)를 조지아 총독으로 임명하고 쿠라(Kura) 강과 아락세스(Araxes) 강 이북의 모든 지역을 점령하기로 결정한다. 러시아는 1803년부터 1829년까지 오스만 터키와 페르시아를 상대로 전투를 벌여 남코카서스 지역을 차례로 점령했다. 1820년까지 메그렐리아(Megrelia, Mingrelia), 구리아(Guria), 이메레티(Imereti) 지역이 러시아에 복속되었다. 1813년 페르시아는 러시아와 굴리스탄(Gulistan) 조약을 맺고, 러시아가 점령한 지역을 정식으로 양도했다. 1826년 페르시아는 러시아의 팽창을 막기 위한 마지막 공격을 벌여 현재의 아제르바이잔 지역 대부분을 되찾았으나, 러시아군의 새로운 사령관으로 임명된 이반 파스케비치(Ivan Paskevich)는 예레반과 동부 아르메니아를 점령하고 페르시아군을 패퇴시켰다. 1828년 페르시아는 굴욕적인 투르크멘차이(Turkmenchai) 조약을 맺고 사실상 남코카서스에 대한 모든 주도권을 러시아에 양도했다. 러시아는 계속 오스만 터키와 전쟁을 벌여 아나톨리아 지방의 카르스(Kars)와 에르제룸(Erzerum)을 점령하고, 2세기 동안 오스만 터키가 소유했던 흑해의 포티(Poti)항도 점령했다. 1829년 오스만 터키가 아드리아노플(Adrianople) 조약을 맺고 남코카서스에서 물러나면서 러시아가 이 지역 전체를 차지하게 되었다. 러시아의 코카서스 남진과 점령 과정에서 현지 귀족과 주민들은 간간히 봉기를 일으켰으나 러시아의 힘을 막기에는 역부족이었다. 1812년 카르틀리-카케티 지역에서 페르시아의 지원을 받은 봉기가 일어났으나 진압되었고, 1832년 조지아의 귀족층이 일으킨 대규모 봉기도 러시아에 진압되고, 이 봉기에 참여했던 대부분의 조지아 귀족과 엘리트는 이후 러시아 식민당국에 협조하는 입장으로 돌아서서 러시아제국의 군인이 되거나 관료가 되었다. 일부 귀족은(2부에 작품이 소개되는 조지아의 대표적 시인들 포함) 러시아군의 고위 지휘관이 되어 러시아의 북코카서스 정벌과 대(對)터키 전쟁의 선봉에 서서 큰 공을 세웠다.
북코카서스의 체첸과 다게스탄에서는 이슬람 종교지도자(Imam) 샤밀(Shamil)이 약 30년 간 러시아의 공세에 치열한 저항을 벌였으나 1859년 결국 항복하였고, 5년 뒤 북서부의 시르카스인들(Circassians)도 러시아군에 패배하면서 북코카서스도 러시아에 완전히 정복되었다.

험산준령의 북코카서스 산맥이 가로막고 있는, 자원도 많지 않고 농경지로도 적당하지 않은 카스피해와 흑해 사이의 회랑 같은 트랜스코카서스를 러시아가 공을 들여 공략하고 정복한 것은 궁극적으로 이란까지 복속시킨 뒤 인도양으로 진출하기 위해서였다. 인도를 절대 포기할 수 없었던 영국은 러시아의 남하를 막기 위해 군사력과 외교력을 동원하게 되고, 그 결과 러시아와 영국 사이에 소위 그레이트 게임(The Great Game)이 시작되었다. 오스만 터키의 약화를 틈타 흑해와 내해로 만들고 콘스탄티노플을 장악하려는 소위 '그리스 프로젝트(Greek Project)'도 영국의 견제를 받아 1853년 크림전쟁이 발발하게 된다. 20세기 후반에는 소련 붕괴를 재촉한 아프가니스탄 침공이 이루어지는데, 이번에는 영국을 대신한 미국이 소련의 남하를 막고 나섰다. 러시아가 다시 세력을 키우며 중앙아시아, 인도양, 코카서스, 흑해, 우크라이나에 영향력을 확대하려고 하고, 미국과 유럽이 이를 막아서는 소위 신(新) 그레이트 게임(The New Great Game)'이 현재 진행 중이다.

⁜ 조지아의 수도 트빌리시(Tbilisi თბილისი) 또는 티플리스(Tiflis თბილისი)

1936년 이전까지는 티플리스로 불렸지만, 현재 이름은 트빌리시이다. 5세기에 서부 조지아를 장악한 이베리아의 바흐탄 1세가 쿠라(Kura) 강변에 이 도시를 만든 이후 여러 왕국의 수도가 되었다. 1801년 제정러시아가 조지아를 병합한 후 총독부가 위치했다. 현재 인구는 약 140만 명이다.

어원은 트빌리시에 유황 온천이 많았기 때문에 이 지역은 '뜨거운 물이 나오는 장소'라고 불렸는데, 이런 의미를 지닌 고대 조지아어 트필리(tpili თბილი)가 어원이다. 전통적으로 영어나 기타 외국어에서는 티플리스(Tiflis)로, 조지아어로는 트필리시(Tpilisi ტფილისი)로 쓰였다. 1936년 소련의 여러 지명을 원어에 가깝게 바꾸면서 조지아 언어학자들의 제안에 의해 '트필리'보다 좀 더 후에 사용된 어원을 바탕으로 트빌리시로 명칭을 바꿨다. 그러나 터키어, 페르시아어, 그리스어, 독일어 등에서는 아직도 티플리스가 쓰인다. 이 책에서는 트빌리시와 티플리스가 혼용되어 쓰인다.

제2장
러시아 문학

RUSSIAN LITERATURE

19세기
시인과 작가

주콥스키, 바실리이 안드레비치
Жуковский, Василий Андреевич

보예이코프에게 보내는 편지
К Воейкову - Послание, 1814

구름과 같이 거대한 회색 연무 속에
무섭고도 장엄한
엘부르스의 쌍봉(雙峰)[3]이 우뚝 서 있다.
거기에는 모든 것이 찬란하게 빛난다.
이끼가 뭉친 폭포계곡으로
굉음을 내는 폭포 물줄기가
화강암 덩어리인 검은 심연으로 떨어지고,
억겁의 세월 동안 몸이 묶여 잠을 자는 동안,
어떤 바위를 부수는 도끼도, 어떤 사람의
쾌활한 목소리도 반란을 일으키지 못했다.
계곡으로 통하는 그늘진 현관으로는
햇빛 한줄기도 뚫고 들어오지 못했다.

3 엘부르스(Elbrus) 봉 - 조지아와 러시아 국경에 있는 해발 5,642미터의 서쪽 봉우리와 해발 5,621미터의 동쪽 봉우리가 쌍봉을 이룬다. 조지아에서 네 번째로 높고, 전 세계에서는 10번째로 높은 산이다.

때때로 사슴들이 독수리의 날카로운 울음소리를 들었고,
발이 날렵한 산양들이 바위 위를 뛰어다녔다.
그곳에서는 오직 창조의 위대함만이
눈에 들어온다!

주콥스키, 바실리이 안드레비치

Жуковский, Василий Андреевич

1793 - 1852

1793년 툴라 지방에서 지주인 아파나시 부닌(Afanasi Bunin)과 터키계 하녀 살카(Salkha) 사이의 사생아로 태어났다. 이 부닌 집안에서는 약 90년 후 노벨상 수상 작가인 이반 부닌을 배출한다. 러시아 문학의 황금시대와 낭만주의 시대의 문을 연 시인으로 평가받고, 알렉산드르 2세 황제의 개인교사로서 궁정에서 큰 영향력을 행사했다. 니콜라이 고골의 문단 데뷔를 도왔고, 우크라이나 출신 타라스 셰브첸코의 농노 신분 해방에 적극 나섰다. 1902년 카람진이 펴내는 '유럽통보'에 그레이의 '비가'를 번역하여 발표했는데, 이 시가 발표된 날을 러시아의 시의 탄생일로 기념하기도 한다. 그는 푸쉬킨과 교분을 유지하며 러시아 문단의 쌍두마차 역할을 했다. 그는 평생을 외국문학 작품의 번역에 헌신하면서 낭만적 시적 분위기와 공상, 낙천적 종교성과 즐거운 체념이 넘치는 시들을 썼다. 시어의 순수함, 부드러움, 운율성이 뛰어난 그의 시는 이전의 거칠고 조야한 시들과 크게 대조를 이루었다. 독일 시인 뷔르거(Gottfried August Bürger)의 발라드시 '레노레(Lenore)'를 독특한 러시아어의 운율로 번안한 '류드밀라(Lidmila)'(1808)와 '스베틀라나(Svetlana)'(1813년)는 러시아 낭만주의 시전통의 이정표로 꼽힌다. 그는 호머의 오디세이와 페르시아의 민족서사시 '샤흐마네(Shahmaneh 또는 Shāh-Nāma)' 번역에도 힘을 쏟았고, 제정 러시아의 국가가 된 '신이여 황제를 구원하소서(God Save the Tsar!)'를 썼다.

그리고리예프
Григорьев, Василий Никифорович

조지아 여인

Грузинка, 1828

순결한 아름다움을 지닌 그녀는 사랑스럽다.
산 위의 빛 같은 그녀의 영혼은
때로 한낮에도 빛나며
아직도 맑다. 영혼의 안은 고요하고 환하다.
그것은 땅에게 화를 내지 않는다.
보라, 저기 그녀가 친구들에 둘러싸여 있다.
템버린 소리에 맞추어 레즈긴 처녀가 친구들과 춤을 춘다.
남녀노소 모두 주변에 모여들어
힘차게 노래 부르면서 박수를 친다.

봄과 같이 신선하고 포플러 같이 날씬한
그녀는 백합 같은 손으로 손뼉을 치며
달려 나간다. 모든 것이 점점 더 빨라지다가
별안간 멈춰 서서, 검은 눈으로
무리를 이끈다. 그러나 그녀에게 잠시만 포로가 되면 된다.
그녀의 아름다움은 꿈처럼 번쩍인다.
당신은 군중 속에서 젊음을 잊었는가.
미친듯한 환희에 싸인 그는
자신의 비참한 운명을 바라본다.
나는 막간에 간신히 숨을 내 쉰다
나는 멋진 여름의 여명을 겨우 보았다.
그녀는 암사슴처럼 그와 함께 왕관을 쓰러 올라간다.
그러나 왕관으로부터 속박으로 가는 것이다.

그리고리예프, 바실리이 니키포로비치

Григорьев, Василий Никифорович

1803 - 1876

작가이자 제정 러시아 재무성 관리로서 데카브리스트들과 친분이 있었고, 릴레예프의 소개로 러시아 문학 애호가들의 자유 결사(Вольное общество любителей российской словесности)에 가입했고, 문예지 북극성(Полярная звезда) 편집에도 관여했다. 1828년 통계 조사를 위해 카프카스의 나히체반 지역을 여행했다. 그의 조사 결과는 1831년 〈트빌리시 통보〉에 실렸고, 1833년 상트페테르부르그에서 단행본으로 출간되었다. 그는 조지아에서 그리보예도프와 베스투제프를 만났고, 그리보예도프와 니노 차프차바제의 결혼식에도 참석했다. 그는 테헤란에서 폭도들에게 살해당한 그리보예도프의 장례식을 상세하게 묘사한 글을 남겼고, 상트페테르부르그에서 출간되는 여러 잡지에 카프카스의 풍광과 자신의 경험을 담은 〈카프카스 산악 여행(Переезд через Кавказские горы)〉, 〈조지아의 결혼식(Грузинская свадьба)〉, 〈알라베르드 축일(Алавердский праздник)〉, 〈카케티에서 만난 영국인(Встреча с англичанином в Кахетии)〉 등의 글을 발표했다.

⁜ 그리보예도프(Грибоедов)의 비극적 죽음

러시아의 카프카스와 이란 진출 역사에 한 비극적 장을 만든 것은 테헤란에서 잔인하게 살해된 〈지혜의 슬픔〉의 작가 그리보예도프이다. 그리보예도프는 19세기 초 러시아에서 누구보다 조지아와 이란 사정에 정통한 작가이자 외교관이었다.

알렉산드르 세르게비치 그리보예도프(Александр Сергеевич Грибоедов)(1795-1828년)는 모스크바대학에서 수학한 뒤 경기병연대에 들어갔으나 곧 공직을 택해 외교관으로 활동했다. 1816년 페르시아공사관에 소속되어 조지아의 티플리스로 갔다. 그곳에서 조지아의 귀족이자 당대 대표적 지식인이며 시인인 알렉산더 차브차바제의 16세 된 딸 니노(Nino)와 결혼했다. 1828년 테헤란 주재 러시아대사로 임명되어 현지에 부임했으나, 굴리스탄 조약(the Treaty of Gulistan)(1813년)과 투르크멘차이 조약(the Treaty of Turkmenchay)(1828년)으로 격앙되어 있던 군중들이 러시아대사관을 습격하여 그리보예도프와 대사관 직원 전원을 몰살했다. 창밖으로 던져진 그리보예도프의 시신은 처참하게 난도질당해 길거리에 끌려 다닌 후 푸줏간에 전시되었다. 두 조약으로 코카서스와 자국 북부 영토를 러시아에 내준 이란 주민들은 하렘에 있는 기독교계 여인들을 방면하라는 러시아의 요구에 격앙되었다. 그리보예도프가 하렘을 탈출하여 러시아대사관에 숨어 든 세 명의 아르메니아 여인들을 내주지 않자 무장한 군중들은 대사관에 난입하여 대사관 직원들을 살해했다. 티플리스에서 남편의 죽음을 전해들은 니노는 조산을 하였고, 태어난 아이는 몇 시간 만에 죽었다. 다음 해 6월 아르제룸을 향해 가던 푸쉬킨은 마침 티플리스로 운구되던 그리보예도프의 시신을 노상에서 만난다. 현재 그 자리에는 기념비가 세워져 있다. 티플리스에서 장례식이 치러진 후 그리보예도프는 성 다비트 수도원(Mtatsminda Pantheon)에 묻혔다. 미망인 니노는 이후 수많은 청혼을 거절하고 평생을 홀로 살았다.

그리보예도프가 쓴 첫 희곡 〈젊은 부부〉는 1816년 상트페테르부르그에서 공연되었고, 러시아 귀족사회를 풍자한 희극 시 '지혜의 슬픔'은 큰 인기를 끌었다. 카프카스를 배경으로 쓴 〈조지아의 밤〉은 원고의 일부만 전해 오는데, 작품 줄거리와 내용은 이 책 부록에 수록된 동양 여성으로 그려진 조지아의 희생자에서 살인자로 부분에 자세히 설명되어 있다.

푸쉬킨, 알렉산드르 세르게예비치
Пушкин, Александр Сергеевич

조지아 산 위에서
На холмах Грузии, 1829

조지아 산 위에 밤안개 내려앉고
내 눈앞에 아라그바(Aragva) 강[4]이 술렁인다.
내 마음 울적하고도 가벼워
반짝이는 나의 슬픔은 온통 그대로 채워졌다.
그대만으로, 오직 그대 하나만으로… 나의 우수는
그 무엇도 괴롭히거나 휘저을 수 없다.
가슴은 또다시 불타며 사랑하는구나.
사랑 없이는 살 수 없으므로.

카프카스
Кавказ, 1829

카프카스를 발아래 내려다보며
산꼭대기 벼랑 끝 눈 위에 홀로 서 있노라.
머언 산마루에서 날아오른 독수리
내 높이에서 움직임 없이 떠 있는데,
나 여기서 격류의 발원지와
무서운 눈사태의 맨 처음 꿈틀거림을 보노라.

먹구름 발밑을 흘러가고,
그 사이로 폭포수가 소리치며 쏟아져 내린다.

4 아라그바(Aragva) 강 - 대코카서스 산맥 남면을 흐르는 강으로 총 112킬로미터이고, 조지아 명칭은 아라그비(Aragvi)이다.

폭포 아래는 깎아지른 민둥바위 절벽,
더 아래에는 성긴 이끼와 메마른 관목 덤불,
그러나 저기에는 푸른 숲과 그늘이 있어
새들이 지저귀고 사슴 떼가 뛰어논다.

저 산 위에는 드문드문 인가가 보이고,
푸른 풀밭 언덕에 양떼가 기어 다닌다.
아라그바 강이 녹음 짙은 기슭으로 내달리는 곳
목동이 유쾌한 골짜기로 내려가고,
테레크 강이 사납게 날뛰는 곳
가난한 승마자는 협곡으로 몸을 숨긴다.

철창 안에 갇힌 어린 짐승이 먹이를 탐내듯
강물은 날뛰며 울어 대고,
적의에 찬 기슭을 아무 소용없이 때리며
굶주린 물결로 벼랑을 핥는다…
헛되어라! 그에겐 먹이도 위안도 없고,
말없는 바윗덩어리만 무섭게 짓누른다.

눈사태

Обвал, 1829

거센 파도는 검은 바위에 부딪쳐
물보라를 일으키며 아우성 치고,
머리 위에선 독수리들이 울어 댄다.
소나무숲이 나지막이 중얼거리고,
물결치는 안개 사이로
산봉우리가 반짝반짝 빛난다.

거기서 한때 눈사태 일어나
귀가 먹먹한 굉음 속에 적설이 무너지며

바위 틈 사의의 좁은 물길
모두 막아 버려,
테레크 강[5]의 거센 물결
더 이상 흐르지 못했다.

오, 테레크 강이여, 갑자기 쇠잔해 얌전해진
너는 울부짖는 소리를 멈추었지만
뒷물결의 집요한 분노는
빙설을 갉아내어…
맹수처럼 사납게 날뛰며
양쪽 기슭을 삼켜 버렸다.

오랫동안 내려앉은 눈사태는
얼어붙은 산더미가 되어 누워있고,
분노에 찬 테레크 강은 그 밑을 흐르며
물보라와
아우성치는 거품으로
얼음 천장을 적셔왔다.

강을 따라 넓은 길이 열려
말도 달리고 소도 어슬렁거리고
스텝의 상인이
낙타를 끌고 오기도 했지만,
지금은 단지 하늘에 사는
아이올로스(Aelolus)[6]만이 달리고 있다.

---

5 테레크(Terek) 강 - 대코카서스 산맥과 코크(Khokh) 산맥에서 발원하여 카즈베크 산 남서쪽을 돌아 카스피해로 흘러드는 강으로 총 연장 623킬로미터이다.
6 아이올로스(Aelolus) - 그리스 신화에 나오는 바람의 신으로 인간의 몸으로 태어났지만, 제우스의 총애를 받아 바람을 지배하는 신의 반열에 올랐다.

카즈베크 산의 수도원

Монастырь на Казбеке, 1829

형제 산들 위에 우뚝 선 카즈베크 산이여,
황제와 같이 장엄한 너의 장막은
영원한 빛에 감겨 빛나는구나.
너의 수도원은 구름 너머에서
하늘을 떠다니는 방주처럼
보일 듯 말 듯 희뿌연 산 위에 걸려있구나.

산을 열망하던 먼 바닷가여!
골짜기에 안녕을 고하고 그곳으로 가
자유로운 산 정상에 올라갈 수 있다면!
거기 구름속의 작은 방에서
신을 이웃 삼아 내 한 몸 숨길 수 있다면!…

⁜ 카즈베크 봉과 프로메테우스 전설

동부 조지아에서 가장 높은 카즈베크 봉(峰)은 해발 5,047미터에 달한다. 18세기 말 북코카서스 산맥을 관통하며 뚫린 조지아 군사도로와 다랼 계곡(2,375미터)이 카즈베크 옆을 지나가기 때문에 러시아 문학작품에 가장 많이 등장하는 산이다. 조지아에서는 슈카라(Shukara) 봉(5,068미터), 강가(Ganga) 봉(5,059미터) 다음으로 세 번째로 높은 봉이지만 높이 차이가 거의 없어 최고봉 중 하나로 꼽힌다. 조지아 명칭인 므킨바르트스베리(Mqinvartsveri მყინვარწვერი)는 얼음 산봉우리나 혹한의 정상을 뜻한다. 1868년 세 명의 산악인이 최초로 등정하였고, 여성으로서는 러시아의 마리야 프레오브라젠스카야가 1900년부터 아홉 번 등정하였다.
그리스 신화에서는 주신(主神) 제우스가 자신의 명을 어기고 인간에게 불을 전해 준 프로메테우스를 오케아노스 강 끝의 카우카소스 산 정상의 바위에 쇠사슬로 묶어 놓고 매일 독수리가 날아와 프로메테우스의 간을 먹도록 하고, 밤이 되면 간이 다시 자라나는 형벌을 받게 했다는 이야기가 유명하다. 그리스에서 카우카소스로 부른 산이 바로 카즈베크 산이다. 일부 전설에서는 제우스의 아들인 헤라클레스가 독수리를 죽이고, 헤라클레스의 위업(偉業)을 기뻐한 제우스에 의해 고통에서 해방되었다고 한다. 한편, 프로메테우스가 제우스의 노여움을 산 원인에 관해서는, 제물(祭物)인 짐승고기의 맛있는 부분을 계략을 써서 제우스보다 인간 편이 더 많이 가지도록 했기 때문이라는 설도 있다. 또한 인간을 흙과 물로 만든 것이 프로메테우스라는 전설도 있다. 프로메테우스의 전설의 조지아 버전인 아미라니(Amirani) 전설이 조지아인들 사이에 전해 온다. 불을 훔쳐서 인간에게 전해준 아미라니가 카즈베크 바위에 묶여 독수리에게 간을 쪼아 먹힌다는 이야기 줄거리는 그리스 신화와 같다.

카프카스의 포로 중

Кавказский пленник, 1822

헌시[7]

제2연

슬픈 이별의 날들에
생각 깊은 나의 노랫소리는
카프카스를 생각나게 하는구나.
광야의 은둔자 같은 음울한 베쉬투(Beshtu) 봉[8]
머리가 다섯 개 달린 벌판과 마을의 지배자는
내게 새로운 파르나소스(Parnassus)[9]였다.
내 어찌 잊겠는가, 그 깎아지른 봉우리와
솟구치는 샘물과 황량한 평원을,
타는 듯한 광야를, 너와 내가 더불어
젊은 날의 인상을 서로 나누던 곳.
용감한 도적이 산을 타고 말을 달리고
야만적인 영감의 천재가
깊은 정적 속에 숨어 있는 그곳을.

7 남쪽 지방 유형 기간에 푸쉬킨에게 숙소를 제공한 친구 니콜라이 라옙스키(Nikolai Raevskii)에게 바치는 헌시

8 베쉬투(Beshtu) 봉 - 북카프카스 퍄티고르스크(Pyatigorsk) 인근의 산으로 해발 1,402미터이다. 레르몬토프의 '우리 시대의 영웅'에도 나온다.

9 파르나소스(Parnassus) - 파르나소스는 델포이에 있는 아폴론 신전의 예언자로 새점의 발명자로 델포이의 파르나소스 산은 그의 이름에서 유래했다.

너는 어쩌면 여기서
가슴 따뜻한 시절과
모순 가득 찬 정열의 추억을 찾을 것이다.
친숙한 꿈과 익숙한 고난
그리고 내 영혼의 비밀스런 음성을.

제1연
카프카스 마을(aul)의 집 문가에
체르케스인들이 한가로이 앉아 있다.
이 카프카스의 아들들은
죽음의 전투의 긴장과,
멋들어진 자기네 말들과,
거칠고 달콤한 애무를 이야기하며
지난날을 회상한다.
물리치기 어려웠던 적의 공격과,
교활한 수령(uzden')들의 수탈과,
그들이 휘두르는 무자비한 칼(shashka)과,
피할 수 없는 적의 화살과,
불에 타 잿더미로 변한 마을의 모습과,
잡혀 온 처녀들의 사랑스런 검은 눈동자를.

제10연
포로는 아무 희망도 없는 것처럼 보였고,
이미 비참한 생활에 익숙해져서
포로의 설움과 뜨거운 분노를
영혼 깊숙한 곳에 숨겨버렸다.
서늘한 기운 감도는 이른 새벽이면
족쇄를 찬 채 험준한 암벽 사이를 거닐며
호기심 어린 눈길로
잿빛, 붉은빛, 푸른빛이 어우러져 빛나는
아득한 산봉우리들을 바라보았다.
정말 장엄한 광경이다!

만년설로 덮인
왕좌 같은 봉우리들은
미동도 없는 구름의 사슬처럼 보였고,
그들 사이에 우뚝 솟은 쌍봉인
거대하고 장엄한 엘브루스 산은
반짝이는 얼음 왕관을 쓰고,
쪽빛 하늘에 새하얗게 빛나고 있다.
폭풍을 알리는 뇌우가
천둥과 뒤섞이며 노호할 때면,
포로는 얼마나 자주 산마루에 꼼짝 않고 앉아
마을을 내려다보곤 했던가!
발아래서는 먹구름이 피어오르고,
스텝에는 흙먼지가 자욱하게 일었다.
놀란 사슴은 바위 사이에 숨을 곳을 찾아
이리저리 뛰어 다니고,
독수리는 깎아지른 절벽을 치고 올라
하늘을 빙빙 돌며 울어댔다.
(중략)

푸쉬킨, 알렉산드르 세르게예비치

Пушкин, Александр Сергеевич

1799 - 1837

러시아의 국민 작가이자 시인으로, 러시아인들은 '푸쉬킨은 우리의 모든 것이다(Пушкин – это наше всё)'라는 표현을 쓸 정도로 모든 역사적 인물들 중 푸쉬킨을 가장 사랑하고 존경한다. 서정시와 서사시 등 운문으로 쓴 그의 작품을 외국어로 번역하는 것은 아주 어려워서 국내에서 그의 작품은 도스토옙스키나 톨스토이 같은 산문 작가들에 비해 덜 읽히지만, 러시아에서의 그의 문학적 위상은 두 작가를 뛰어넘는다. 1991년 그의 대표작인 '예브게니 오네긴'을 번역한 저자는 이 운문소설에 사용된 러시아어의 아름다움을 제대로 살려 번역하지 못한 것에 대한 안타까움을 아직도 가지고 있다. 귀족학교 졸업식에서 낭독한 '차르스코에 셀로의 추억'이 당대 최고의 시인인 제르자빈의 격찬을 받았다. 1820년 발표한 '자유를 위한 송시'로 차르 정부에 의해 남부 지역으로 유형을 당한 푸쉬킨은 1820년 6월 초부터 8월 초까지 라엡스키 가족과 함께 카프카스를 처음 방문하였다. 8월부터 9월까지는 크림반도를 여행하여 '바흐치사라이의 분수' 등의 작품을 썼고, 이후 현재 몰도바의 키시나우(Kishinau)에 머문 후 오데사에서 나머지 유형기간을 마쳤다. 푸쉬킨이 이 기간에 쓴 작품들은 '남방 시(문학)'으로 알려져 있고, 여기 일부가 소개된 '카프카스의 포로'는 1820-21년 사이에 써서 1822년에 발간하였다. 이 작품을 비롯해 카프카스를 소재로 한 여러 편의 시로 그는 러시아 문학에 '카프카스' 주제를 도입하였고, 이 주제는 레르몬토프에 의해 한층 더 발전한다. 1829년 5월-9월 러시아-터키 전쟁에 참전하는 장교들을 따라 다시 한 번 조지아, 아르메니아 지역을 방문한 푸쉬킨은 <아르즈룸으로의 여행(Travel to Arzrum Путешествие в Арзрум во время похода 1829 года)>이라는 여행 수필을 썼다. 현재 코카서스 3국의 트빌리시, 바쿠, 예레반에는 각각 푸쉬킨 거리가 있고, 푸쉬킨 동상과 흉상이 서 있다. 2013년 서울 을지로 교차로 롯데호텔 앞에 동아시아 최초로 푸쉬킨 동상에 세워졌다(지하철 을지로입구역 8번 출구). 푸쉬킨의 대표적 장편시로는 '루슬란과 류드밀라', '카프카스의 포로', '바흐치사라이의 분수', '집시들', '폴타바', '예브게니 오네긴', '청동 기사' 등이 있고, 산문으로는 '벨킨 이야기', '대위의 딸', '스페이드의 여왕'이 유명하고, 희곡으로는 '보리스 고두노프'가 대표작이다. 부인 나탈리아 곤차로바와 염문이 있었던 단테스와의 결투에서 사망했는데, 푸쉬킨의 사망 소식을 듣고 '시인의 죽음'이란 제목으로 당대 세태를 통렬히 비판하는 시를 쓴 레르몬토프는 이 시를 쓴 죄로 카프카스의 연대로 파견되고, 카프카스에서 결투로 생을 마감한 것은 운명적 아이러니가 아닐 수 없다. 결국 카프카스로 유형을 간 두 낭만주의 시인에 의해 러시아 문학에 카프카스 주제가 본격적으로 도입되었다.

베스투제프, 알렉산드르 알렉산드로비치
Бестужев, Александр Александрович

암말라트 벡 (Аммалат-Бек, 1832) 중에서
테레크 강에 대한 묘사

다랼 산계곡에서 요란한 소리를 내며 흐르는 테레크 강에는 야생의 아름다움이 가득하다. 그곳에서 하늘에서 힘을 얻은 지니 요정처럼 테레크 강은 자연과 씨름을 한다. 그곳에서 테레크 강은 강철처럼 눈부신 빛을 내며 절벽이 드리운 그림자를 자르며 암벽 사이에서 빛을 발한다. 강은 마치 분노와 광기로 시커먼 빛을 내며 암벽들의 철창에 갇힌 야수처럼 으르렁대며 포효했다. 그는 암벽을 조각으로 부수어 내어던지며 멀리 굴려 보냈다. 폭풍이 치는 밤에 부르카로 몸을 감싼 뒤늦은 여행자가 겁에 질려 주위를 돌아보며 테레크 강 물결 위에 매달린 절벽을 따라 길을 재촉하면, 생생한 상상력으로 생각할 수 있는 가장 무서운 공포가 그를 덮친다. 갑자기 그의 눈앞에 번개가 내려치면, 광포하게 날뛰는 테레크 강물이 눈에 들어온다. 한 순간 여행자는 대천사장의 칼에 쫓기는 지옥의 악마같이 날뛰는 테레크 강의 거칠고 성난 물결을 본다. 그 뒤를 이어 웃음소리 같은 큰 외침과 함께 거대한 바위들이 굴러 내려온다… 그리고는 마치 천 개의 산이 서로를 향해 달려오는 것 같이, 암벽의 기반을 뒤흔드는 천둥이 갈라지는 소리가 울려 퍼진다……
다음으로는 뿌리째 뽑힌 거대한 너도밤나무가 으르렁거리는 소리가 길게 울린다……

베스투제프, 알렉산드르 알렉산드로비치

Бестужев, Александр Александрович

1797 - 1837

낭만주의 작가이자 데카브리스트였던 베스투제프는 데카브리스트 봉기 이전에 시와 단편소설을 썼고, 푸쉬킨, 그리보예도프, 릴레예프 등과 교분을 맺었다. 특히 릴레예프와 함께 문예지 <북극성(Полярная Звезда)>을 발간하여 당대 주요 시인들의 시를 실었다. 데카브리스트 봉기 실패 후 시베리아 야쿠츠크로 유형 당했으나 후에 카프카스의 14추격연대로 보내져 군복무를 했다. 카프카스에서 군복무를 하며 마를린스키(Марлинский)라는 필명으로 계속 문필활동을 한 그는 카프카스에서의 경험을 소재로 바이런이나 월터 스코트 풍의 낭만주의적 작품을 남겼다. 그의 작품은 1830년대 러시아에서 푸쉬킨과 대등하게 큰 인기를 끌기도 했다. 그의 작품은 레르몬토프의 '우리 시대의 영웅'에 영향을 남겼다. 카프카스를 소재로 한 작품으로는 '아말라트-베크'가 대표작이고 카프카스에서 쓴 산문들은 '카프카스 이야기'라는 단행본으로 발간되었다. 베스투제프는 1837년 카프카스에서 벌어진 현지 부족과의 전투에서 사망했다. 동료 데카브리스트였던 다른 베스투제프와 구별하기 위해 그는 자주 베스투제프-마를린스키라는 이름으로 불렸다.

레르몬토프, 미하일 유리예비치
Лермонтов, Михаил Юрьевич

카프카스
Кавказ, 1830

남부의 산이여, 운명에 의해서 젊은 시절에
당신들과 헤어지게 되었다고 해도,
한 번 가본 것으로 영원히 그곳을 기억하기에 충분하므로
내 고향의 달콤한 노래처럼
역시 나는 카프카스를 사랑한다.

나는 어릴 때 어머니를 여의였으나,
분홍 저녁노을이 내릴 때 마치
그 초원이 기억에 남는 목소리로 나에게 말을 하는 듯했다.
그것 때문에 나는 그 절벽들의 꼭대기들을 사랑하고,
나는 카프카스를 사랑한다.

산악의 협곡들이여, 나는 당신들과 함께 있어 행복했었고,
5년이 지나도 계속 당신들을 그리워하고 있다.
그곳에서 신성한 두 눈을 보았는데,
그 시선이 떠오를 때 나의 가슴에서 나오는 말은
"나는 카프카스를 사랑한다!"

카프카즈에게 (카프카스여, 먼 나라여)
Кавказ! далекая страна!, 1830

카프카스여, 먼 나라여!
소박한 자유가 사는 땅이여!
그대도 불행에 가득 차고

전쟁에 의해 피가 묻었구나.
과연 동굴과 절벽들도
사납고 짙은 안개에 덮여
열정의 외침과
영광과 금과 쇠사슬이 딸랑거리는 소리를 듣게 될 것인가?
아니다! 지난 세월이
그대의 고향을 다시 찾아오는 것을
기다리지 말게, 체르카스인[10]이여!
자유가 옛날에 좋아했던 땅은
그가 보기에 분명히 죽어가고 있다.

카프카스의 아침

Утро на Кавказе, 1830

동이 트면서 사납게 짙은
밤안개가 숲으로 덮인 산을 둘러싼다.
카프카스 발치에는 아직 정적이 머물러 있다.
말 떼도 조용하고 오직 줄줄 흐르는 강물 소리만 들릴 뿐이다.
절벽 위에 갓 올라온 햇살이
갑자기 구름을 뚫고 빨갛게 타오르고
강과 처마 위로 분홍빛이 번지며 이곳저곳이 빛난다.
그늘진 데서 목욕을 하던 처녀들이
청년들을 보면
모두 볼이 붉어지고 시선을 땅으로 내리지만
마음에 드는 도둑이 가까이 오면 도망갈 리가 없다.

---

10 체르카스인(Circassians, Черкесы) - 북카프카스의 토착 민족으로 1863년 체르카스 전쟁 이후 여러 지역으로 흩어졌다. 현재는 아디게인(Adyghe)으로 불리며, 아디게야(Adygea), 카라차이-체르케시아(Karachay-Cherkessia), 카바르디노-발카리아(Kabardino-Balkaria) 자치공화국과 크라스노다르 변강주(Krasnodar Krai) 등에 흩어져 살고 있으며 대부분 수니 이슬람이다. 전 세계적으로는 약 50여개 국에 370만 명의 체르카스인이 살고 있는 것으로 추정된다. 특히 터키, 요르단 등에서 주요한 역할을 수행했으며 현재 요르단 왕실 근위대는 체르카스인들이 맡고 있다.

테레크 강의 선물

Дары Терека, 1839

맹렬하고 사나운 테레크가 울고 있다
커다란 절벽들 사이에서
폭풍 같은 울음소리를 내며
그의 눈물이 흩어져 날아간다.

그러나 강줄기가 초원 사방으로 뻗어나가면
장난스러운 모습을 하고
달래듯이 친절하게
카스피해에게 졸졸 소리를 내면서 말한다.

"바다 노인이여, 갈라져주세요.
나의 물결에게 안식처를 주세요.
나는 넓은 공간에서 실컷 놀았으니
이제 좀 쉬었으면 합니다.
나는 카즈베크 산 근처에 태어나서
구름들의 젖을 받아 먹으며 자랐고,
인간의 이질적인 권력을
영원히 반대할 준비가 되어 있었지요.
나는 그대의 자식들이 즐길 수 있도록
나의 고향인 다랼 계곡[11]을 약탈하고
큰 바위들을 제대로
한 때나 몰고 왔지요."
그러나 부드러운 바닷가에 머리를 기대어
잠든 카스피해처럼 잠잠해졌다.

11 다랼계곡(The Darial Gorge, Дарьяльское ущелье) - 카스베크 산의 동쪽 테레크 강 계곡을 따라 만들어진 계곡으로 산허리로 러시아의 블라디카프카스에서 조지아로 연결되는 통로이다. 가장 높은 계곡 절벽은 높이가 1,800미터에 이른다. 길이는 약 13킬로미터로 러시아의 카프카스 남하 통로였으며 2008년 조지아 전쟁 때도 이용되었다. 대코카서스 산맥을 통과하는 두 개의 통로 중 하나이고, 다른 통로는 데르벤트 계곡(Derbent Pass)이다.

그리고 테레크 강이 또 다시 달래듯이
노인의 귓속에 속삭인다.

"나는 당신에게 줄 선물을 하나 갖고 왔지요.
그것은 단순한 선물이 아니고,
전쟁터에서 온
용감한 카바르딘인[12]이지요.
그는 보석 같은 쇠갑옷을 입고
강철로 만든 팔굽대기를 걸치고
거기에는 쿠란의 신성한 말씀이
금으로 쓰여 있지요.
그는 고집이 센 사람처럼 눈썹을 찌푸리고
그의 콧수염 가장자리는
뜨거운 피의
고귀한 줄기로 빨갛게 물들었지요.
마음이 열려 있는 온순한 대꾸를 받지 못하는 시선에는
오래된 적개심이 가득 차 있지요.
앞머리의 까만 머리카락이
목덜미를 따라 꼬불거리고 있지요."

그렇지만 부드러운 바닷가에 머리를 기대어
잠든 카스피해가 침묵하자,
광포한 테레크 강이 물결을 일으키면서
노인에게 다시 말을 한다.
"아저씨, 이 선물이 정말 귀중하고
이것에 비교하면 다른 어떤 선물도 아무것도 아니지요.
나는 그것을 온 우주로부터

12 카바르딘인(Kabardian) - 체르카스인이라고도 불린 아디게족(Adyghe)의 12부족 중 가장 큰 부족으로 북코카서스 서북지역에 주로 거주했다. 현재 카바르디노-발카리아(Kabardino-Balkaria) 자치공화국에 약 50만 명의 카바르딘인이 거주하고 있다. 터키에 백 만 명 정도의 카바르딘인이 살고 있고, 조지아에도 상당수가 거주하고 있다. 2-3세기에 로마 가톨릭으로 개종하여 유럽에 이주하여 살고 있는 카바르인인도 있고, 러시아 내 일부 지역에 정교회로 개종한 카바르딘인들이 거주하고 있다.

아직까지 숨기고 있었어요.
물결과 함께 내가 당신에게 가져올 것은
젊은 코자크 여자의 시체예요.
그것은 피부 색깔이 어두우면서 창백하고
땋은 머리는 금발이지요.
그녀의 희미한 얼굴은 슬프고
시선은 아주 조용하고 편안히 잠들어 있고
가슴에는 작은 상처에서 나오는
빨간 줄기가 흘러내리고 있어요.
강변에서 이 젊은 미녀를 사모하지 않는 것은
온 마을 사람들 중에서
그레벤 코자크[13] 남자뿐이지요."

분노한 강물이 조용해졌고
그 위로 눈처럼 하얗고
땋은 머리카락이 물에 풀어진
머리 하나가 둥실 떠내려 왔다.

그때 노인은 빛나는 영광에 싸여
폭풍처럼 세차게 일어났고
어두운 파란색 눈이
열정의 습기로 둘러싸였다.
즐거움에 가득 찼던 그가 사나워졌고
자기 품 안으로
흘러 들어오는 파도를
물결 소리로 사랑을 표하면서 받아들였다.

13 그레벤(Greben) 코자크 - 돈(Don) 코자크에서 파생한 코자크 집단으로 16세기에 돈 강 유역을 떠나 코카서스 산맥 북부 지역에 정착해서 테레크 코자크 집단의 일부를 이루었다. 체첸과 노가이(Nogai) 문화에 영향을 받았으며 러시아어와 노가이어를 구사한다. 일명 스코이 코자크(Skoi Cossack)로 불리기도 한다.

카프카스로 떠나며 (잘있거라, 역겨운 러시아여!)

Прощай, немытая Россия!, 1840

잘있거라, 역겨운 러시아여!
농노의 나라여, 지주의 나라여.
너희들은 푸른 제복을 입고 있고
너는 그들에게 복종하는 국민이다.

이제 카프카스의 높은 장벽 뒤로 가면.
너의 총독으로부터 몸을 숨길 수 있을 것이다.
모든 것을 보는 눈과
모든 것을 듣는 귀도 나를 찾을 수는 없을 것이다.

코자크 자장가

Казачья колыбельная песня, 1840

잘 자거라, 우리 예쁜 아가
잘 자거라.
밝은 달이 너의 요람 안을
조용히 바라보고 있다.
나는 옛이야기를 해주고
노래 불러줄 테니
너는 눈 감고 자고 있거라.
잘 자거라.

테레크 강이 돌들을 따라 줄줄 흘러가고
탁한 물결이 출렁거린다.
사악한 체첸인이 강가로 기어나가고
자기 단검을 갈고 있다.
하지만 옛날부터 전사였던 너의 아빠는
싸우는 데 단련되었다.

안심하고 잘 자거라, 아가야,
잘 자거라.
때가 되면 너도 알게 될 거야
전사의 생활을.
너도 용감하게 등자에 발을 넣고,
손에 총을 들 것이다.
나는 전투용 안장에다가
명주실로 수를 놓을 것이다.
잘 자거라, 우리 아가야,
잘 자거라.

너는 풍채가 장사(壯士) 같이 될 것이고
마음으로는 코자크가 될 것이다
내가 너를 배웅하러 나가면
너는 손을 흔들고
그날 밤 나는 몰래
쓴 눈물을 한없이 흘릴 것이다
천사 같은 우리 아가야, 조용하고 편안히 자거라.
잘 자거라.

나는 그리움에 시달려
위로를 받지 못하고 너를 기다릴 것이다.
하루 종일 기도를 하고,
밤이면 점을 칠 것이다.
타향에 있는 네가
집을 그리워한다고 생각할 것이다.
그런데 아직 너는 아직 걱정을 모르니 잘 자거라.
잘 자거라.

나는 네가 떠날 때
신성한 이콘을 줄 것이다.
하나님께 기도를 올릴 때

그 이콘을 앞에 두어라.
그리고 위험한 전투를 준비할 때
네 엄마를 기억해라.
잘 자거라, 우리 예쁜 아가,
잘 자거라

므츠리 (견습 수도사)[14]

Мцыри, 1840

꿀을 조금만 맛보았으나, 아, 이 때문에 나는 죽을 것이다. - 열왕기상 1장[15]

(제1연)
몇 년 전,
아라그바 강과 쿠라 강 물줄기가
마치 서로 포옹하는 자매처럼
소리 내며 합류하는 곳에
수도원이 있었다. 산 너머
무너진 대문의 기둥들과
탑과 교회 천장을
오늘도 이곳을 지나는 사람이 볼 수 있지만,
그 아래에 더 이상 향로들의
향기로운 연기가 피어오르지 않고,
늦은 시각에

14 조지아의 전설과 민담을 수집하기 위해 군사도로를 따라 여행하던 길에 므츠케타 성당에 들른 레르몬토프는 얼마 전 문을 닫은 성당을 지키고 있던 늙은 수도사를 만나 여러 이야기를 듣고 이 작품을 쓴 것으로 전해진다. 이 작품의 중간에 나오는 수도사와 호랑이의 싸움은 조지아의 고대 민담에 바탕을 두고 있다. 이 이야기를 소재로 한 <젊은 용사와 호랑이>(Young Man and a Tiger)'라는 민요가 열 네 가지 버전으로 전해지고 있으며, 쇼타 루스타벨리의 <호랑이 가죽을 두른 용사>(허승철 역, 문예림 2017)에 나오는 호랑이와의 싸움은 이 민요 중 하나인 헤브수르 민요(the Khevsur song)에 바탕을 둔 것이다.

15 정교회의 성경은 개신교 성경과 배열이 다르다. King James Bible의 사무엘상 14장 34절 - "내 손에 있는 막대기 끝으로 꿀을 조금 맛보았지만, 아, 나는 죽을 것이다"(I did but taste a little honey with the end of the rod that was in mine hand, and, lo, I must die.)

이콘 앞에서 우리를 위해 기도를 올리는
수도사들의 예배드리는 소리가 들리지 않는다.
이제는 이 폐허들의 수호자인
반쯤 죽은 백발노인 한 명만이가
사람들과 죽음에 의해 잊혀진 채
묘비들의 먼지를 털고 있고,
그 묘비들에 새겨진 글은
지난날의 영광과
어떠어떠한 왕이 어떠어떠한 해에
자기 백성들을 러시아에 넘겼다고 하는 내용이다.
***
그리고 신의 은총이
조지아로 내려왔다! 이 땅은 그때부터
그늘진 정원에 꽃이 만발했고,
우군(友軍)의 총검이 지켜주는 경계 뒤에서
적을 걱정하지 않게 되었다.

악마
Демон, 1841

(제3연)
그리고 캅카스 산꼭대기 위로
천국에서 추방당한 자가 날아 지나갔다.
그 아래 카즈베크 봉은 만년설로
금강석의 한 면처럼 반짝거렸다.
저 아래 깊고 어두운
갈라진 바위틈에는 뱀이 살고 있고,
다랼 계곡이 구불구불 이어진다.
그리고 테레크 강은
등줄기에 텁수룩한 갈기가 나 있는 암사자처럼 뛰어 오르고
산짐승은 포효하고,

새들은 높고 푸른 창공 한가운데를 빙빙 돌며 날면서
테레크 강 물소리가 무슨 말을 하는지 귀를 기울였다
황금빛 구름들은
남쪽의 먼 나라들에서 와서
북쪽으로 가는 그를 배웅했다
그리고 절벽 무리는 서로 바짝 몸을 붙이고
신비로운 졸음에 가득 찬 채
그 위로 머리를 숙이고
어른거리는 물결을 바라보았다.
그리고 절벽 위에 있는 성들의 탑들은
마치 카프카스 대문 옆에 보초를 서는
거인 경비병처럼
안개를 뚫고 엄격한 눈으로 앞을 내다보았다.
그리고 주위에 있는 온 세상은
황량하고 경이롭지만 교만한 영혼은
경멸에 찬 눈으로
자신의 신이 만든 피조물을 보고
그의 높은 이마에는 아무 감정도 나타나지 않았다.

(제4연)
그리고 그 앞에 다른 광경이 펼쳐지고
생생한 아름다움이 꽃을 피웠다.
화려한 조지아의 평야들은
카펫처럼 멀리 펼쳐졌다.
얼마나 행복하고 풍요로운 땅인가!
기둥처럼 늘어선 포플러 나무들과
맑은 소리를 내면서
여러 색깔의 돌바닥 위를 흘러가는 시냇물과
장미 덤불 사이에서 꾀꼬리들은
달콤한 사랑의 목소리로 미녀들에게 노래를 부르지만
대답을 얻지 못한다.
플라타너스가 만든 넓은 현관은

무성한 담쟁이 넝쿨 왕관을 쓰고 있다.
햇볕이 쨍쨍 내리쬐는 한낮에
겁먹은 사슴들은 동굴에 몸을 숨긴다.
반짝이는 빛과 활기와 잎이 흔들거리는 소리,
백 개의 목소리가 떠드는 소리,
천 개의 식물들이 숨 쉬는 소리,
그리고 요염한 정오의 무더위,
향기로운 이슬로
늘 적셔진 밤들과
젊은 조지아 여인의 눈빛처럼 밝은 별들,
그렇지만 차가운 질투 외에
추방당한 자의 메마른 마음에
자연의 화려함이 일으키는 감정은 없었다.
새로운 감정도 새로운 힘도 없었고,
자기 앞에 보이는 모든 것들을
그는 경멸하거나 질투했다.

(제5연)
높은 집과 넓은 마당을
백발의 구달(Гудал)[16]이 자신을 위해 지었다.
오래전부터 고분고분한 노예들이 엄청난 노동과 눈물로 이것을 지었다.
아침에 이웃 산의 산비탈 위에
그 벽들이 그림자를 드리우고,
절벽을 깎아 만든 계단이 있다.
모퉁이 탑에서
강으로 내려가는 계단에 모습이 보이다 사라졌다 하면서
하얀 차도르에 덮인
공작의 젊은 딸인 타마르가
아라그바 강으로 물을 뜨러 가곤 한다.

---

16 구달(Гудал) 공작 - 타마라의 아버지.

타마라

Тамара, 1841

깊은 다랼 계곡 속에
테레크 강이 어둠을 뒤적이고 있는 데
까만 절벽을 배경으로 까맣게 보이는
오래된 탑이 서 있었다.

그 높고 좁은 탑 안에
타마라 여왕이 살고 있었다.
그녀는 하늘의 천사처럼 아름다웠고
악마처럼 간사하고 사악했다.

그곳에 자정의 어둠을 뚫고
금색 빛이 반짝이고 있었는데,
그것은 여행자의 눈에 띄어
하룻밤 자고 가도록 유혹했다.

그러고 나서 열망과 열정으로 가득 차 있는
타마라의 목소리가 들렸다.
그 목소리에는 전능한 열정과
불가해한 권세가 있었다.

눈에 보이지 않는 선녀의 목소리를 따라
전사도 상인도 목자도 갔는데
그 사람들 앞에서 문이 열렸고
침울한 표정을 한 내시가 마중 나왔다.

새털로 만든 부드러운 잠자리 위에
양단 옷을 입고 진주로 장식한 그녀가
손님을 기다리고 있었고,
그녀 앞에 와인 두 잔이 쉬쉬 소리를 내고 있었다.

뜨거운 팔이 얽히고
입술과 입술이 붙고
괴이하고 사나운 소리가
밤 내내 그곳에서 울려 퍼졌다.

마치 비어 있는 그 탑에
백 명의 열정적인 청년들과 처녀들이
한밤중 결혼식과 큰 장례를
치르러 모여 있는 듯했다.

아침 여명이
산 위로 첫 햇살을 던지자마자
한 순간에 어둠과 침묵이
다시 그곳으로 찾아 왔다.

다랼 계곡 안의 테레크 강만이
우렁차게 소리를 내면서 정적을 깨뜨리며
한 물결이 다른 물결을 따랐고
물결이 물결을 재촉했다.

물결들이 울면서 소리 없는 시체를
서둘러 싣고 떠났다.
그 때 창문에 무언가 하얀 게 보였고
"미안해요"라는 소리가 들렸다.

그 작별 인사는 너무 부드럽고
그 목소리가 너무 달콤하게 들려서,
마치 황홀한 만남과
애무를 약속하는 듯했다.

우리 시대의 영웅

Герой нашего времени, 소설

제1부 벨라

나는 역마차를 타고 티플리스에서 돌아오는 길이었다. 짐수레에 실린 짐이라고는 크지 않은 여행 가방이 전부였고, 그나마 짐의 절반은 조지아 여행기 원고로 채워져 있었다. 여러분에게는 다행스럽게도 이 여행 수기는 분실되었고, 나에게는 다행스럽게도 나머지 짐은 내 수중에 남아 있었다.

내가 코이샤우르스키 골짜기에 들어섰을 때 태양은 이미 눈 덮인 산등성이 너머로 모습을 감추기 시작했다. 오세트인 마부는 밤이 되기 전에 코이샤우르스키[17] 정상에 오르기 위해 힘껏 말을 몰면서 목청껏 노래를 불러댔다.

골짜기는 절경이었다! 접근할 수 없는 산들이 사방을 두르고 있고, 짙푸른 담쟁이넝쿨과 플라타너스 가지로 뒤덮인 불그스름한 절벽들의 줄을 그어놓은 듯한 틈새로 물줄기가 흘러내리고 있었고, 반대편에 까마득히 높은 곳에는 눈이 황금빛 술 장식처럼 빛나고 있었다. 저 아래에는 아라그바 강이 협곡에서 뿜어져 나오는 이름 없는 다른 작은 강물을 포옹한 뒤 은빛 실처럼 몸을 뻗으며 뱀의 비늘처럼 반짝거리고 있었다.

코이샤우르스키 산기슭에 이르러서야 우리는 선술집 옆에 말을 세웠다. 이곳에 스무 명 남짓한 조지아인들과 산사람들이 모여 왁자지껄 소란을 피우고 있었다. 근처에는 이곳에서 밤을 보내려는 낙타 떼가 묶여 있었다. 나는 이 저주받은 산으로 내 마차를 끌고 올라가기 위해 황소를 빌려야만 했다. 이미 계절은 가을이라 길은 살얼음이 내려 미끄러웠는데, 이 산길은 2베르스타는 족히 되었다.

---

17 코이샤우르스키 산 - 트빌리시에서 120킬로 북쪽에 위치한 구다우리(Gudauri) 인근의 산으로 높이는 2,483미터이다. 러시아어 명칭은 '구드 봉(Гуд-гора)'이고, 조지아 군사도로가 통과하여 러시아인들은 이 산을 지나 조지아로 들어왔다. 현재는 이 산에 스키 리조트가 조성되어 있다.

레르몬토프, 미하일 유리예비치

Лермонтов, Михаил Юрьевич

1814 - 1841

1814년 모스크바의 스코틀랜드 혈통의 후손인 명문 귀족 가문에서 태어나서 타르하니(Tarkhany)[현재 지명 레르몬토보(Lermontovo), 펜자(Penza) 주]에서 성장했다. 모스크바대학에서 수학한 후 상트페테르부르그로 가서 군사학교를 마치고 1934년 근위경비병연대의 장교가 되었으나, 푸쉬킨의 사망 소식을 듣고 즉석에서 쓴 '시인의 죽음'에서 러시아 귀족사회와 황실을 비난한 죄로 카프카스의 니제고로드 연대에 배치되었다. 그러나 이 시로 그는 단번에 시인으로 큰 명성을 얻었으며, 주콥스키는 레르몬토프를 푸쉬킨의 후계자라고 부르기도 했다. 카프카스에서 현지 언어를 배우며 뛰어난 시들을 썼고, 카프카스 풍광을 그림으로 남기기도 했다. 수도의 상류사회 생활과 완전히 다른 카프카스 생활에 만족한 레르몬토프는 친구인 라옙스키에게 「여기에는 좋은 사람이 너무 많네. 특히 티플리스의 사람들은 아주 정직하다네…… 발삼 같은 산악 공기는 너무 좋아서 모든 우울증이 다 사라지고, 내 심장은 다시 뛰고, 가슴은 힘차게 호흡하네」라고 썼다. 1938년 상트페테르부르그로 돌아와 〈우리 시대의 영웅〉을 완성했으나, 숨막히는 수도 생활에 염증을 느꼈고, 푸쉬킨이 결투로 사망한 장소에서 결투를 벌임으로써 1840년 다시 한 번 카프카스로 유형 당했다. 1841년 7월 동료 장교를 심하게 놀려서 그로부터 결투 신청을 받았고, 결투 상대가 쏜 총알을 가슴에 맞고 사망했다. 레르몬토프는 19세기 러시아 작가 중 카프카스를 가장 잘 알고, 가장 사랑한 시인으로, 푸쉬킨과 함께 소위 남방 문학 장르와 19세기 전반 낭만주의 사조 형성에 중심적 역할을 했다.

오도옙스키, 알렉산드르 이바노비치
Одоевский, Александр Иванович

조지아와 러시아제국의 결혼
Брак Грузии с Русским Царством, 1838

검은 눈동자의 처녀여! 검은 속눈썹을 한 처녀여!
조지아여! 딸이자 여명이며 불길이여!
열정과 괴로운 안일, 영원히 새로운 사랑스러움이
네 안에 숨 쉬며 나를 불태우는구나!

지나간 어두운 시절의 고난도
너를 괴롭히지 못하는구나!
너에게 구애한 많은 젊은이 가운데,
너는 거인을 선택했구나!

저기 그가 온다. 건장한 어깨와 함께
황금색의 물결이 가볍게 휘날린다.
시선은 밤하늘의 별들을 닮았고,
정말 그는 생명과 요새로 가득 찼고,
방패와 칼도 없이 당당히 걸어온다.
단지 왼쪽 어깨로부터
진홍색 황제 망토가 흔들리며 흘러내린다.
그는 눈처럼 맑고 환하며, 가슴은 스텝처럼 넓구나.
그러나 강철 같은 그의 손은
확고하게 세계의 축을 움직이고 있다.

신부가 그를 맞으러 나간다. 사랑과
한낮의 열기가 그녀의 피에 불을 붙였다.
그녀는 얼굴의 베일을 벗어던지고
수줍은 눈으로

먼 곳을 응시하며 모든 소리에 귀를 기울인다.
거기 카즈베크 봉 아래 다랼 계곡 아래서
그녀는 신랑을 기다린다.
그녀는 달콤한 환희를 만끽하며 신랑과 만나서
서로 반지를 교환하고
테레크 강의 물보라를 헤치고 그에게 바로 달려가
그의 가슴에 몸을 안기며 쓰러진다.
새로운 생각이 떠오르고 모든 것이 환히 빛난다.
지나간 세기의 슬픔은 이제 잊고
영원히 러시아에 불타는 사랑을 바친다.
여명의 보라색이
철제 갑옷처럼 그녀와 결합되었다.

오도옙스키, 알렉산드르 이바노비치

Одоевский, Александр Иванович

1802 - 1839

데카브리스트 봉기 주도자 중 한 사람으로 그가 쓴 시의 한 구절인 「작은 불꽃 하나가 큰 불을 일으킨다(Из искры возгорится пламя)」는 러시아 혁명주의자들에게 대대로 전해내려 온 슬로건이 되었고, 레닌이 만든 혁명 신문의 명칭인 《불꽃(이스크라)》으로 이어졌다. 친척인 그리보예도프의 영향으로 시를 쓴 것으로 알려졌으나, 그의 초기 작품은 전해지지 않는다. 데카브리스트 봉기 실패 후 이르쿠츠크로 유형 당한 후 토볼스크로 유형지가 바뀌었다. 1833년 그는 감형이 되어 유형에서 풀려났으나 1837년 황제령에 의해 동료들과 함께 카프카스의 니제고로드 연대에 배치되었다. 카프카스에서 함께 근무하던 레르몬토프와 우의를 맺었고, 1839년 그가 죽자 레르몬토프는 '오도옙스키에게'라는 추모시를 썼다. 아동과 어른을 위한 여러 편의 우화를 썼으며, 푸쉬킨의 '스페이드의 여왕'이 큰 인기를 끄는 것을 보고 이를 모방한 여러 편의 작품을 쓰기도 했다. 1844년 작품집 《러시아의 밤들》을 출간했다.

폴론스키, 야코프 페트로비치
Полонский, Яков Петрович

조지아 여인

Грузинка, 1846

어제 당신은 처음으로 조지아 여인을 보았네.
지붕 위 빈틈없이 깔린 양탄자 위에
그녀는 레이스가 달린 비단 옷을 입고
투명한 망사는 어깨 위로 말려 있었지.
오늘은 흰 베일을 쓴 불쌍한 모습으로
산길을 따라 산위로 올라가네.
돌담 사이 틈을 내려가 냇가에서 물을 길어
어깨에 문양이 새겨진 물동이를 메고 가네.
지친 나그네여 그녀 뒤를 서둘러 좇아가지 말고,
헛된 꿈에 사로잡히지 말게나!
환영(幻影)은 타는 더위 속의 목마름을 풀어주지 못하고,
시냇물을 다시 가져오지도 못한다네.

조지아 산길

Горная дорога в Грузии, 1848

내가 가는 길이 얼마나 힘들고
내가 잡은 말고삐가 얼마나 쓸모없는지 보인다.
말들은 가슴에 힘을 주고
햇볕이 내리쬐는 가운데 말파리가 물어뜯는다.

용감한 안내자는
왜 위에서 '나를 따라오라'고 소리를 지르고 있는가!
넌 어릴 때부터

등에 총을 메고 돌아다니는 일에 익숙했다.

하지만 나는 너무 빨리 기력이 바닥난다!
나는 자연 경관 보는 것도 지루할 뿐.
점토로 된 절벽들의 뼈대,
아래로 기울어진 숲들의 궁륭을 보는 것도 지루하다!

주변은 고요하고 인기척이 없다…
영원한 잠에 든
폐허들이 지친 몸을
산꼭대기에 기댔다.

잠자고 있는 그들에게
나그네가 대꾸를 듣기는 힘들 것 같다.
고향의 안부를 전하는 목소리에도
그들이 기뻐할 것 같지 않다.

안내자여 말해 달라, 없는 걸까!
어떤 전설이 없는 걸까? - 노인은 손으로
모자를 돌려쓰며
고개를 갸웃거렸다.

빠르게 흘러가는 물줄기가 보인다,
물거품이 아래로 흘러 내려간다.
무릎까지 물에 잠긴 채
말들이 물줄기를 건너고 있다.

나도 갈증을 해소했으면
그늘에서 휴식을 취했으면
말에서 뛰어내렸으면
활동을 멈추고 잠에 빠졌으면 한다.

그러나 안장에서 뛰어 내릴 곳이 없다!
왼쪽에는 수직의 벽들이,
오른쪽에는 나무들과 안개가 있고
소음이 시끄럽고 물거품이 반짝거린다.

나는 말을 쏜살처럼 빨리
달렸으면 하는데 불가능하다!
내 말은 조심스럽게 걸어간다.
돌들을 발로 살짝 밟으면서 확인한다.

조심스러움도 공덕이다.
내 말은 자신의 목숨을 소중히 여긴다.
남쪽에서 바람이 일어 황야가 소리를 내는데,
마치 멀리 있는
친구의 목소리가 내게 들리는 듯하다.

"친구여, 왜 이보다 더 좋은 길을 바라는 건가
길은 오직 하나만 있는데…"
자, 말이여 네 마음대로 가거라.
여기서는 내가 너의 주인이 아니다!

조지아 노래

Грузинская песня, 1848

내가 부르카[18]에 덮여 아침 여명까지
깊은 잠에 빠져있는 밤마다
세 개의 천국의 환영이 나에게 내려온다.
나는 꿈에서 세 명의 아름다운 미녀를 본다.

18 부르카(бурка) - 카프카스 지방의 소매 없는 외투.

첫 미녀의 반짝거리는 눈은
밤 어둠 속에서 빛나는 별들보다 환하다.
두 번째 미녀가 속눈썹을 올리면
뱀의 눈처럼 시력이 밝다.
산속의 밤이 아무리 어둡다 해도
셋째 미녀의 검고 깊은 눈처럼 깜깜할 수 없다.
여명이 사라지고 나의 꿈이 날아갈 때면
나는 자리에서 일어나지 않는 채 텅 빈 하늘은 본다.
보면서 계속 같은 생각을 한다.
내게 돈이 있었으면 집을 지어서
집을 높은 담으로 둘러싸고
그 안에서 세 명의 미녀와 나를 같이 가두었을 것이다!
아침부터 다음 아침까지 그들을 위해 노래 불렀을 거다!
노을부터 다음 노을까지 그들의 눈을 마주 바라보았을 거다!

조지아의 밤

Грузинскя ночь, 1848

조지아의 밤 - 나는 너의 숨결에 한껏 취한다.
이 시원한 차양 아래 있는 나는 너무 좋다.
이 차양 아래 안락한 촌장의 시골집(saklia)이 있다.
편한 양탄자 위에서 치렁치렁한 부르카 아래 눕는다.
개 짖는 소리나 망아지 울음소리도 들리지 않고
애달프게 소리 내는 촌구리(chonguri)[19]에 맞춘 거친 노랫소리도 들리지 않는다.
우리 주인은 잠이 들고, 벽에 매달린 철제 등잔의
불도 꺼졌다. 여기 달이 떴다! 우리 마을의
등잔 기름이 다 타버려서 좋다…
다른 등잔불이 켜졌고, 나는 다른 소리의 향연을 듣는다.
오 신이여! 얼마나 아름다운 공명인가! 어떤 새가

19 촌구리(chonguri) - 기타를 닮은 조지아의 전통 현악기.

밤의 늪에서 우는 새 소리가 먼 곳에서 들린다.
새소리는 마치 플루트처럼 맑게 떨리고
우는 소리는 영원히 같고 또 같다.
반복되는 음조의 크기는 슬프면서도 조용히 울린다.
그러나 이 소리로 나는 잠을 이룰 수 없다.
나의 마음을 슬프게 만들고도 아직 노래를 다 부르지 않은 것인가?
나는 눈썹을 내리깐다.
산 아래로 흘러내리는 물처럼
생각이 꼬리를 물고 끊임없이 이어진다.
그 다음 물결은 계곡을 지나 경계에 다다르고
바다의 파도와 합쳐지게 된다. 아니다, 바다와 합쳐지기 전에
물결은 계곡을 흘러서 이 세상에서 가장 오래된 민족의 희망인
포도원과 들판을 흠뻑 적신다.
나의 생각들이여! 영원으로 가기 전에
먼저 무한한 세계들을 붙잡고 하늘로 튀어 올라라!
너희들은 태양의 뜨거운 사랑을 받으며, 태양에 타버리며
낯선 나라 위로 아무 열매 없이 날아가야 하는
운명이라는 것을 내게 말하라!

카프카스에서 돌아오는 길에

На пути из-за Кавказа, 1851

I

난공불락이고 산이 빽빽이 이어지는
카프카스여, 우리의 용감한 나라여,
무더위와 돌이 많은 우리 도시인 티플리스여,
밝은 조지아의 태양이여, 잘있거라!

인생의 전투를 치를 준비가 된 마음을 가지고
나는 눈 덮인 산마루를 넘어간다.
나는 카즈베크를 넘고, 크레스토바야(Krestovaya)[20]를

지났고, 이제 다랼 계곡이 멀지 않다.

데레크 강의 불안한 물결이
탁한 물거품을 내며 돌 위를 흘러가는 소리가 들린다.
말굴레 방울소리가 울리고,
튼튼한 말들이 청년을 태운 채 북쪽으로 달려간다.

구름에 잠긴 높은 산들이여,
길을 비켜다오. 코자크 마을들의 드넓은 공간과
푸른 초원이 펼쳐지고
나는 이 평원의 끝을 볼 수 없다.

말을 빨리 몰아라! 무덤들 저편에 날이 저물어가고
망루 위에서 코자크들이 말없이 내려다본다.
안개 너머로 빨간 달이 떠오르고
가까운 데서 불들이 반짝거린다.

옆에서 까마귀가 울음소리가 들리고
어둠 속을 보다가 죽은 말의 시체를 보았다
말을 계속 몰아라! 페초린[21]의 그림자가
나를 뒤쫓아오고 있다.

II
이렇게 많은 고난을
인내심 있게 같이 나와 함께 겪어온 그대여,
평화와 만남에 대한 희망 없이
나는 그대와 영원히 작별했다.

내가 두려워하는 것은 내가 가는 길이

20 크레스토바야(Krestovaya) - 조지아 군사도로가 지나가는 산으로 해발 2,465미터.
21 레르몬토프의 〈우리 시대의 영웅〉의 주인공.

고향의 밭에서 남의 나라로 뻗으면
외로운 마음이 뒤돌아보고
낯익은 그리움에 움츠러들까 하는 거다.

그대의 집, 포도 덩굴들이 늘어져 있는 마당,
그대의 말에 위로를 받아
내가 걱정 없는 게으름에 빠지곤 했던
그 그늘을 떠올릴 것이다.

도랑을 따라 핀 장미의 향기를,
늦은 저녁의 탬버린 소리를,
그대의 베일과 장난스러운 미소와
나를 유혹하는 불같은 눈빛을 떠올릴 것이다.

거짓과 배반이었던 모든 것,
쇠사슬처럼 나에게 매달려 있던 모든 것,
그 모든 것들은 초원으로 흘러나가는 산속 강들의 물거품과 같이
나의 기억에서 사라져버렸다.

폴론스키, 야코프 페트로비치

Полонский, Яков Петрович

1819 - 1898

귀족 집안에서 태어나 모스크바대학에서 수학하였으며, 푸쉬킨과 레르몬토프의 낭만적 문학전통을 이어가려고 노력했다. 그는 우크라이나와 카프카스의 행정을 맡았던 보론초프 총독의 휘하에 들어가 오데사에서 근무한 후 1846년부터 1851년까지 티플리스에서 일했다. 아름다운 흑해 연안이 정경에 자극을 받은 그는 코카서스의 장엄하고 수려한 자연환경에 큰 감흥을 받아 시를 썼고, 특히 밤 정경에 끌렸다. 여기 소개된 '조지아의 밤'은 그의 시 중 최고작으로 꼽힌다. 이미 황혼기에 들어서 낭만주의 전통을 지켜온 그의 작품은 세기 전환기의 혼란 속에 남들의 주목을 받지 못했지만, 그의 작품은 차이콥스키, 라흐마니노프, 루빈슈타인에 의해 음악으로 재탄생했다.

셰브첸코, 타라스 그리고리예비치
Шевченко, Тарас Григорьевич

카프카스

Кавказ, 1845

진실한 친구 야키프 데 발멘(Iakiv de Balmen)[22]에게

어찌하면 내 머리는 물이 되고 내 눈은 눈물 근원이 될꼬
죽임을 당한 딸과 내 백성을 위하여 주야로 울리로다. - 예레미야 9장 1절

겹겹이 늘어선 산들은 구름에 뒤덮인 채
슬픔에 물들고, 핏물에 잠겨있다.
그 산에는 피가 흐르네.
태초에 프로메테우스를 벌주기 위해
날마다 독수리가 그의 갈비뼈를 뚫고
심장을 쪼아 대지만
아무리 쪼아대도 생명의 피를 다 마셔버리지는 못한다.
프로메테우스의 피는 살아나고
다시 웃음을 짓는다.
우리의 정신 죽지 않고,
우리의 자유도 죽지 않으리.
아무리 지칠 줄 모르는 자라도
바다의 바닥까지 파헤치지는 못하리.
살아있는 영혼과
살아 있는 언어도
쇠사슬로 묶을 수는 없는 법.
신의 영광은 사라지지 않는다.

22 야코프 데 발멘(Iakiv de Balmen, 1813-1845년) - 우크라이나 폴타바 주 화가이자 장교로 셰브첸코 시선집의 삽화를 그려 주었다. 1845년 러시아군 장교로 카프카스 체르케스 정벌 전투에 참가했다가 전사했다.

위대한 신의 영광은 영원한 것.

3연
(중략)
진정한 자유를 위해 싸운다면
신의 도움으로 분명히 승리할 것이다.
진리도 당신들의 것, 영광도 당신들의 것,
그리고 신성한 자유도 당신들의 것이다.
카프카스의 빵, 카프카스의 오두막은
누가 하사한 것도, 선물한 것도 아니다.
아무도 감히 당신들의 것을
빼앗아 갈 수 없다.
(중략)

셰브첸코, 타라스 그리고리예비치(흐리호로비치)

Шевченко, Тарас Григорьевич

1814 - 1861

우크라이나의 모린츠에서 농노의 아들로 태어나 10대 초반 양친을 잃고 고아가 되었다. 지주를 따라 바르샤바를 거쳐 상트페테르부르그에 정착한 셰브첸코는 그의 미술적 재능을 알아본 주콥스키를 비롯한 러시아 지인들의 도움으로 농노에서 해방되어 러시아 미술아카데미에서 수학했다. 1939년부터 잠재해 있던 시적 재능이 분출되어 모국어인 우크라이나어로 '카테리나', '포플라', '타라스의 밤' 등을 썼고, 1840년 최초의 시집 《유랑시인(Kobzar)》을 출간했다. 1841년 《하이다마키》를 출간하여 문학적 명성을 확립했다. 1843년 우크라이나 폴타바, 페레야슬라바 지방 등을 여행한 후 상트페테르부르그로 귀환하였고, 1845년 2차 우크라이나 여행을 했다. 여기에 인용된 '카프카스'는 카프카스에서 전투에 참가한 친구 야코프 데 발멘의 사망 소식을 듣고 쓴 것이다. 이 시에서 셰브첸코는 자유를 잃은 카프카스의 운명과 우크라이나의 운명을 동일시했다. 1847년 비밀결사 키릴-메포디형제회에 가담한 혐의로 체포되어 중앙아시아 지역에서 10년 간 노역병사로 유형을 당했으며, 이 기간 중 아랄해 탐사에 참여했다. 1848년 만기 복역을 마치고 상트 페테르부르그에 귀환한 셰브첸코는 유형 중 상한 건강을 돌보지 않고 활동을 하다가 1951년 사망하여 고향 인근 카니프에 묻혔다. 우크라이나 최고의 국립대학이 타라스 셰브첸코 키예프 국립대학교(Київський національний університет імені Тараса Шевченка)라는 이름을 가질 정도로 우크라이나의 민족 시인으로 추앙된다. 2018년 국내에 그의 생애와 작품을 다룬 번역본이 출간되었다.

<타라스 셰브첸코: 생애와 문학> 성동기, 허승철 편역 (문예림, 2018)

톨스토이, 레프 니콜라예비치
Толстой, Лев Николаевич

코자크들

Казаки, 1863, 소설

제2장

(중략)

그(올레닌)의 상상은 이제 미래를 향해, 카프카스를 향해 달리고 있었다. 미래에 대한 그의 모든 공상은 아말라트-베크(Амалат-бек)[23]나 체르케스인들, 산과 절벽, 무서운 급류, 그리고 갖가지 위험의 영상과 결부되었다. 이 모든 것들이 안개에 쌓인 것처럼 희미했으나, 명예가 그를 유혹하고 죽음이 그를 위협하는 흥미로운 미래 속으로 빠져 들어갔다. '……비범한 용기와 모든 이들이 놀랄만한 힘을 소유한 그는 셀 수 없이 많은 산사람들을 죽이고 정복하는 한편, 스스로가 산사람이 되어 자기 민족의 독립을 수호하기 위해 러시아인들과 싸우기도 한다. 이러한 광경이 머릿속에 펼쳐지자 이번에는 모스크바의 낯익은 얼굴들이 등장한다. 사쉬카 베(Б)도 그곳에 나타나 때로는 러시아인들과, 때로는 산사람들과 그에게 대항한다. 그리고 어떻게 된 일인지 재단사 까벨까지 승리자의 의식에 가세한다. 비록 이러한 공상은 지난날의 모욕과 약점과 실수를 생각나게 하지만 이제는 유쾌한 추억이 되었다. 그곳 - 산속과 급류, 체르케스인들, 그리고 많은 위험 속에서는 이러한 과오가 반복되지 않을 것이 명확하기 때문이다. 이미 지난 날의 모든 과오를 고백한 지금은 모든 것이 정리된 셈이다. 그리고 또 하나의 가장 소중한 공상은 젊은 이들에게 아주 중요한 관심분야인데, 그것은 바로 여자에 대한 공상이다. 날씬한 몸매의 그녀는 길게 땋은 머리칼과 부드럽고 깊은 눈을 가진 체르케스 여자 노예로 산 속에서 등장한다. 그의 눈앞에 산중의 외로운 오두막이 나타나고, 그 문 앞에서 그녀는 먼지와 피, 그리고 승리의 영광에 싸여 피로한 몸을 이끌고 돌아오는 그를 기다리고 있다. 그는 그녀의 키스, 그녀의 어깨, 그녀의 달콤한 목소리, 그녀의 온화한 모습이 바로 눈앞에 있는 것처럼 느낀다. 그녀는 아름답지만 교양이 없고 거친 야생마 같다. 긴 겨울 밤 그는 그녀를 가르치기 시작한다. 그녀는 영특하고 이해력이 뛰어나며, 타고난 풍부한 재능으로 필요한 지식을 금세 터득한다. 어떻게 그럴 수 있을까 만은 그녀는 아주 빠르게 외국

23 아말라트-베크(Амалат-бек) - 베스투제프-말린스키가 쓴 동명의 소설 주인공.

어를 익혀 프랑스 문학작품을 읽고, 그것을 이해할 수 있게 된다…. 그녀는 프랑스어로 말할 수 있게 된다. 응접실에서 그녀는 최상류층 귀부인보다도 우아함 위험을 지닐 수 있다. 그녀는 자연스럽고 열정적으로 노래 부를 줄 안다 - '아, 이게 무슨 부질없는 생각인가!' 그는 스스로에게 중얼거렸다. 그때 썰매가 어느 역엔가 도착했고, 그는 다른 썰매로 갈아타며 마부에게 술값을 건넸다. 그리고는 곧 중단했던 공상을 다시 시작해 체르케스 여자와 승리의 영광, 러시아로의 귀환, 시종무관 그리고 매혹적인 아내 등을 머릿속에 그리기 시작했다.

제3장

(중략)

이튿날 아침, 그(올레닌)는 마차 안에서 신선한 느낌에 잠을 깼고, 무심코 오른쪽을 응시했다. 맑게 갠 아침이었다. 그는 바로 자신으로부터 20여 걸음 떨어진 곳에서 무언가를 발견했는데, 그것은 맑고 흰 엄청나게 큰 물체로 먼 하늘을 배경 삼아 뚜렷한 윤곽을 드러내고 있었다. 그리고 그가 자신과 산, 하늘과의 거리를 가늠하게 되고, 그 얼마나 거대한 산이 앞에 있는가를 깨달았을 때, 그리고 그 산의 형언할 수 없는 아름다움을 느끼게 되었을 때, 그는 엄청난 충격을 받고 말았다. 이건 환영인가 꿈인가? 그는 정신을 차리기 위해 몸을 추스렸다. 그러나 산들은 조금도 변함이 없었다.

"저게 뭔가? 도대체 저게 뭔가?" 그는 마부에게 물었다.

"산입니다." 노가이인[24]은 아무렇지도 않게 대답했다.

"저도 아까부터 보고 있었어요." 바뉴사가 대답했다.

"정말 굉장해요! 집에서는 누구도 믿지 않을 겁니다."

평평한 길을 따라 질주하는 삼두마차 위에서 산들을 바라보면, 떠오르는 아침 햇살을 받아 봉우리를 붉게 물들인 채 지평선 위를 달리는 것처럼 보였다. 맨 처음 산들은 올레닌에게 단지 놀라움의 대상이었으나, 잠시 후에는 그를 기쁘게 해주는 대상이 되었다. 그리고 얼마 후, 다른 검은 산들의 뒤쪽이 아닌 넓은 초원 끝에서 불쑥 솟아올라 멀리 줄달음치는 눈 덮인 산을 바라보면서 그는 산의 아름다움에 깊이 빠져들며, 산을 제대로 느낄 수 있게 되었다. 이 순간부터 그가 보고, 생각하고, 느끼는 것 모두가 그에게는

24 노가이(Nogai)인 - 북카프카스에 주로 거주하는 몽골과 터키계 유목민. 노가이어를 사용하며 체첸, 다게스탄, 카라차이-체르케스 자치공화국과 스타브로폴 변강주에 약 6만5천 명이 흩어져 살고 있으며, 터키에도 약 9만 명의 노가이족이 거주하고 있다. 아크 노가이족(Ak Nogai)과 카라가쉬 노가이족(Karagash Nogai 또는 Qara-Nogai)로 크게 나뉜다. 아스트라 칸국이 러시아에 정복된 후 크림 칸국의 북쪽 경계를 지키며 슬라브족이 이 지역에 정착하는 것을 막았고, 17세기 초 볼가 강 하류로 이주하며 살았다.

새롭고, 장엄하고 당당한 산의 특성을 지니게 되었다. 모스크바의 모든 추억도, 수치심과 후회도, 그리고 카프카스에 대한 부질없는 공상도 모두 사라지고 더 이상 되살아나지 않았다.

'자, 이제 시작이야!'

어떤 장엄한 목소리가 그에게 이렇게 말하는 듯했다. 그리고 그가 가고 있는 길도, 멀리 보이는 테레크 강의 윤곽도, 역참과 사람들도 그에게 있어 예사로운 것이 아니었다. 하늘을 보면… 다시 산이 생각난다. 자신과 바뉴샤를 보면… 다시 산이 생각난다.

코자크 두 명이 말을 타고 지나간다. 등의 총집에 꽂힌 이들의 총은 말의 말 걸음과 함께 출렁이고, 흰 말과 적갈색 말의 다리가 서로 엉켜 보인다… 아 산이다! 테레크 강 뒤로 타타르 마을의 연기가 피어오르고… 산들이 나타난다! 해가 떠서 이제 갈대 숲 사이로 보이는 테레크 강이 햇빛에 반짝인다… 그리고 산이 보인다! 마을에서 타타르 마차와 여자들이 나온다. 아름다운 젊은 처녀들이 우리 옆을 지나간다… 그리고 산이 보인다! 아브레크들(Avreks)[25]이 평원을 말을 타고 달리지만, 그들과 나란히 가는 나는 그들을 두려워하지 않는다! 나는 총을 가지고 있고, 힘과 젊음이 있다… 그리고 산이 보인다!

25 아브레크(Avrek) - 코카서스 산악 지역에 거주하는 산사람 또는 산악 도적을 지칭하는 말.

톨스토이, 레프 니콜라예비치

Толстой, Лев Николаевич

1828 - 1910

〈안나 카레니나〉, 〈부활〉, 〈전쟁과 평화〉로 국내 독자들에게 잘 알려진 톨스토이는 도박으로 진 빚에서 벗어나기 위해 1851년 카프카스 병사 근무를 자원했다. 카프카스 생활 중 작가로서 첫 발을 내딛어 〈유년시절〉의 앞부분을 썼고, 카프카스 경험을 바탕으로 〈코자크들〉과 〈하지 무라트〉를 썼다. 1854-55년 포병 장교로 크림 전쟁에 참여한 경험을 바탕으로 세바스토폴을 배경으로 하는 단편 연작을 썼고, 이 작품들은 국내에는 《세바스토폴리 이야기(박형규 역)》라는 제목으로 출간되었다.

마르코프, 예브게니 르보비치
Марков, Евгений Львович

카프카스 견문록

Очерки Кавказа, 1887

제9장 다랼 계곡

산은 블라디카프카스[26]에서 바로 시작되지는 않지만, 사방을 봐도 눈에 들어오는 것은 겹겹이 솟은 산들 뿐이었다. 테레크 강의 골짜기는 처음에 넓고 평평하다가 다음에는 보기 좋게 언덕들이 이어지고, 라르스(Ларс) 역참에서부터 꽤 가파른 오르막길과 험준한 산악 경치가 시작된다. 위로 올라갈수록 골짜기는 더욱 산 속으로 빨려 들어가면서 좁아지고 깊어지면서 무서워진다. 라인 강변처럼 낭만적인 성들은 그림 같은 절경의 절벽 꼭대기 위에 서 있는데, 그 중에서 어떤 성들은 아직 온전해서 그 발치에 흩어져 있는 마을(аул)들을 방어할 만하고, 어떤 것들은 반 정도 파괴되어서 죽은 사람의 해골처럼 벌거벗은 채 불뚝 솟아 나와서 암반 절벽들과 구분하기 어려운 상태이다. 맹렬하게 흘러가는 산악 강 옆면을 따라 난 거대한 돌더미 사이에 난 유일한 길인 골짜기가 테레크 강으로 떨어지는 곳에는 총안이 좁고 벽이 험한 성의 탑이 꼭 솟아올라 있다.

(중략)

약탈에 이용되는 우울한 동굴들 속에서 당신은 우연히라도 녹색 관목 한 그루나 잡색이거나 하얀색 점 하나도 볼 수 없다. 그곳에 집은 없고, 있는 것은 오직 서로 높이가 다른 탑들뿐이다. 거기에 창문은 없고 있는 것은 총구를 내밀고 조준 실력이 좋은 눈으로 적의 가슴을 겨눌 수 있을 정도로 넓은, 정방형으로 파낸 총안(銃眼)들뿐이다. 이 모든 것들이 모여서 털을 곤두세운 야수 같은 난공불락의 보루를 이루는데, 이것이 각 보루의 암반을 방어하고, 죽음의 사자를 보내고 있다. 거기까지 올라가는 것은 불가능하고, 내려가는 것은 더더욱 불가능한데, 만일 올라간다면 앞에 보이는 것은 입구도 틈도 없는 탑들과 불을 내뿜는 총안들뿐이고, 문이란 것은 거의가 위에, 2층에 있어서 사다리를 탑 안으로 숨기면 문 대신 단단한 쇠를 씌운 참나무 판으로 보호된 창문만 남는다. 탑 사이로 들어가는 것은 평화로운 시기에도 쉽지 않다. 골목들은 마치 칼로 도려낸 것

26 블라디카프카스(Vladikavkaz Владикавказ) - 코카서스 산맥 북면 테레크 강가에 위치해 있으며 북오세티아 자치공화국의 수도이다. 인구는 약 31만 명이며 남코카서스로 통하는 군사 요충지이다.

처럼 좁아 어깨 양쪽이 벽에 닿고, 벽들이 이루는 모퉁이는 뱀처럼 구불어지며 직각에 가까운 경사를 올라간다. 올라가는 순간에 탑에 체 구멍처럼 총총하게 난 총안들 중 가장 가까운 곳에서 총을 쏘아 사람을 죽이기란 식은죽먹기나 마찬가지이다. 산악 마을의 구조를 가까이에서 잘 알게 되면 러시아 군대가 그것들을 공격하다가 입은 엄청난 인명 손실에 놀라지 않게 된다.

(중략)

예전에 절벽 위에 솟은 위압적인 성이 협곡의 입구를 지키던 라르스 역참 뒤에서부터 다랼 계곡이 본격적으로 시작된다. 여기는 아찔한 높이로 솟은 두 개의 직각에 가까운 벌거벗은 절벽 사이에 압착된 테레크 강의 가장 좁은 협곡이다. 주위에 무거운 먹구름이 모여들면 이곳은 더 으스스하고 무섭게 되고, 협곡이 회색 빛 어두움으로 채워지면서 습한 안개 속에서 광포하게 춤을 추는 테레크 강은 아주 볼만하다. 여기 테레크 강은 정말 말 그대로 털이 텁수룩하다. 갈색과 회색이 섞인 더러운 물거품이 요동치고 허우적거리며 소용돌이치면서 커다란 곱슬털 같은 모양을 만들며 자신의 목을 조인다. 서로 부딪치고 빠져나갈 길을 찾아 몸부림치는 물결들의 신음소리, 고함, 낮은 울음소리가 계속 공중에 머물러 있어 다른 소리는 하나도 들리지 않는다. 맑은 소리를 내며 울리는 두꺼운 화강암으로 만들어진 이 좁은 회랑에서는 물결 소리가 귀청이 찢어지도록 크게 들린다. 포효하는 테레크 강이 흘러내려가는 아래를 보면 정신이 아찔해진다. 그것은 상상도 할 수 없는 지옥의 춤, 어떤 의미도 이름도 없이 발광하는 악마들의 연회 같다.

제10장 카즈베크 산과 그의 왕국

갈수록 말들이 더 힘겨워한다. 낭떠러지를 따라 구불구불 이어지는 띠 같은 길은 갈수록 고도가 높아지고, 돌, 거품, 미친 듯이 소용돌이치는 검은 물이 이루는 혼돈 속의 테레크 강바닥은 갈수록 낮고 깊은 곳으로 내려간다. 협곡의 밑바닥에서 테레크 강은 야만스러운 군가를 나팔로 부르는데, 마치 자신의 산속 왕국을 겁 없이 침범한 우리를 이 끊임없는 우렁찬 소리로 협박하는 듯하다. 몇 시간 전에 우리 위에 있었던 민머리 해골 같은 암반들과 어두침침하고 곱슬한 털로 덮인 산봉우리들이 지금은 도로의 굽이들과 같은 거의 같은 높이에 있다. 조금 전까지 먼 안개 속에서 희미하게 반짝이던 산봉우리들의 눈처럼 보였던 좁고 굽이가 많은 바위 틈새는 이제 어둡고 각진 암석의 거친 색채를 바탕으로, 마치 손으로 만질 수 있듯이 현저하게 보인다. 반역자 같이 자신들만이 사는 구름 저편에 있는 영원한 겨울과 영원한 죽음의 들판에서부터 녹색 숲과 고산 목초지의 꽃들 가까이로 슬금슬금 다가온 눈 대부분보다 더 높은 곳에 우리는 벌써 도달했다. 들쭉날쭉 솟은 절벽들 사이와 깊고 가파른 협곡의 깊은 주름 안에 숨은 밤도둑들에게 뜻밖에 아침이 오는 것처럼, 눈을 녹이는 여름 햇살이 갑자기 찾아 왔다. 그러면 눈 밑에서 차디찬 물이 봄처럼 즐겁게 촐랑촐랑 빠르고 풍부하게 흘러내려가 협곡들의 바닥에 모여 무서운 급류를 이룬다.

'나 여기서 격류의 발원지와 무서운 눈사태의 맨 처음 꿈틀거림을 보노라'

〔푸쉬킨의 시 〈카프카스〉를 약간 틀리게 인용함 - 역자 주)(원문: Отселе я вижу потоков рожденье / И первое грозных обвалов движенье)〕

여기서 저절로 입에서 낮은 목소리로 푸쉬킨의 시가 나온다. 올라가면 올라갈수록 산과 숲, 급류의 경치뿐만 아니라 공기 자체가 뭔가 엄격해지는 듯하다. 산에서는 이런 차가운 호흡 덕분에 가슴은 용감하고 인내심 강하고, 기운찬 것으로 채워진다.

* * *

카즈베크 역참은 카즈베크 봉 그늘 아래 숨어 있다. 산봉우리와 역참 사이에 테레크 강 협곡과 거대한 절벽들 무리가 있고, 협곡을 건너서 카즈베크 봉 아래 도달하려면 아주 힘든 시간을 넘겨야 한다 해도, 높고 시원한 푸른 공기에 잠겨 있는 카즈베크 빙산들의 숨결은 여기까지 느껴진다.

이 거리와 장애들은 인간에게는 중요하지만, 이 거인 같은 산에게는 아무것도 아니다. 카즈베크 봉이 주변 나라를 어떻게 지배하는가를 얘기하면, 그 밖의 모든 것들은 그의 계단이거나 군주 같은 그의 피라미드의 발치 정도로 보일뿐이다. 영원히 하얗고 벌거벗은 수많은 거대한 산들은 카즈베크 봉 주위에 충실한 경호대처럼 몰려 있는데, 이것들은 모든 것을 지배하고 압도하는 카즈베크의 모습에 가려진다. 여기 있는 것은 오직 카즈베크 하나뿐이고, 그 외의 모든 것들은 자기 얼굴도 이름도 갖고 있지 않다. 카즈베크가 자신으로 모든 것을 채워서 나머지 모든 것들을 그 이름과 그 생김새를 가질 뿐이다. 카즈베크가 짙은 구름에 덮여 있었기 때문에 마치 땅과 분리되어 맑고 높은 하늘에 있는 듯한 산 정상은 이 세상이 아닌 듯했다.

제11장 아라그바 강 골짜기

(중략)

뜻밖에 우리를 둘러싼 아름다운 전경은 졸음과 음침한 기분을 순식간에 쫓아 버렸다. 아침녘에 하늘은 완전히 갰지만, 아직 해는 뜨지 않았는데도 그때까지 우리 시선으로부터 가려져 있었던 설산들의 모든 봉우리들은 차가운 파란 하늘을 바탕으로 새로 각인된 은처럼 선명하게 우리 앞에 나타났다.

카프카스 산등성이를 다 넘은 지금, 백발의 거인들은 이제 우리의 뒤를 바라보고 있었고, 우리가 올라가는 내내 우리 뼛속까지 스며들었던 북쪽의 바람은 이제 산등성이 저편에 남겨지고, 우리 발치에는 보다 상냥하고 풍요로운 골짜기들이 넓게 펼쳐졌다. 조지아의 따뜻한 바람이 우리 얼굴을 향해 숨을 내쉬고, 남쪽 나라의 따뜻한 하늘이 우리 눈을 바라보았다. 조지아 군사도로에서 아라그바 강변에 자리 잡은 제몸레츠카야(Земомлетская 'Земо-Млета' - '위쪽 믈레타'라는 뜻으로 아라그바 강 강변에 있는 마을 이름) 골짜기를 통해 구다우르(Гудаур)(현대 러시아어 명칭 구다우리 Гудаури) 역참부터 믈레트 역참까지 내려가는 구간처럼 아름답고 뚜렷한 인상을 남기는 곳은 없다. 역주) 영원한 만년설의 들판과 푸른빛이 도는 빙산이 있는 카프카스의 설산 거인들이 마치 당신의 어깨 바로 뒤에 서 있는 것처럼 너무 가깝고 선명하게 느껴져서 손으로 만져 보고 싶은 충동이 일지만, 당신은 아찔한 속도로 그것들과 멀어지면서 끝없이 이어지는 돌로 된 나선을 내려가고 있고, 당신을 계속 같은 광경, 같은 장소로 되돌려 보내는 듯하지만, 실제로 당신이 조지아의 가장 앞선 전령인 아라그바 강이 흐르고 있는 깊고 화려한 골짜기의 밑바닥으로 정신 없이 달리고 있는 것이다. 제몸레츠카야 골짜기의 넓이 전체와 길이, 모든 숨겨진 굽이들을 말 그대로 조감(鳥瞰)으로 내려다볼 수 있어 그 아름다움이 배가된다. 폭이 넓은 곳은 넓어 곡식이 빽빽이 심어져 있는 밭과 집들, 양떼들로 덮인 광대한 분지가 된다.

마르코프, 예브게니 르보비치

Марков, Евгений Львович

1835 - 1903

작가로서 〈흑토지대〉등의 작품을 썼으나, 여행기 작가로 더 큰 문명을 떨쳤다. 크림 전쟁 직후인 1866년 심페로폴 김나지움의 교장으로 크림에 와서 4년 간 체류한 후 쓴 〈크림 견문록(Очерки Крыма)〉이 대표작이다. 이 작품은 본 역자에 의해 번역이 되어 2019년 중 국내에 출간될 예정이다. 이외에도 〈카프카스 견문록(Очерки Кавказа,1887〉, 〈동방으로의 여행(Путешествие на Восток) 1-2권(1890-1891)〉, 〈중앙아시아의 러시아(Россия в Средней Азии,1901〉, 〈세르비아와 몬테니그로 여행(Путешествие по Сербии и Черногории,1903〉 등을 남겼다.

벨르이, 안드레이
Белый, Андрей

황금 양털
Золотое руно, 1903

황금색으로 변하는 하늘의 정기는 빛을 발하며
환희에 차 타버릴 것이다.

1.
바다 위에는
도망치는 태양의 방패가 내려앉는다.

태양으로부터 바다로
황금빛 태양의 혀가 가물거리며 내려온다.
애수의 물방울이 튀어 오르며
사방에 10루블 금화가 번쩍인다.

떨리는 태양의 베일 사이로
절벽의 가슴이 벌떡 일어섰다.
해가 졌다. 알바트로스(거대한 해조)의
울음소리가 가득 찼다.

"태양의 아이들은 또다시 차가운 냉정이 되고
태양이 졌다 -
황금빛의 오래된 행복 -
황금빛 양털!"

더 이상 금화의 번쩍임은 없고,
한낮의 빛은 흐려지고,
사방에 태양 대신에
눈을 멀게 하는 진홍색 불이 타오른다.

2.
하늘의 경사면이 불에 휩싸인다…
그리고 저기 아르고(Argo)선의 뱃사람들이
날아가는 양각나팔을 우리에게 분다.
들어보세요, 들어보세요.
고난은 받을 만큼 받았습니다!
태양의 베일로 만든
갑옷을 입으세요!

늙은 아르고선 뱃사람이
자신들을 따라오라고 부른다.
황금 나팔을 불며 신호한다.
"태양으로, 태양으로, 자유를 사랑하는 자는
하늘의 푸른 정기를 향해
솟아올라갑시다!…"

늙은 아르고선 뱃사람이
황금빛으로 물드는 세계를 향해 나팔을 불며
태양의 축제로 초대한다.

하늘은 온통 루비색으로 영롱하고
태양은 잠이 들었다.
우리 위로
하늘은 온통 루비색으로 영롱하다.
산봉우리 위로
우리의 아르고선이
우리의 아르고선이

황금빛 날개를 펄럭이며
날 준비를 한다.

땅이 멀리 날아간다.
지상의 와인이
불에
휩싸인다.
다시 한 번
황금빛 양털이
불이 붙은 공이 되어
거품을 일으키고
섬광을 발하며
날아가기 시작한다.

날개 달린 아르고선은
빛에 휩싸인 채
밝은 날을 추월한다.

다시 한 번 횃불을 켜며
황금빛 양털을
추월한다.

⁜ 황금 양털(The Golden Fleece) 전설

그리스 신화에서 황금 양털을 가진 양은 현재 조지아의 서부 지방인 콜키스(Colchis) 왕국에 살고 있었다. 황금 양털은 왕권과 권위의 상징이었다. 아버지로부터 이올코스 왕국의 왕좌를 빼앗은 삼촌 펠리아스로부터 자신의 왕권을 상속하려면 황금 양털을 가져오라는 명령을 받은 이아손은 각종 재능과 능력을 가진 50명의 영웅들을 선원으로 모아 아르고(Argo) 배를 타고 현재의 조지아인 콜키스로 향한다. 콜키스 왕의 딸인 메데이아는 이아손이 자신과 결혼하고 자신을 데려간다는 조건으로 이아손이 황금 양털을 획득하도록 도와준다. 이아손은 약속한대로 메데이아를 데리고 귀환하는데, 펠리아스

왕이 약속을 어기고 왕좌를 내놓지 않자 메데이아는 이아손을 충동하여 펠리아스 왕을 죽이고, 두 사람은 코린스로 도주한다. 코린스에 도착한 이후에 일어난 일에 대해서는 여러 가지 버전의 전설이 존재한다.

* 1945년 크림만도 얄타회담에 참석한 미국의 루즈벨트 대통령과 영국의 처칠 수상은 지중해의 몰타(Malta)까지 군함으로 이동하여 합류한 뒤, 몰타에서 크림반도까지는 군용기로 이동했는데, 이 극비 작전의 암호명은 '아르고선 작전(Operation Argonaut)'이었다.

벨르이, 안드레이

Белый, Андрей

1880 - 1934

본명은 부가예프, 보리스 니콜라예비치(Бугаев, Борис Николаевич)로 대표작으로 '페테르부르그', '은빛 비둘기', '심포니', '유골함'이 있다. 블로크와 함께 상징주의를 대표하는 시인이다. 수학자 아버지에게서 태어난 그는 수학, 생물학, 화학, 음악, 철학, 문학 등 다방면에 관심이 컸다. 블라디미르 솔로비요프과 인지학자인 루돌프 슈타이너의 영향을 많이 받았고, 러시아와 프랑스의 시를 통해 상징주의에 심취했다. 그는 러시아시의 전통적 형식에 누구보다 많은 창작적 실험을 한 것으로 평가받는다. 볼셰비키 혁명의 열렬한 지지자로서 소련작가동맹 창설에도 적극 참여하였다.

벨르이의 '페테르부르그'는 조지아의 상징주의 작가들에게 큰 영향을 미쳤다. 벨르이도 1927년 첫 방문을 시작으로 연이어 세 번 조지아를 방문하고, 티티안 타비제를 비롯한 조지아의 상징주의 시인 그룹 푸른 뿔(The Blue Horn) 그룹 작가들과 가까워졌다. 1927년 여행 경험을 바탕으로 여행기 〈카프카스로부터 불어오는 바람(Ветер с Кавказа)〉을 썼다. 그는 모스크바를 떠나 바툼을 거쳐 트빌리시로 들어간 다음, 귀환할 때는 조지아 군사도로를 따라 블라디카프카스를 거쳐 볼가 강을 타고 올라왔다.

세베랴닌, 이고리
Северянин, Игорь

악마

Демон,샤흐나자로바 공작영애에게, 1911

카프카스여! 나는 너의
계곡과 강, 바위를 본 적은 없다.
그러나 죽음을 두려워하는
아랍말은 미끄러운 계곡 경사면을 뛰어 내려가지 않는다.
그러나 다랼 계곡의 정열적인 계곡물은
내 영혼 속에 울림을 만든다.
내 가슴에는 자꾸 이 생각이 반복된다.
조지아인 마을(aul)로 들어가면
카프카스 오두막집(saklia) 어디엔가
의기소침한 영양들(kamanchi)들의 울음소리가 들리고
아직도 전설은 아직 다 말라버리지 않았을 것이다.
더 이상 흐르지 않는 샘물의 환상도
나는 믿는다, 너의 타마라들이여,
오, 자력이 넘치는 카프카스여,
플라타너스 숲에는 아직도 마법이 살아있고,
자신만이 이야기는 아직 끝나지 않았다.
아라그바 강은 아직 마르지 않았고,
시노달 산은 아직 높이가 측정이 되지 않았다.
그러나 악마는 흉포하고 뻔뻔스럽다.
그는 이제 더 이상 바위 속에서 튀어나오지 않고,
이미 에덴동산에 들어간 지금은
정복한 나라의 왕좌에 자리를 잡은 채
배가 가득 부른 악마는 괴로워하며
아무것도 꿈꾸지 않는다…

산 너머의 조지아 수도에

В столице Грузии загорной, 1918

물결이 빠르고 혼탁한 강을 향해
언덕을 타고 내려가는 산 너머 조지아의 수도에는
내가 꿈속에서 즐겁게 상상하는 사랑스런 것이 있다.
나의 마음과 낯선 이 나라에 대한
나의 끌림을 더욱 이상하게 만드는 것은
내가 북쪽으로 돌아갈 때 이 나라에 대한
어떤 감동도 가지고 가지 못했다는 것이다.
나의 이야기를 더욱 이상하게 만드는 것은
내가 카프카스의 신비로움에
한 순간도 당황하지 않았다는 것이다.
(나는 레르몬토프가 말한 것을 끝까지 깨닫지 못했다)…
그래도 산 너머에 있는 조지아에는
내가 꿈꾸기를 좋아하는 것이 있다.
내 눈에 머리부터 발끝까지 검은 옷으로 둘러싼 한 여자가 보이는데
그 여자에게 이름을 지어주지 않을 것이다.
그녀는 날씬하고 키가 작고 신경이 예민하다.
핏기 없는 얼굴은 물음 그 자체 같다.
그 얼굴은 비극적으로 분노가 없고,
절벽처럼 변하지 않는다.
입술은 죽은 자의 입술 같이 입꼬리가
살짝 내려가 있고, 조롱과
호색은 예전부터 연극의 한 부분이다.
그녀의 시선에는 위협적이면서 목을 조이는 듯한 느낌이 있다.
산꼭대기에서 그녀를
'이마에 고민을 드러낸' 채 만날 일은 없을 것이다.
그녀는 늘 마차를 타고 있고
늘 취해 있다!
나는 그대가 현실인지 꿈의 물거품인지
구별이 되지 않지만 언제까지나

그대는 내 기억 안에 새겨져 있다.

사람 같지 않은 사람이여.

세베랴닌, 이고리

Северянин, Игорь

1887 - 1941

'북쪽 사람'이란 뜻의 세베랴닌은 필명이고, 본명은 로타료프, 이고르 바실레비치(Лотарёв, Игорь Васильевич)이다. 상트페테르부르그에서 태어나 부모를 따라 잠시 하얼빈에 이주하여 거주했으나, 곧 고향으로 돌아와 시를 쓰기 시작했다. 스스로를 미래주의자로 불렀으나 미래주의 시인들의 창조적인 시학 운동과는 공통점을 찾기는 어렵다. 1913년 《부글부글 끓는 잔(Громокипящий кубок)》이란 첫 시집을 내면서 유명해졌다. 그의 시는 자동차, 샴페인, 우아한 식당, 멋진 여인 등을 꿈꾸는 도시인들의 열망을 그대로 표현하였다. 볼셰비키 혁명 발발 후 에스토니아로 이주하였고, 수차례 귀국하려고 시도하였으나 여러 사정으로 러시아로 돌아오지 못하고 1941년 독일군이 점령한 탈린에서 사망했다.

예세닌, 세르게이 알렉산드로비치
Есенин, Сергей Александрович

조지아 시인들에게

Поэтам Грузии, 1924

전에
얌브(ямб)[27]와 옥타바(октава)[28]로 쓴
고전적 시는 죽었다.
그러나 나는 오늘날, 위대한 우리의 세기로
그것을 다시 끌어내어 교수형에 처했고,
그것은 다시 죽었다.

먼 땅이여!
타향이여!
조지아의 자갈길들.
푸른 뿔처럼,
깊은 눈으로,
달이 호박색 와인을 붓고 있다.

조지아의 시인들이여!
지금 나는 당신들을 떠올렸다.
당신들에게 즐거운 밤이 되기를,
좋은 시간이 되기를 기원한다.

감정과 펜으로
우리는 동지가 되었다.
말의 강이 끓으며

---

27 얌브(ямб) - 약강격(弱强格) 또는 단장격(短長格).
28 옥타바(октава) - 8보격.

속삭인다,
나는 당신들을 사랑한다.
요란한 소리를 내며 흐르는 쿠라 강처럼
주연과 대화를 나누는 당신들을 사랑한다.

나는 북방의 당신들 친구이고
형제이다!
시인이란 모든 피를 나눈 동족.
행동과 사고와
말에서
나 자신이 아시아인이다.
(중략)

예세닌, 세르게이 알렉산드로비치

Есенин, Сергей Александрович

1895 - 1925

카잔 지방에서 농부로 태어나 목동 생활을 한 후, 1915년 상트페테르부르크 문단에 나타났다. 상징주의의 뒤를 이은 이미지즘을 이끌었고, 대표적 농민시인으로 인기를 끌었다. 이미지스트들은 도스토옙스키의 '지하의 인간'처럼 비열함, 굴욕, 고통을 열망했다. 러시아 민요 정신을 반영한 예세닌의 시는 큰 대중적 인기를 끌었다. 이사도라 던컨과의 짧은 결혼 생활로도 화제를 모았으나, 혁명에서 볼셰비키의 반대편 노선을 걸으며 탄압을 받기 시작했고, 1925년 이삭 성당 앞 앙글레테르 호텔에서 권총으로 자살하였다. 마지막 시인 '안녕, 나의 친구들이여, 안녕'을 쓸 때 잉크가 떨어지자 자신의 피로 이 시를 썼다는 이야기가 전해져 온다. 《무뢰한의 고백》, 《트레라드비츠》, 《초혼제》 등의 시집을 남겼고 운문 희곡 〈푸가초프〉를 썼다. 1920년 7-8월 로스토프-나-도누를 거쳐 조지아를 여행한 후 여기에 소개된 시를 썼다.

만젤슈탐, 오시프 에밀리예비치
Мандельштам, Осип Эмильевич

나는 곱사등이 티플리스를 꿈꾼다
Мне Тифлис горбатый снится, 1920

나는 곱사등이 티플리스를 꿈꾼다.
신음 같은 사잔다르[29] 소리가 울려 퍼진다.
다리 위에 사람들이 모여 있다.
카페트 수도의 모든 사람이 모인 것 같다.
아래에는 쿠라 강이 큰 소리를 내며 흘러간다.

쿠라 강변에 술집들이 있다,
거기에 와인과 먹기 좋은 플로프[30]가 있고,
안색이 좋은 술집 주인이
손님들에게 잔들을 건네주며
당신을 접대할 준비가 되어 있다.

카케티의 짙은 와인은
지하에서 마시기에 좋다.
거기 시원하고 평안한 곳에서
마음껏 술을 즐겨라, 둘이서 마셔라,
혼자서 술을 마시면 안 된다!

제일 작은 술집에서도
사기꾼을 만나게 될 거다
텔리아니[31] 술을 달라고 하면

29 사잔다르(sazandar) - 조지아 전통 악기.
30 플로프 - 터키, 코카서스, 중앙아시아에서 즐겨 먹는 쌀과 고기, 야채를 섞어 만든 볶음밥.
31 텔리아니 - 조지아 텔리아니(Teliani) 지방에서 생산되는 와인.

티플리스가 안개에 덮여 흐려지고
당신은 술병을 타고 두둥실 떠갈 것이다.

사람은 늙고
양은 젊을 때가 많다,
홀쭉해진 달 아래서
분홍색을 띤 술기운과 함께
샤슬릭을 굽는 연기가 날아오를 것이다…

만젤슈탐, 오시프 에밀리예비치

Мандельштам, Осип Эмильевич

1891 - 1938

러시아가 점령하고 있던 바르샤바의 유대인 집안에서 태어나 가족과 함께 상트페테르부르그로 이주해 살았다. 아크메이스트(Acmeist)파의 대표적 시인으로 스탈린 대숙청 때 체포되어 블라디보스토크 인근 수용소에서 사망했다. 1911년 니콜라이 구밀료프와 세르게이 고로데츠키가 구성한 '시인 길드'에 들어갔다. 만젤슈탐이 1913년 쓴 아크메이즘의 선언문인 '아크메이즘(Acmeism)의 아침'은 '세계 문화'를 지향한다고 밝혔다. 블로크나 벨르이가 주도한 상징주의가 '상징을 통한 암시'에 주력한 반면, 아크메이스트들은 명료하고 균형 잡힌 시어를 선호했다. 1912년 발표한 만젤슈탐의 시집 《돌(Stone)》은 아크메이즘의 정수를 표현한 것으로 평가받는다. 1910년 그는 조지아 공주이자 상트페테르부르그 사교계의 스타인 살로메아 안드로니카를 비밀리 짝사랑했고, 그녀를 위해 '솔로민카'라는 시를 썼다.

마야콥스키, 블라디미르 블라디미로비치
Маяковский, Владимир Владимирович

블라디카프카스 - 티플리스

Владикавказ - Тифлис, 1924년

내 발이
카프카스 땅을 밟은
그때서야
나는 기억이 났다 -
내가 조지아인이라는 것이.
엘브루스,
카즈베크,
그리고 또 -
뭐였지?

산 위에다
다시 산을 실어 올려라!
이제
나는
어떤 러시아 셔츠(루바슈카)도 입고 있지 않다.
방랑자처럼
오직 아르할루흐(arkhalukh)만 입는다
이제
내가 타고 있는
카프카스 품종의 말은
롤스로이스라고
칭찬받을 만하다.
이런 일이 있었다
오랑캐 무리(orda)와 더불어
햇볕에 그을리고 코가 튀어나온 나는

더 낡은
　　모든 낡은 것보다 더 낡은
나는 19세기 전 시대로
　　끼어들었다.
바로 이
　　다랼 계곡으로 끼어들었다.
마음으로는 레즈긴 무용수며
　　기타 연주자인 나는
몇 백 년의 땀을 흘리면서,
　　나는 이 땅을
　　　　걸어서 지나갔고
　　　　　　노동자로서 경작했다.
여기서부터
　　바툼(Batum)까지 걸어갔다.
이 지나간 일들을
　　기억할 사람은 없다.
역사란
　　능숙한 거짓말쟁이다.
역사가 중얼거리는 것은
　　다만 보잘 것 없는 차르들과 공후들이 있었다고
이라클리,
　　니나,
　　　다비드.
벽 -
　　심지어 벽까지도 왠지 낯익다.
소파에 앉아
　　바로 이 탑의 소파에 앉아
쇼타 루스타벨리가 된 나는
　　타마르 여왕과
　　　　쇼타가 밀통했던 것을 기억한다.
그런 뒤에 두 사람은
　　굴러갔다,

뼈가 부러지는 소리를 내면서.

테레크 강의

물거품 속으로

굴러들어갔다.

그것이 뭐 대단한 일이냐?

별것 아닌 사소한 연애다!

여왕은

그보다 더 재미있게 논 적이 있었을 거다.

그 뒤에

나는 보았다.

이 절벽 틈에 난

이 좁은 샛길들을 따라

움막집들 위로

딸랑거리는 소리를 내면서

금색 견장을 단

러시아 군대가 내려갔다는 것을.

(중략)

마야콥스키, 블라디미르 블라디미로비치

Маяковский, Владимир Владимирович

1893 - 1930

현재의 조지아 쿠타이스(Kutai) 지방인 바드다티(Baghdati)에서 태어나서 카프카스 정서와 역사, 민담을 잘 안다. 미래주의(Futurist) 파의 주도자로서 '바지속의 구름, 1915년', '미스쩨리야-부프, 1917년', '150,000,000,1920년', '나는 사랑한다, 1922년' 등의 시를 남겼다. 초기에는 볼셰비키 혁명을 적극 지지하고 찬양했으나, 문화예술에 대한 볼셰비키 정권의 개입이 강화되면서 공산정권과 알력을 빚었고 1930년 권총으로 자살했다.

파스테르나크, 보리스 레오니도비치
Пастернак, Босис Леонидович

악마를 기억하며

Памяти Демона, 1917

(레르몬토프의 시 "악마"를 기억하며)

밤마다 악마는
타마라에게서 푸르스름한 빙하가 있는 산꼭대기로 돌아와
슬픔이 어디에서 윙윙 울리고 도대체 어디에서 끝날지
자기 날개로 표시했네.

그는 비바람에 부딪쳐 상처 입은 알몸의 날개를 움츠리며
통곡하지도 않고 절망하지도 않았네.
조지아 성당 담장 너머에 있는
타마라의 묘비는 온전히 남아 있었네.

수도원 방 창살 밑의 그림자는
흉측한 곱사등처럼 휘어지지 않았네.
주르나(zurna)[32]는 조금 호흡하더니
성화 옆 램프에게 공주에 대해 묻지 않았네.

그러나 그의 머리칼에서 슬픔의 불꽃이
인(燐)처럼 번쩍이며 찢어지는 소리를 냈네.
그래서 거인 악마는 공주의 죽음을 애도하며
카프카스의 머리가 백발이 되는 소리를 듣지 못했네.

창문에서 1아르신[33] 떨어져서

32 주르나(zurna) - 카프카스의 목관악기.
33 아르신(arshin аршин) - 제정러시아 길이 단위로 71.12 센티미터.

양모 외투의 털을 쓸어내리며
그는 산꼭대기의 얼음을 두고 맹세했네.
나의 여자여, 잠을 청하시오, 눈사태처럼 속히 돌아오리다.

파도

Волны, 1932

…… 우리는 조지아를 다녀왔다.
궁핍에 정다움을 곱하고 지옥에 천국을 곱하고
빙산의 받침돌로 온실을 삼으면
이 나라가 나올 것이다.

그때 우리는 이해할 것이다,
이 나라 사람 같은 사람이 나오려면
땅과 하늘에 성공과 노동과 책임과 공기가
얼마나 세밀한 비율로 화합해야 하는지를.

기근과 패배와 속박 가운데 단련되고
소금 같은 단단한 뭔가로 형성되어
이 나라 사람이 본보기가 될 수 있도록.

파스테르나크, 보리스 레오니도비치

Пастернак, Борис Леонидович

1890 - 1960

《닥터 지바고》로 국내 독자들에게 잘 알려진 파스테르나크는 20세기 러시아 현대 시인들에게 큰 영향을 미친 시인이다. 1917년 출간된 첫 시집 《나의 누이, 나의 삶》은 오십 만델슈탐, 마리나 츠베타예바 등 젊은 시인에게 큰 영향을 끼쳤다. 1920-30년대부터 쓰기 시작하여 1956년에 완성한 《닥터 지바고》로 1958년 노벨문학상 수상자로 결정되었으나, 소련 당국의 압박으로 수상을 거부하고, 1988년이 되어서야 그의 가족들이 노벨상을 대신 받았다.

파스테르나크는 소련 현대 작가 중 조지아에 가장 큰 애착을 가진 시인이었고, 조지아 시 다수를 러시아어로 번역하여 출간했다. 파스테르나크는 조지아 상징주의 시운동의 창시자 중 한 사람인 파올로 야쉬빌리(Paolo Jashvili)를 1930년 모스크바에서 만났다. 이 해 첫 결혼이 파경으로 끝나고 여러 문제로 극도로 곤란한 상황에 처한 파스테르나크는 1931년 티플리스의 야쉬빌리의 집으로 내려갔다. 야쉬빌리는 파스테르나크를 조지아 시인협회에 초대하여 동료들을 소개했는데, 여기서 또 다른 상징주의 시인 티치안 타비제(Titsian Tabidze)를 만나 그가 처형될 때까지 수많은 편지를 나누며 우정을 지속했다. 그가 조지아 방문에서 받은 인상은 다음 글에 잘 나타나 있다.

'그 당시 내게 카프카스, 조지아, 조지아의 개인들 및 그곳 주민들의 삶은 아주 뜻밖의 발견이었다. 모든 것이 새로웠고, 모든 것이 놀라웠다… 마당에서 길거리로 내몰린 빈민층의 삶은 북부의 삶보다 대담하면서도 숨김이 없었고 밝고 솔직했다. 민족 전설의 상징체계는 신비주의와 메시아주의로 가득 차고, 그 상상력의 힘으로 주민들의 삶에 공감하도록 만들었으며… 개개인을 시인이 되도록 만들었다. 사회 진보층의 수준 높은 문화, 그리고 그 수준에 준하는 지적인 삶은 당시로서는 드문 일이었다. 잘 정비된 티플리스의 모퉁이는 페테르부르그를 연상시켰는데… 발코니의 격자

창틀은 바구니와 하프 모양의 곡선이었고 인적 드문 골목길은 아름다웠다. 레즈긴카(카프카스의 민속 무용)의 리듬을 빠르게 치는 탬버린 소리가 어딜 가든 계속 뒤쫓아왔다… 그 밖의 어떤 악기들 소리도 들려왔다.'

파스테르나크는 1933년 11월 조지아를 다시 방문한 후 조지아 시인들의 작품을 본격적으로 번역하기 시작했다.(그는 1945년, 1959년에도 조지아를 방문했다) 그가 번역한 조지아 시들을 1935년 《조지아의 서정시》라는 시집으로 출간되었다. 파스테르나크와 니콜라이 티호노프가 같이 번역한 시들은 〈조지아의 시인들〉이라는 제목으로 출간되었다. 1934년 파스테르나크는 20세기 최고의 시인 중 한 사람인 바샤 프샤벨라의 시 〈뱀을 먹는 사람〉을 출간했다. 1940년에는 쩨레텔리의 두 시집을 번역했고, 1945년에는 바라타쉬빌리의 시 거의 전부를 번역했다. 이 외에도 게오르기 레오니제와 시몬 치코바니를 비롯한 당대 조지아 시인들의 시를 번역했다. 소련 작가 동맹에서 행한 연설에서 파스테르나크는 "조지아 시들을 번역한 것은 내게 큰 행운이었으며, 이 번역 작업은 나의 창조적 작업 활동에 매우 좋은 영향을 끼쳤다"고 선언했다.[35]
파스테르나크와 깊은 우정을 나눈 야쉬빌리는 스탈린의 대숙청이 시작된 1937년 자살했고, 티치안 타비제도 1937년 소련 당국에 의해 처형되었다.

34 임혜영, 《파스테르나크의 작품 세계와 닥터 지바고》, 287쪽.
35 같은 책, 14쪽.

솔제니친, 알렉산드르 이사예비치
Солженицын, Александр Исаевич

장편 소설 〈1914년 8월〉 중

제1장 카프카스 산맥

아침 여명이 눈부시게 빛나는 새벽에 그들은 마을을 떠났다. 산맥 전체가 첫 햇살을 맞아 푸른 계곡까지도 하얗게 반짝이고, 그 하나하나의 굴곡까지도 선명히 보여서 타지인 같으면 거기까지 두 시간이면 족히 다다를 수 있으리라 믿을 정도로 가까워 보였다.

카프카스 산맥은 하찮은 인간 세계의 인공적인 사물에 비할 때 너무나도 높고 웅장하고, 너무나도 신비스럽게 보였다. 그래서 지금껏 산 모든 인간들이 절묘한 자기들의 손재간을 자랑하여 창조한 모든 것, 심지어 그들의 머리속에 있는 모든 것까지를 두 손을 크게 벌려 모아서 제아무리 높이 쌓아올린다 해도 이토록 신비롭고 오묘한 산맥을 만들어낼 수는 없었으리라.

그들이 마을에서 역으로 가는 동안 산맥은 줄곧 그들의 눈앞에 우뚝 솟아 있어서 앞으로 가면서도 눈 덮인 정상과 돌출한 민둥산 바위들과 그늘진 협곡을 볼 수 있었다. 그러나 반시간쯤 경과할 때마다 산줄기는 차차 아래서부터 녹아내리기 시작하여 지면과 분리되더니 윗부분 삼분의 일은 어느새 땅에 서 있는 것이 아니라 구름에 휩싸인 채 하늘에 걸려서 굴곡이나 산줄기는 물론이고 산의 징후라고는 알아볼 수 없고, 그저 거대한 구름과 한 덩어리가 된 듯이 느껴졌다. 이윽고 군데군데 구름으로 절단된 산맥은 전혀 구름과 분간할 수 없게 되었다. 그리고 얼마 후 구름이 가시자 산맥은 마치 하늘의 환영(幻影)인 것처럼 희미하게 떠오르고 하늘은 사면에서 열기를 받아 희끗희끗한 연회색으로 물들었다. 그들은 이렇게 정오가 지날 때까지 50 베르스타[36] 이상이나 같은 방향으로 짐마차를 몰고 갔는데도 마치 그들 앞에는 큰 산들이 존재하지 않는다는 듯이 낙타산, 황소산, 대머리의 뱀산, 숲이 우거진 철산(鐵山)과 같은 가까운 변두리의 야산들만 나타날 뿐이었다.

---

36 베르스타(versta верста) - 제정러시아 시대의 거리 단위로 1,067km, 1베르스타=500사젠

솔제니친, 알렉산드르 이사예비치

Солженицын, Александр Исаевич

1918 - 2008

1918년 카프카스 북부 쿠반 지역의 키슬로보드스크에서 태어났다. 아버지는 이 지역에 큰 농지를 가진 지주였으며, 어머니는 쿠반 지역에 많은 수가 모여 사는 우크라이나계였다(1차 대전에 참전한 아버지는 솔제니친이 태어나기 반년 전 전사하였다). 솔제니친은 어릴 때 직접 본 북카프카스와 스텝 정경을 바탕으로 〈1914년 8월〉 첫 부분에 나오는 카프카스 산맥 묘사와 이 작품에 여러 번 나오는 광활한 스텝의 모습을 썼다. 2차 대전에 참전하여 동프러시아 지역에서 포병 장교로 여러 전공을 올려서 두 번이나 '붉은 별' 훈장을 받았으나, 1945년 친구에게 쓴 편지에서 스탈린을 비하하고 소련 체제의 문제점을 지적한 죄로 KGB의 루비안카 감옥으로 끌려가 심문을 받고 8년간 강제수용소에서 복역하였다. 1953년 만기 복역 후 남부 카자흐스탄으로 보내져 유형 생활을 하다가 1956년 흐루시초프의 '해빙'으로 석방되었다. 1970년 〈이반 데니소비치의 하루〉(1962년 작)로 노벨문학상 수상자로 결정되었다. 1971년 화학물질을 사용한 독살 음모로 생명의 위협을 받았으나 살아났고, 1974년 독일로 추방된 후 1976년 미국 버몬트 주에 정착했다. 미국에 체류하는 동안 공산주의의 위협과 서구 문명의 도덕성 상실에 대한 글을 쓰고 강연을 했으며, 이 중 1978년 하버드대학교 졸업식 축사 연설이 유명하다. 소련 붕괴 시기인 1990년 소련 국적을 회복했고, 1994년 러시아로 귀환했다. 〈암병동〉, 〈수용소 군도〉 등의 장편소설과 80여 편의 단편 소설을 남겼다.

〈1914년 8월〉은 제정러시아의 붕괴와 소련 정권의 수립 시기의 사회 격변을 그리는 연작 소설 〈붉은 수레바퀴(The Red Wheel Красное колесо)〉의 첫 작품이다. 1차 대전 초기 동프러시아의 탄넨베르그(Tannenberg) 전투에서의 제정러시아군의 재앙적 패배를 다룬 이 작품은 1970년 완성되었으나 소련 출판사에서 출판이 거부되어, 1971년 파리에서 처음 출간되었다. 이어 〈1916년 11월〉, 〈1917년 3월〉, 〈1917년 4월〉이 차례로 출간되었다.

옙투셴코, 예브게니 알렉산드로비치
Евтушенко, Евгений Александрович

조지아인들의 땅[37]

Земля грузин, 1959

조지아인들의 땅이여, 너는 너무 작구나!
너의 위세는 천 베르스타까지 펼쳐지는 땅의 길이에 있지 않고,
사람도 독수리도 끌어내리는 중력에 있다.

내가 어떤 거짓된 높이에 있든,
어떤 준마나 노마(老馬) 위에 앉아 있든
불행에 처해 있든, 행운에 처해 있든
너는 나를 끌어당긴다.

조지아인들의 땅이여, 너는 너무 힘이 세서
속에서 터져 나오는 강한 울음소리로
갈락티온을 창문 밖으로
끌어내어 죽음에 이르게 했구나.[38]

---

37 이 시는 조지아 소재 시집인 《활과 하프(Лук и лира)》(1959년)에 실렸음.

38 스탈린 대숙청 때 당한 고문의 후유증으로 트빌리시 시내 정신병원에 입원해 있다가 창문 밖으로 몸을 던져 자살한 조지아 시인 갈락티온 타비제를 말함.

39 바비 야르(Babi Yar) - 1941년 9월말 우크라이나 키예프를 점령한 독일군이 약 3만 4천 명의 유대인을 모아 학살한 장소. 옙투셴코는 독일군의 잔학성뿐만 아니라 소련 정권에 의한 유대인 탄압도 비판했다. 드미트리 쇼스타코비치는 이 시에 영감을 받아 쓴 자신의 교향곡 13번에 '바비 야르'라는 이름을 붙였다.

옙투셴코, 예브게니 알렉산드로비치

Евтушенко, Евгений Александрович

1933 - 2017

이르쿠츠크 지방의 시골 마을 지마에서 태어났다. 원래 성은 간그누스(Gangnus)였으나, 7살 때 부모가 이혼하고 어머니와 살게 되면서 어머니 성인 옙투셴코를 따랐다. 청소년기를 시베리아에서 보낸 다음 1951년 모스크바로 와서 고리키문학대학에서 수학했다. 10세에 처음 시를 썼고, 19세 때 《미래의 탐사자(Разведчики Грядущего)》라는 첫 시집을 냈다. 초기 시 '나에게 일어난 일'과 '지마 기차역'이 큰 인기를 끌며 시인으로 지명도를 확립했으며, 1961년 발표한 〈바비 야르(Babi Yar)〉[39]로 1965년 노벨문학상 수상자 후보로 올랐다. 같은 해에 쓴 〈스탈린의 후계자들〉에서는 스탈린은 죽었지만, 스탈린이즘(Stalinism)이 여전히 소련 사회를 지배하고 있다고 비판했다. 비교적 자유롭게 소련 체제에 대한 비판을 하며 세계 각지를 여행한 옙투셴코는 1960년대와 1970년대 소련에서 안드레이 보즈네센스키와 함께 대중적으로 가장 인기 있는 시인이 되었다.

⁜ 지정학자가 본 카프카스

미국의 저명한 지정학자인 로버트 카플란(Robert Kaplan)이 쓴 《지리의 복수(The Revenge of Geography》의 제10장 러시아와 독립된 심장지대는 다음의 글로 시작된다.

1차 대전을 무대로 한 알렉산드르 솔제니친의 대하소설 〈1914년 8월〉은 카프카스 산악지대에 대한 이런 서정적 묘사로 시작된다. "뾰족뾰족한 봉우리가 하나하나가…… 짙푸른 골짜기들에 대비되어 새하얗게 빛나는…… (카프카스 산맥 전경이 눈앞에 나타났다)…… 인간의 왜소한 창조물 위로 너무도 장대하게 솟아오르고, 인간이 만든 세계 속에서 너무도 태연자약한 그 모습에 지난 수천 년을 살다간 인간들 모두 있는 힘껏 팔을 벌려 자신들이 만든 모든 것들을 그 안에 끌어 모아…… 산더미처럼 쌓아올려도 그처럼 멋진 산맥을 만들어내지는 못할 것 같았다." 솔제니친은 이어 "눈 덮인 대지", "벌거벗은 험한 바위산", "(계곡의) 갈라진 틈과 산마루", "진짜 구름과 분간이 안 갈 정도로 자욱한 안개 파편" 등 시시각각 변해가는 산맥의 모습도 기록했다.

카프카스 산맥은 역사가 기록된 이래 내내 러시아인들, 특히 솔제니친과 같은 맹렬한 민족주의자들에게 경외감과 두려움을 불러일으켰다. 최고봉의 경우에는 높이가 5,480미터에 이르고 둘레도 960킬로미터나 되는, 흑해와 카스피해를 잇는 육지다리, 북쪽으로 끝없이 이어진 초원지대를 지난 뒤에는 더욱더 사람을 매료시키는 그곳을 기점으로 유럽은 점차 모습을 감추고 러시아의 이른바 와일드 웨스트(Wild West)가 시작되는 것이다. 17세기 이래 러시아 식민주의자들이 체첸인, 잉구슈인, 오세티아인, 다게스탄인, 압하즈인, 카르트벨리인, 카케티인, 아르메니아인, 아제르인등 자부심 강한 종족들을 복속시키려 했던 모스크바와 상트페테르부르그 남쪽에 위치한 바로 그 카프카스 산맥이었으며, 온건함과 무자비함의 양면성을 동시에 지닌 이슬람을 러시아가 마주친 곳 또한 카프카스 산맥이었다. 카프카스 산맥은 이처럼 러시아인들에게 이로운 존재이자 동시에 위험한 존재였고, 카프카스에 대해 보인 러시아인들의 복합적인 감정적 반응이야말로 러시아 이야기 전체를 이해하는 창이 된다.'

《지리의 복수》, 로버트 카플란, 이순호 역(미지북스, 2017년), 234-35쪽

《The Revenge of Geography》, Robert Kaplan (New York: Random House, 2012), pp. 154-55.

✤ CHAPTER TWO ✤

제2부
코카서스 3국 시

제3장
조지아 시

GEORGIA POETRY

쇼타 루스타벨리
შოთა რუსთაველი

호랑이 가죽을 두른 용사

ვეფხისტყაოსანი,

서문[40]

1

경이로운 능력으로 하늘과 땅을 만드신 분이여

당신은 모든 창조물에 생명의 숨을 불어 넣으시고,

우리 인간들에게 다양한 형상과 수많은 빛깔이 넘치는 아름다운 이

땅을 주시고,

자신과 닮은 얼굴을 지상의 왕들에 주셨습니다.

2

만물 각각을 어울리는 형태로 만드신 유일한 신이여

나를 강하게 하시고 악마를 제압할 힘을 주소서.

40 이 작품의 서문은 조지아 초등학생들도 필수적으로 암기하여 평생을 기억한다고 한다.

41 타마르(Tamar) 여왕(재위 1184-1212년) - 12세기말부터 조지아의 전성기를 이끈 여왕. 조지아 최초의 여왕으로서 1173년부터 부왕인 게오르기 3세와 공동 통치를 하였으나, 부왕이 죽자 반대세력의 저항에 직면했다. 반대자들을 지혜롭게 제압한 후 셀주크 투르크의 쇠퇴를 틈타 뛰어난 외교술과 군사력으로 조지아의 영토와 영향력을 크게 확대했다. 1185년 루스의 왕자와 결혼했으나, 2년 뒤 그를쫓아내고, 1191년 알란족 출신의 다비드 소슬란과 결혼하여 두 아들을 낳았고, 이들이 왕조를 이어갔다. 조지아의 역사와 전승에서 타마르 여왕 가장 뛰어난 군주로 추앙되며 조지아 정교회에 의해 성인으로 시성되어 매년 5월 14일은 타마르 성일로 기념된다.

죽는 순간까지 사랑에 대한 갈증에 목말라 살게 하시고
우리가 죽을 때까지 짊어질 죄의 짐을 덜어 주소서.

3
번쩍이는 칼과 방패와 창이 사자같이 용맹한 용사에게 어울리듯
칠흑 같은 머리채와 루비 같은 뺨은 타마르 여왕[41]에게 어울린다.
나는 감히 그녀에게 걸맞은 찬사를 바칠 자격이 있는 것인가.
태양 같은 여왕을 보는 사람마다 달콤한 꿀에 취하듯 그녀의 아름다움에 넋을 잃는다.

4
피눈물 같은 찬미의 비로 타마르 여왕에게 영광을 돌린다.
사원에서 울리는 기도처럼 찬미의 시를 그녀에게 바쳤다.
칠흑 같은 호수를 잉크로, 흔들리는 갈대를 펜으로 삼아 쓴
나의 찬미를 들은 이들은 가슴이 창에 찔린 것처럼 놀라리라.

5
나는 새로운 시로 여왕을 찬양하라고 지시 받았다.
눈썹, 흑옥 같은 눈동자가 빛나는 얼굴과 검은 머리결,
루비 같은 입술과 진주처럼 하얀 이를 찬미하라고.
납망치 같은 그녀의 치아는 단단하고 거친 돌도 깨뜨린다.

6
그녀를 찬양하기 위해서는 빼어난 문재(文才)와 혀와 심장이 필요하다.
힘과 영감을 나에게 주소서! 당신이 주는 지혜와
불멸의 언어로 타리엘을 회상하고,
고난을 감내한 별처럼 찬란히 빛나는 세 친구가 우정으로 엮이게 하소서.

7
여기 내 옆에 앉아 끝없이 흘러내리는 눈물을 멈추지 말자.
아직까지 슬픔의 창에 찔린 채
나는 지금까지 인구에 회자되는 타리엘에 대한 이야기를
진주알을 꿰듯이 시로 만들겠다.

8
나, 루스타벨리는 이 노래를 멋지게 엮어서
군대를 거느린 내가 흠모하는 그 분에게 나의 생명과 함께 바친다.
사랑으로 연약해지고 병이 든 나를 치료할 약은 없다.
그 분이 사랑으로 나를 치료해 주지 않으시면 이 땅이 곧 나의 무덤이 될 것이다.

9
오늘날까지 전해져 내려오는 놀라운 페르시아 이야기를 노래로 만들었다.
이 이야기는 값비싼 진주처럼 세대를 거쳐 전해져 왔다.
그 이야기를 찾아 운을 붙여 시로 만들었지만 부족함을 느낀다.
나의 정신을 온통 빼앗아 간 여왕이시여, 나의 이 노래를 거부하지 마소서.

10
여왕을 갈망하다가 어두워진 내 눈은 다른 것을 보기를 원하지 않는다.
사랑에 사로잡힌 나의 마음은 황량한 들판을 정처 없이 방황한다.
누가 나를 도울 수 있겠는가? 육신은 불타버렸지만 영혼이라도 안식을 찾게 해다오.
세 가지 다른 색의 노래가 아름다운 시가 되어 온 지상을 다 덮기를.

11
사람은 누구나 자기에게 주어진 운명에 만족해야 한다.
일꾼은 열심히 일해야 하고, 용사는 용감히 싸워야 하는 법.
그리고 진정으로 사랑에 빠진 자는 사랑의 열기에 타버려야 한다.
사랑에 빠진 다른 사람을 심판하지 않음으로써 우리도 다른 사람의 심판을 받지 않을 것이다.

(12-17절 생략)

18
시인은 자신의 재능을 쓸데없이 낭비해서는 안 된다.
시인은 한 여인만을 사랑해야 하고, 그 여인만을 숭배해야 한다.
모든 재능을 바쳐 그녀를 찬양해야 하고, 오직 그녀를 위해 마음을 태워야 한다.
어떠한 상도 바라지 말고 혀로 가장 아름다운 음악을 창조해야 한다.

19

내가 변함없이 찬양하는 그녀를 모든 사람이 알게 하라.

나는 이것을 무한한 영광으로 느끼며 아무것도 부끄러워하지 않는다.

그녀는 암호랑이처럼 매섭기도 하지만 나의 생명과 같은 존재이다.

나는 그녀의 이름을 드러내지 않고 그녀를 찬양하는 송시를 쓸 것이다.

20

성스럽고 지고지순한 사랑을 노래하는 것이 나의 목표이다.

이러한 사랑을 말로 묘사하는 것은 불가능하다. 말은 고뇌만 더 할 뿐이다.

우리에게 영감을 주는 것은 우리의 영혼을 고양시키는 지고지순한 사랑이다.

이러한 노력을 하려는 사람은 모든 고통을 견뎌내야 한다.

21

현자들도 이러한 사랑의 비밀을 이해할 수 없고,

말하는 사람의 혀의 힘이 빠지고, 듣는 자의 귀가 지칠 것이다.

육체적 갈망을 담은 지상의 감정을 표현할 수 있을 뿐이지만,

방탕에 몸을 맡긴 사람이 아니라, 지고한 사랑의 갈증으로 고통 받는 사람을 노래한 것이다.

22

아랍인들을 '사랑에 빠진 사람'[42]을 미친 사람이라고 부른다.

사랑하는 사람과 헤어지게 되면 정신이 나가버리기 때문이다.

어떤 이는 신 가까이 가려고 무진 애를 쓰지만 거기까지 가는 동안 지쳐 쓰러진다.

다른 이들은 지상의 아름다움의 손길에 넘어가 다시 사랑에 빠진다.

23

'사랑에 빠진 사람'은 태양과 같은 광채가 빛나며,

인생의 만족과 현명함, 관대함과 평안을 보상으로 받고

지혜와 유머를 가질 수 있고, 최고의 용맹으로 전투에 임할 수 있다.

이러한 자질을 갖추지 못한 사람은 '사랑에 빠진 사람'이라 부를 수 없다.

---

42 원문의 '미드주누르(midzhnur, миджнур, მიჯნური)'라는 단어는 '사랑에 빠진 사람' 정도로 번역할 수 있고, '진정한 우정을 나누는 사람'이라는 뜻도 있다.

24
'사랑에 빠진 사람'들의 감정이 왜 아름다운지 우리는 이해하기 힘들다.
사랑은 방탕함과는 전혀 다르고 성스러운 것을 추구한다.
사랑과 방탕함은 서로 비교할 수 없고, 넘을 수 없는 경계선이 있다.
내가 이 점을 분명히 말한 것을 기억하며 이 둘을 혼동하지 않도록 하자.

25
'사랑에 빠진 사람'은 변하지 말아야 하고 순수함을 잃지 말아야 한다.
그는 사랑하는 여인과 떨어져 있으면 깊은 한숨을 피할 수 없다.
운명이 아무리 가혹하더라도 그는 오직 한 여인에게만 마음을 바친다.
서로 감정 없이 포옹하고 입맞추는 소리만 나는 떠들썩한 사랑을 나는 혐오한다.

제50장 네스탄-다레잔이 사랑하는 사람에게 쓴 편지[43]

1279
네스탄은 탄식을 하며 사랑하는 사람에게 편지를 썼다.
그녀는 자신이 흘리는 눈물로 사랑하는 사람을 태우는 불길을 잠재운다.
그녀가 쓴 편지는 창처럼 독자들의 가슴을 꿰뚫을 것이다.
반쯤 열린 장미 같은 입술 사이로 진주 같은 치아가 살짝 빛났다.

1280
'오 나의 님이여. 내가 겪은 모든 일을 이 편지에 적어 보냅니다.
나의 몸을 펜으로, 쓸개즙과 같은 쓰라린 고통을 잉크 삼고,
당신에게 영원히 결합된 내 가슴을 편지지로 씁니다.
슬픔에 빠진 가슴이여, 너는 그분의 가슴과 영원히 쇠사슬로 묶였다.

1281
오 나의 님이여, 당신은 신이 우리에게 어떤 일을 했는지를 보십시오.

43 마법을 쓰는 카지족에게 잡혀 성탑에 갇힌 네스탄이 사랑하는 사람인 타리엘이 목숨을 걸고 자신을 구하려고 오지 말 것을 청원하는 편지 - 조지아 결혼식에서 신부가 신랑에 대한 영원한 사랑을 노래할 때 낭송한다.
44 카지(Kadj) - 사람의 모습을 한 마법을 부리는 요괴.

그의 빛이 아무리 환하게 비추더라고 신의 피조물인 나는 어둠에 갇혀 있습니다.
현자들은 배신으로 가득 찬 세상을 알기 때문에 세상을 경멸합니다.
당신과 떨어져 있는 나의 인생이 얼마나 고달픈지 말로 표현할 수 없습니다.

1282
이 저주받은 세상이 당신과 나를 서로 떨어지게 만들었습니다.
사랑하는 이여, 이제 나는 더 이상 당신과 함께 즐거움을 맛볼 수 없습니다.
오, 나의 님이여, 당신의 사랑의 창에 찔린 나의 가슴은 어떻게 될까요?
나는 모든 사람에게 감춘 나의 비밀을 당신께 고백했습니다.

1283
당신이 세상을 하직했다고 생각한 나는 가슴 가득히 슬픔에 차 있었습니다.
이 모든 시련에 탈진해서 살고자 하는 욕망이 다 사라져 버렸습니다.
그러나 지금 당신의 소식을 듣고 나는 기쁨에 겨워 신의 자비를 칭송합니다.
이제까지의 모든 슬픔을 대신할 기쁨의 빛이 찾아왔습니다.

1284
당신이 살아 있다는 소식만으로도 나에게는 희망이 빛이 비춥니다.
슬픔과 고통의 불길에 재처럼 타버린 나는
당신을 위해 생명을 다한 나의 모습과 우리가 사랑한 기억을 간직해 주세요.
사랑의 씨앗이 뿌려진 그곳에서 다시 피어나는 사랑의 꽃봉오리를 나는 돌보고 있습니다.

1285
내게 겪고 있는 고통을 당신에게 어떻게 얘기할 수 있을까요?
입이 마르도록 얘기해도 나의 슬픈 이야기를 세상 사람들은 믿으려 하지 않을 것입니다.
나는 파트만의 집에서 피난처를 찾았었습니다. 신이 그녀를 구원해 주시기를.
그러나 늘 그러하듯이 운명은 사악한 변덕을 보였습니다.

1286
변덕스런 운명이 무자비하게 나의 고통에 새로운 고통을 더했습니다.
하늘은 이제까지 내가 받은 시련이 부족했다고 생각했나 봅니다.
나는 싸워 무찌르기 힘든 카지인들[44]의 손에 잡혀 있습니다.

우리에게 겪은 모든 시련은 운명이 우리에게 선사한 것입니다.

1287
나는 시선이 닿기도 힘든 높은 성탑 안에 잡혀있습니다.
유일한 출입구인 지하통로는 밤낮으로 병사들이 지키고 있습니다.
병사들이 밤낮으로 보초를 서며 감시를 소홀히 하지 않고 있습니다.
불이 적을 삼키듯 그들은 자신들을 공격하는 사람들을 죽일 겁니다.

1288
카지인들은 다른 종족과 전혀 다르게 싸움을 합니다.
더 큰 불행을 목격하느니 내가 지금 겪고 고난을 참는 게 낫습니다.
만일 당신이 죽게 되면 나는 바로 부싯깃처럼 타버릴 것입니다.
우리의 이별을 감내하시고 마음을 바윗돌 같이 단단하게 가지세요.

1289
사랑하는 님이여, 나와 헤어졌다고 너무 낙담하거나 너무 슬퍼 마세요.
나는 타향과 같은 정원에서 종려나무처럼 피어날 수 없습니다.
당신이 없을 때 나는 모든 세상의 모든 낙과 위안을 잊어버렸습니다.
나는 다른 사람의 신부가 되느니 바위 아래로 몸을 던지거나, 칼로 스스로를 찌르겠습니다.

1290
나의 태양 같은 님께 맹세합니다. 나는 당신의 영원한 달이 되겠습니다.
설사 하늘에 세 개의 태양이 나를 신부로 삼으려 해도
나는 절벽 아래로 몸을 던져 이 생을 끝내겠습니다.
그러면 나의 영혼은 당신의 가호를 받으며 날개를 달고 하늘로 올라가겠지요.

1291
이 어두운 세상에서 벗어날 수 있도록 나를 위해 신에게 간청해 주세요.
불, 물, 공기, 흙이 나의 길을 가로막지 않도록.
나의 눈동자가 늘 바라보며 꿈꾸던 천상으로 날개를 달고 올라갈 수 있도록.
내가 밤낮으로 황금빛 같이 빛나는 당신의 얼굴을 볼수있도록.

1292
당신은 태양의 일부이기 때문에 당신 없이 태양은 빛을 발하지 못합니다.
당신은 태양의 영원한 동반자이며, 당신과 태양은 한 몸으로 주조되었습니다.
나는 태양에서 당신의 형상을 보고, 마음속의 암흑을 빛으로 바꿀 것입니다.
이제까지 나의 생은 쓰라렸지만 죽음 속에서 평안을 얻을 것입니다.

1293
내 영혼을 당신께 맡긴 이상 나는 죽음을 두려워하지 않습니다.
무덤에서도 나의 불꽃은 사그라들지 않을 것입니다.
그곳에서 우리의 이별을 회상하면 쓰라린 상처에서는 피눈물이 흐르겠지요.
당신의 사랑이 이 세상을 떠나갔다 해서 너무 슬프게 울지 마세요.

63장 대단원의 막을 내리다

1583
한밤중의 꿈같은 이야기를 이제 마친다.
제왕들은 세상을 떠났다. 이것이 인생의 변덕스러움이다.
아무리 영생을 꿈꾼다 해도 삶은 한순간에 불과하다.
루스타비 출신의 무명이 메스케티안 서정시인인 내가 이 이야기를 썼다.

1584
태양과 같이 빛나고 조지아인들의 보호자인
나는 위대한 왕 다비드의 이야기를 시로 엮었다.
회오리바람처럼 동에서 서까지 모든 나라를 굴복하게 만들고,
배신자는 재처럼 만들어버리고 충성스런 자는 칭찬하시는 그녀를 위해 이 글을 썼다.

1585
내가 어떻게 다비드왕의 위업을 제대로 찬양할 수 있겠는가?
먼 나라들의 왕들의 놀랍고 신비스런 이야기와
그들의 업적과 용맹이 끝없이 찬사를 받는 곳의 이야기를
시로 만들었고, 이제 그 이야기를 마친다.

1586
아무도 믿을 수 없는 게 이 세상이고, 운명의 변덕은 끝이 없다.
인생은 눈 깜짝할 새보다 빠르게 지나간다.
당신은 행복을 찾아 무엇을 하려는가? 운명은 변덕스러운 것이다.
운명에 배신당하지 않는다면 지상과 하늘 두 세계에서 행복해질 것이다.

쇼타 루스타벨리

Shota Rustaveli შოთა რუსთაველი

1160년 경 - 1220년 경

쇼타 루스타벨리는 조지아 시문학 역사에 우뚝 선 거봉으로 추앙받고, 그가 쓴《호랑이 가죽을 두른 용사》는 조지아의 국보와 같은 민족서사시이다. 그의 이름을 딴 '루스타벨리' 거리는 조지아뿐만 아니라 우크라이나의 수도 키예프와 우즈베키스탄의 타쉬켄트에도 있다. 소련 시대 교육을 받은 지식층은 대부분 러시아어로 번역된 이 작품을 읽었다.

루스타벨리라는 이름은 루스타비(Rustavi, რუსთავი) 지방 출신이거나 루스타비의 영주를 지칭한다. 두 명의 루스타비가 저자로 추정된다. 한 사람은 조지아 남부 지역인 메스케티(Meskhetii, მესხეთი) 출신의 루스타비이고, 다른 한 사람은 케레티(Khereti, ჰერეთი)나 트빌리시 출신의 루스타비이다. 몇몇 자료, 특히 민간전승에 의하면 루스타벨리는 메스케티아 사람이라고 한다. 10-12세기 시기에 메스케티(Meskheti, მესხეთი)는 조지아의 정치, 문화 생활에서 중요한 역할을 했다. 현재의 트빌리시에 속하는 루스타비 지역은 당대 정치, 문화의 중심지였다. 다른 루스타비 지방 영주나 이 지역 출신이 저자라는 설도 있어서 저자에 대한 논란은 계속 되고 있다.

루스타벨리의 이름은 쇼타(Shota, შოთა)이다. 이 이름은 조지아가 관할하는 예루살렘의 성 십자가수도원[45]에 새겨진 비명(碑銘)을 비롯하여 후에 만들어진 문학기념비에 기록되어 있다. 성십자가교회의 기둥에는 현재까지 부조판과 함께 루스타벨리의 초상이 보관되어 있고, 이 부조판에는 루스타벨리(Rustaveli, რუსთაველი)의 이름이 쇼타라고 분명히 새겨져 있다. 이 사원과 관련된 다른 문헌 자료에는 루스타벨리의 직함이 메추르츨레투루체시(mechurchletukhutsesi)라고 기록되었는데, 이 직

45 예루살렘의 성 십자가 수도원(The Monastery of the Cross ჯვრის მონასტერი) - 예루살렘 나요트(Nayot) 지구에 있는 동방정교회 수도원. 11세기 조지아 왕 바그라트 4세 때 건설됨. 조지아의 기독교 수용을 기념하여 콘스탄티누스 황제가 이 교회터를 카르텔리의 미리안 3세 왕에게 하사했다는 전설이 있음. 1685년에 그리스 정교회에 소유권이 넘어가 현재는 그리스 정교회가 관할하고 있다. 수도원이 도서관에는 조지아어 희귀사본이 다수 소장되어 있다.

함은 국가재무상을 뜻한다. 루스타벨리의 초상은 세속적 귀인의 화려한 의상을 걸친 현자풍의 원로이자 타마르 여왕의 고관의 모습을 보여주고 있다. 이 작품의 서문에 나타난 특별한 인물 묘사는 쇼타 루스타벨리가 높은 지위에 있는 정치인이었다는 것을 보여주고, 여러 가지 역사적 암시와 현실의 내용을 이해하기 쉽게 만들어준다. 이런 이유로 이 작품에 표현된 문학적 기술을 역사적 사실과 연관시키는 것도 어렵지 않다.
성십자가교회 공동체와 조지아 민중들 사이에서는 루스타벨리가 생애 말년에 수도승이 되었고, 그가 예루살렘의 성십자가교회에서 숨을 거두고 그곳에 매장되었다는 전설이 퍼져있다. 타마르 여왕에 대한 비극적 사랑으로 인해 루스타벨리가 정신이 나갔다는 전설도 있지만 이를 믿기는 어렵다.

몇몇 연구가들은 루스타벨리가 조지아에서 추방된 적이 있고, 그 원인이 타마르 여왕에 대한 작가의 비극적 사랑 때문이라는 주장을 한다. 그러나 이러한 주장도 큰 설득력이 없다. 루스타벨리는 생애 끝까지 고위직을 유지하고 있었다. 작가가 조국을 떠났다면 그 원인은 몽골 침입으로 조지아가 처했던 새로운 역사적, 사상적 환경 때문이라고 보는 것이 맞다. 기독교 지도자들은 몽골 침입으로 인한 참화는 도덕의 추락과 지상적 환락에 과도하게 몰입한 것에 대한 신의 징벌이라고 생각했다.
《호랑이 가죽을 두른 용사》허승철 번역, (문예림, 2017년) 424-425쪽에서 인용

❉《호랑이 가죽을 두른 용사》 유네스코 세계문화유산 추천서 - 2012년[46]

쇼타 루스타벨리의《호랑이 가죽을 두른 용사》의 사본은 조지아와 영국에 의해 2012년 유네스코 '세계기록물유산(Memory of the World Register)'에 추천되어 2013년 세계기록물유산으로 인정되었다. 아래는 추천서 요약본이다.

〈쇼타 루스타벨리가 조지아 역사의 '황금기'로 불리는 타마르 여왕 재위 시기인 12-13세기의 쓴 중세 서사 작품인《호랑이 가죽을 두른 용사》는 조지아 국민의 민족적 서사시(epos)이다.

이 작품의 의미와 중요성은 다음 몇 가지 현저한 특징으로 설명할 수 있다. 우선 이 작품은 코카서스와 중동지역 전체에 걸쳐 일어난 정치적, 사회-경제적, 문화적 변화에 의해 발생한 조지아, 동양, 유럽의 문화적 전통을 훌륭하게 배합하였다. 바로 이러한 특징으로 인해 이 작품의 중요성은 한 민족이나 국가의 범위를 뛰어넘어 세계문화유산에 해당된다. 두 번째로 이 작품은 왕족에서 시작하여 상인, 농민 등 중세의 여러 사회 계층의 생활양식, 전통, 특징에 대한 소중한 정보를 제공한다. 다음으로《호랑이 가죽을 두른 용사》는 신플라톤(neo-Platonic)적 사고의 발전의 정점과 인간의 본성, 우정, 사랑, 평등, 자유를 위한 투쟁에 대한 찬가라고 특징지을 수 있다. 마지막으로 이 원고는 필적(calligraphy), 장식화(decorations), 세밀화(miniatures) 등의 미적 가치도 뛰어나다.

루스타벨리의《호랑이 가죽을 두른 용사》는 조지아와 코카서스 연구가들뿐만 아니라 중동지역 연구가들에게도 큰 중요성을 가진 자료이다. 이 작품은 모든 지리적 해당 지역의 다양한 정치, 경제 사회, 문화 양상에 대해 다른 것과 비교할 수 없을만한 많은 정보를 제공한다는 사실도 널리 알려져 있다. 추천하는 기록자료는 조지아 국립문서보관서와 영국 보들레이안도서관이 소장하고 있는 16-18세기의 96서책(조지아 국립문서보관서 소장 94책, 보들레아안도서관 소장 2책)으로 구성된다.

쇼타 루스타벨리의 서사시《호랑이 가죽을 두른 용사》는 1712년 조지아어로 인쇄된 조지아 최초의 세속문학작품이라는 사실도 언급할 필요가 있다.

2012년 유네스코는 이 서사시 인쇄출판 300주년을 기념하여 조지아뿐만 아니라 세계 다른 국가에서 차지하는 이 작품의 의미와 중요성을 강조한 바 있다.〉

46 같은 책 439-439쪽.

다비트 구라미쉬빌리 დავით გურამიშვილი

다비티아니, 주보브카: 다비트의 노래

დავითიანი, სიმღერა დავითისა: ზუბოვკა,

1.
어느 날 아침 주보브카 마을을 떠나면서
나는 절세미인을 보았네. 홀연히 그녀가 내 앞에 나타났네.
검은 눈과 눈썹, 애교점은 그녀의 상아 같은 얼굴을 더욱 아름답게 장식했네.
그녀는 나를 경멸하듯 보았지만 그녀의 아름다움에 나는 정신을 잃어버렸지.

2.
나는 물었네. "밝게 빛나는 태양과 같은 당신은 어디서 왔습니까?
그리고 이것이 가능하다면, 당신이 어디로 가려고 하는지 알 수 있나요?
당신 때문에 내 심장은 돌처럼 굳어버렸고,
물벼락을 내게 뿌린다 해도 내 안에 활활 타는 불을 끌 수 없습니다."

3.
그녀는 화가 난 목소리로 험한 말로 나에게 빠르게 대답했네.
"당신은 어떻게 감히 이렇게 무례하게 말을 거는 건가요?
나이팅게일을 만난 장미는 까마귀를 사랑할 수 없다는 것을 잘 아시지요."
나는 강물 같이 많은 눈물을 흘려서 그 눈물은 바다로 흘러갔네.

4.
그녀는 내게 말했네. "제발 나를 귀찮게 하지 마세요. 내 앞에서 사라지세요.
나는 사랑하는 사람이 있습니다. 당신 같은 사람은 필요 없어요.
그래도 당신은 떠나지 않는군요.
나의 남편은 당신보다 잘 생겼고 훨씬 잘 났습니다."
나는 그녀의 말을 듣고 완전히 낙담했다네.

5.
그녀는 말했네. “더 이상 말하지 말고 내 눈과 귀에서 사라지세요.”
그녀는 막대기를 잡아 내 머리를 쳤네. 그래도 나는 물러서지 않았지.
나는 앞으로 비틀거리며 땅에 쓰러져서 거의 정신을 잃었네.
그녀는 나를 불쌍히 여겨 나의 정신을 돌아오게 하려고 애썼네.

6.
내가 완전히 정신이 돌아오자 그녀는 몸을 숙여 내 손을 잡았네.
“왜 정신을 잃었나요? 왜 쓰러졌나요?” 그녀는 나를 일으켜 세우며 물었네.
나는 대답했네. “사랑스런 여인이여, 이것은 당신 때문입니다.
 당신이 이렇게 만들었습니다.
당신의 거부로 나의 마음에는 불이 붙었습니다.”

7.
그러자 그녀는 성의를 다해 나를 위로하고 진정시켰네.
그녀가 말했네. “우리가 얘기를 나누는 것은 위험합니다. 당신은 이것을 잘 압니다.
이제 각자 길을 하고, 각자 할 일을 합시다.
그러며 언젠가, 어디서 나는 당신 앞에 다시 나타날 것입니다.”

8.
그렇게 말하고 그녀는 사라져 버렸네.
희망과 기쁨의 말 한마디만 남기고 사랑하는 사람은 흔적도 없이 사라졌네.
나는 그녀의 베일에 보호받는 노예가 되고 싶네.
내가 다치면 그녀가 나를 도울 것이고, 다른 누구도 나를 돕지 못하네.

9.
내가 그녀에게 바라는 것은 다시 그녀의 얼굴을 볼 수 있다는 약속을 받는 것.
나의 가슴과 옷깃은 눈물로 젖어버렸다. 그녀 때문에 내가 울고 있네.
죽음이 다가오면 내가 겪고 있는 고통을 그녀는 무시하지 못하리.
내가 저승으로 불려 가면 그녀가 나를 위해 문을 열어 주겠지.

10.
나는 먼저 가버린 그녀의 노예가 되고 싶을 뿐이네.
나의 가슴은 그녀에 대한 사랑으로 불타고 있네.
이 모든 것이 이루어지면 나는 마음껏 먹게 해달하고 기도할 것이네.
생명수를 마시고, 영생의 빵을 먹을 수 있도록

11.
나는 그녀가 영원히 내 곁에 있게 해달라고 신께 기도하네.
아무리 세상이 넓어도, 그녀처럼 사랑스러운 여인은 없네.
나를 사랑했다고 사람들은 그녀를 데려가 손을 묶고 그녀를 때렸네.
그녀가 죽을 때 나는 그녀의 아름다운 얼굴을 보았네.

12.
오, 내가 가장 사랑하는 이여, 말해보세요 - 지금 당신은 어디에 있나요?
내가 아는 사람 중 당신 말고 나를 도울 사람은 아무도 없습니다.
나는 눈이 멀어 암흑 속에 있지만 당신이 하늘나라에 있다는 것을 믿습니다.
나를 영원히 암흑 속에 있게 하지 마세요. 나를 끌어올려 주세요. 당신께 기도합니다!
나는 눈이 멀어 암흑 속에 있지만 당신이 하늘나라에 있다는 것을 믿습니다.
나를 영원히 암흑 속에 있게 하지 마세요. 나를 끌어올려 주세요. 당신께 기도합니다!
나를 영원히 암흑 속에 있게 하지 마세요. 나를 끌어올려 주세요. 당신께 기도합니다!

다비트 구라미쉬빌리

Davit Guramishvili (დავით გურამიშვილი)

1705 - 1792

다비트 구라미쉬빌리는 조지아의 낭만주의 문학이 만개하기 전 시기의 가장 뛰어난 시들을 썼다. 조지아에서 태어났지만, 다게스탄인들의 포로 생활을 거쳐 모스크바에 정착하고, 오스만 터키, 스웨덴, 프러시아를 상대로 한 전쟁에 참가한 후 우크라이나 미르고로드 지역에 영지를 하사 받아 그곳에서 생을 마쳤다. 그가 겪은 파란만장한 인생은 그의 작품의 소재가 되었고, 그는 자전적 작품을 많이 남겼다.
다비트 구라미쉬빌리는 귀족 가문에서 태어나 사구라모(Saguramo) 지역의 집안 영지에서 자랐다. 18세에 제다벨라(Zedavela) 전투에 참여했는데, 오스만 터키와 다게스탄을 상대로 한 이 전투에서 패해한 카르틀리의 바흐탄 4세는 모스크바로 망명한다. 이 전투 참가에 대한 기억은 흔히 〈조지아의 고통(Greorgia's Affliction)〉이라고 불리는 그의 자전적 서사시 〈다비티아니(Davitiani)〉 여러 곳에 실려 있다. 1727년 마을을 습격한 다게스탄 부족민에게 납치된 다비트는 감옥에 몇 달 간 갇혀 있다가 탈출하여 걸어서 산악지대를 지나 코자크 주둔부대를 찾아간다. 여기서 모스크바로 간 다비트는 모스크바에 망명 중인 바흐탄 4세 일행에 합류하여 그를 도와 문화, 교육 사업을 벌였다. 포로 생활 경험은 그의 시 25편의 소재가 되었다. 바흐탄 4세가 사망하자 다비트는 러시아군에 들어가 조지아 경기병 연대에 소속된다. 그는 오스만 대(對)터키(1735-39), 대스웨덴(1741-43), 대프러시아 7년 전쟁(1756-63)에 참여한다. 마지막 전쟁에서 프러시아 군에 포로가 된 그는 1759년 석방된 후 제대하여 자신의 영지로 하사받은 우크라이나의 미르고로드(Mirgorod)로 내려가 여생을 보내며 많은 작품을 썼다. 그는 자신과 조지아의 운명에 대한 탄식, 회한, 위안을 시로 표현했다. 민중 문학 모티프를 서브텍스트(sub-text)뿐만 아니라, 러시아, 우크라이나, 폴란드의 모티프도 사용했다. 조지아의 영적 미학에 바탕을 두기는 하지만, 이와 양립할 수 없을 것 같은 러시아 농민의 성적인 쾌락주의도 표현한 것으로 평가된다. 자신이 자란 지역의 이름인 주보브카(Zubovka)에서는 종교적 열정 대신 장난스런 에로티시즘을 표현했고, 목동 카츠비아(Katsvia the Sheperd)에서는 조지아 산악의 초현실적인 목가주의를 노래하며 전쟁과 부패, 자연재해가 없는 에덴동산과 같은 조지아를 꿈꿨다.

알렉산더 차브차바제
ალექსანდრე ჭავჭავაძე

아아, 그 시절이여, 그 시절이여
ვაჰ, დრონი, დრონი,

아, 내가 맛보았던 달콤했던 그 시절이여
꿈처럼 날아가 버렸고, 너무 빨리 사라져 버렸구나.
그러나 나는 영원히 변하지 않을 것이다!
나는 세월이 가도 절대 변하지 않을 것이다. 절대로!
나는 영원히 변하지 않을 것이다!

나의 인생에는 아무 힘이 남아 있지 않지만
나는 아직 살아있구나.
나는 영원히 변하지 않을 것이다!
운명에 의해 끊임없이 벌을 받았어도,
아직 희망은 살아있고, 희망이 나를 보호한다.
나는 영원히 변하지 않을 것이다!

아아, 그러나 지금 희망을 볼 수가 없구나!
나는 희망을 잃고 계속 살아갈 수 없다.
나는 영원히 변하지 않을 것이다!
내가 사랑을 하면, 진실한 사랑을 할 것이고,
우리의 사랑을 굳건히 지켜나갈 것이다.
나는 영원히 변하지 않을 것이다!

만일 그녀도 우리의 사랑을 나처럼 지킬 수 있다면,
나의 연적은 쓸데없이 노력할 것이다.
나는 영원히 변하지 않을 것이다!
포로? 연인? 나는 둘 다 해당된다.
나는 무슨 일이 있어도 그녀와 함께 할 것이다.

나는 영원히 변하지 않을 것이다!

나는 세월이 가도 절대 변하지 않을 것이다. 절대로!

나는 영원히 변하지 않을 것이다!

알렉산더 차브차바제

Aleksander Chavchavadze (ალექსანდრე ჭავჭავაძე)

1786 - 1846

알렉산더 차브차바제는 케브수르(Khevsur) 지역에 연고를 둔 귀족 집안 태생이다. 그의 집안은 카케티아(Khaketia)의 콘스탄틴 2세(Constantin II)에 의해 1726년 공후의 지위까지 올랐다. 차브차바제는 1786년 상트페테르부르크에서 태어났다. 당시 아버지 가르세반(Garsevan)는 조지아 동부 카르틀리-카케티왕국의 러시아 대사로 일하고 있었다. 알렉산더가 태어날 당시 예카테리나 여제가 대모가 되어줄 정도로 아버지는 러시아 궁정과 가까웠다. 알렉산더는 어려서 러시아어로 교육을 받다가 13세 때 조지아를 처음 방문했다. 1801년 조지아가 러시아에 병합되자 그의 가족은 조지아로 돌아왔다. 1804년 산악지역인 므티울레티(Mutiuleti)에서 일어난 반러시아 봉기에 참여한 알렉산더는 감옥에 투옥되었는데, 감옥에서 쓴 '이 세계와 여기 세 들어 사는 사람들의 슬픔(Woe to This World and Its Tenants)'이란 시가 큰 인기를 얻으며 시인으로서 명성을 얻게 해주었다. 18세기 조지아의 대표시인 베시키(Besiki)의 시정신과 루소의 사상에 영향을 받은 이 시는 사랑과 저항의 상징으로서 조지아인들의 사랑을 받았다. 탐보프(Tambov)에서 1년 간 유형생활을 하고 돌아온 차브차바제는 러시아 당국에 협조하는 노선을 취하고 경비병 연대에 들어갔다. 그는 1813-14년 나폴레옹에 대항하는 전쟁에 참여했다가 파리 전투에서 다리에 부상을 입는다. 파리에 2년 간 머무른 그는 부르봉 왕가로부터 명예훈장(Legion d'honneur)을 받는다. 프랑스에 체류하는 동안 라마르텡, 빅토르 위고 라신느, 코르네이유 등에 영향을 받고 이들의 작품을 조지아에 소개한다. 그는 제정러시아 군대에서 계속 승진하여 1926년 소장으로 승진하고 이란과 오스만 터키와의 전쟁에 참여한다. 러시아의 아르메니아 주둔군 사령관이던 그는 1828-29년 소수의 병력으로 터키군을 상대로 전투를 벌여 예레반 방어에 성공한다.

조지아로 돌아온 그는 조지아 상류사회의 가장 인기있는 명사가 되었고, 조지아와 러시아에 광범위한 인맥을 형성했다. 러시아 희곡작가이자 외교관인 그리보예도프가 16세된 차브차바제의 딸 니노와 결혼한 것은 큰 화제가 되었다. 그는 자신의 별장이 있는 찌난달리(Tsinandali)에 명사들을 초청해 자신의 포도원에서 만든 와인을 대접하며 인맥을 넓혔다. 찌난달리 와인은 현재까지 생산되고 있는 명품 와인이다. 그는 조지아의 독립과 왕조, 조지아 정교회 회복의 꿈을 꾸고 1832년 봉기에 가담했으나, 봉기가 실패로 돌아가자 5년 유형형을 선고받는다. 이로 인해 그가1820년부터 1832년 사이에 쓴 모든 시는 증거인멸을 위해 불태워졌다. 그러나 그의 군사적 재능을 아낀 러시아 당국은 그를 사면하여 계속 군복무를 하게 된다. 1842년 중장으로 진급한 그는 북카프카스의 부족 정복을 위한 전투에 참가한다. 1843년 다게스탄 정벌 작전이 그의 마지막 전투가 되었고, 이후 그는 행정가로 변모해 자카프카스 행정위원이 된다. 1846년 그는 밤에 말을 타고 가다가 의문의 사고로 낙마해 머리 부상을 입고 치료를 받던 중 사망한다. 일부 학자는 이것은 사고를 가장한 암살이었다고 추정한다.

차바차바제가 조지아 문학에 끼친 영향은 지대하다, 그는 문체적으로, 18세기 조지아 르네상스 문학으로부터 이어져 내려온 고문체와 풍부한 형식성, 페르시아의 서정시 음조, 티플리스 거리의 보헤미안적 언어, 유럽 낭만주의의 요소를 결합하여 조지아의 시 언어를 구어에 가깝게 만들었다. 이는 그가 여러 개의 유럽어를 구사하고, 아시아 문화에도 깊은 조예가 있었기 때문에 가능한 일이었다.

차브차바제의 작품 세계는 1832년 이전과 이후 성격이 크게 달라진다. 1832년 이전에서는 조지아의 사라진 영광과 독립에 대한 탄식과 이로 인한 개인적 회환과 비애가 주로 표현되었다. 그는 러시아의 지배가 페르시아나 터키 지배 못지않게 조지아 문화를 훼손하고 조지아를 감옥과 같은 곳으로 만들었다고 생각했다. 그는 이러한 상황을 음울한 색조의 언어로 표현했다, 이란 주재 러시아 대사로 근무하다가 테헤란에서 잔인하게 살해당한 사위 그리보에도프로 인한 개인적 슬픔도 그의 우울한 분위기를 더해 주었다. 전반기에 쓴 대표적 시로는 '슬픔, 시간, 시간(Woe, time, time)(ვაჰ, დრონი, დრონი)', '듣는 자여, 들어라(Listen, listener)(ისმინეთ მსმენნო)', '카프카스(Caucasia)(კავკასია)'를 들 수 있다. 1832년 이후 그는 러시아 병합으로 인한 긍정적 결과에 눈을 돌리면서 조국의 독립을 가장 소중한 꿈으로 간직했다. 그는 결코 미래에 대한 낙관적 태도를 버리지 않았다. 이 시기에 쓴 대표적 시로는 '오, 나의 꿈이여, 너는 왜 다시 나에게 나타나는가(Oh, my dream, why have you appealed to me again)(ეჰა, ჩემო ოცნებავ, კვლავ რად წარმომედგინე)'와 '쟁기질하는 사람(The Ploughman)(გუთნის დედა)'이 있다.

그리골 오르벨리아니
გრიგოლ ორბელიანი

예레반 전투 후 축제의 밤 중에서
სადღეგრძელო ანუ ომის შემდგომ ღამე ლხინი, ერევნის სიახლოვეს,

오 나의 사랑하는 조국이여, 누가 마음이 떨리지 않고
기쁨이 새롭게 넘치지 않으면서 너의 이름을 부를 수 있는가?
네가 위협을 받을 때 너를 지키기 위해 피를 흘리고,
목숨을 바칠 각오를 하지 않을 사람 어디에 있겠는가?
우리 모두는 태어나 처음으로 빛을 본 장소를 사랑해야 한다.

우리가 행복한 나날을 보냈고, 남자로 성장한 곳,
자상한 부모님들의 보호를 받으며 자란 곳,
우리가 처음으로 우리 안에 머물던 사랑의 불꽃을 느낀 곳,
사랑스런 여인들이 우아하게 몸을 흔들며 사원으로 가
우리를 위해 기도를 하던 곳.

눈부신 창공을 깊은 사랑을 가지고 올려다보고
하늘의 왕처럼 태양빛이 눈부시게 내리 쬐던 곳,
밤이면 하늘 아래 달과 별들을 바라보던 곳,
생명을 불어넣어 주던 공기와 고향집의 향기를 들이마시던 곳.

눈으로 왕관을 쓴 산들이 파한 하늘 아래 우뚝 서 있고,
소리를 내며 흐르는 강물들이 물결들과 장난치고, 너를 위해 노래를 불러주는 곳,
땅이 깊게 파여 골짜기를 이루고, 바위들이 떼를 지어 모여 있는 곳,
사냥꾼들이 구름보다 높은 평원에서 야생염소를 잡는 곳

여기저기 펼쳐진 에메랄드보다 더 푸른 들판이
숲속의 샘물과 함께 즐겁게 솟아오르고,
들판은 얼마나 신선하고 맑고 깨끗하며, 꽃들을 기쁨에 떨게 하는가?

들판을 한 번 쳐다보기만 하면 나는 기쁨에 가득 차고, 나의 눈은 시선을 떼지 못한다.

어디에 또 다른 조지아가 있을 수 있는가? 어두운 운명이 닥칠 때
용맹스럽게 싸운 조지아인들은 얼마나 위대한가?
암흑의 시간이 조지아인들의 가슴을 파괴할 수 없고, 그들은 한 민족으로 아직 건재하다.
그들은 아직 단단하고, 아직 노래를 부르며 자신들의 조국을 사랑한다!

우리의 조국을 위해 마음껏 축배를 들고 그 이름을 찬양하자!
조지아여, 무궁발전하며 번영과 영예를 누려라!
조지아의 산봉우리들이 하늘에 닿기를! 태양 같은 용기를 갖기를 기원한다!
우리가 앞으로 할 수 있는 일과 우리가 해 온 일을 기뻐하자!

이 세상은 오래 살고 싶은 우리의 욕망을 받아주지 않지만-
남자는 자신의 조국을 위해 헌신해야 하고 쓸모 있고 강한 존재가 되어야 한다!
두려워하지 말고 싸우고 조국의 이야기를 하기 위해 살고-
만일 죽음으로 조국의 이름을 영광되게 할 수 있다면 기꺼이 죽으리라.

무함바지[47]

მუხამბაზი, 1861

내가 잠자고 있을 때, 너는 내 영혼 속에 환하게 앉아 있구나!
내가 깨어날 때는 내 채찍에서 빛나고 있구나!
나는 노예처럼 충성스럽다.
너는 나를 죽이려고 한다. 나는 아무 말도 하지 않는다. 감히 하려고 하지 않는다.
네가 어디를 가든 내가 그곳에 있다는 것을 너는 안다.
네가 의식하지 못할 때도 나는 늘 너와 함께 있다.
말이 너를 방해할 때면, 나는 너와 침묵을 공유한다.
나는 스스로에게 속삭인다. "그녀가 오늘밤 얼마나 빛나는지 보라!"

47 무함바지 - 5연음표로 된 노래.

내가 잠자고 있을 때, 너는 내 영혼 속에 환하게 앉아 있구나!
내가 깨어날 때는 내 채찍에서 빛나고 있구나!
내가 생각하기에 너의 허리는 포플러 나무 가지처럼 날씬하고,
무지개가 지금 그것을 감싸고 있고,
천둥처럼 검은 네 눈이 허락할 것이고,
너의 호흡은 장미의 호흡과 닮은 데가 있다.
어느 날엔가 나는 "사랑하는 이여, 너는 오늘밤 나의 것이다."라고 말하고 싶다.

내가 잠자고 있을 때, 너는 내 영혼 속에 환하게 앉아 있구나!
내가 깨어날 때는 내 채찍에서 빛나고 있구나!
나는 아직 열흘을 더 가야 하는데, 그 열흘이 모두 너에게로 가는 길이다.
수많은 상념 속에 너의 얼굴이 가장 먼저 떠오른다.
나는 너의 이름만을 다시 부를 수 있고, 다른 아무것도 부를 수 없다!
내 마음에 일어난 일을 내가 어떻게 하겠는가?
나에게 오직 이것만을 물어 봐다오. "오늘밤 무엇 때문에 근심하는가?"

내가 잠자고 있을 때, 너는 내 영혼 속에 환하게 앉아 있구나!
내가 깨어날 때는 내 채찍에서 빛나고 있구나!
누가 슬픔에 잠긴 나를 위해 슬퍼하는지 너는 아는가?
그리고 그것이 더 슬픈 삶인가, 그런지 그렇지 않은지 말해다오.
이 사람은 지상에서 무슨 일을 하고, 그는 어디로 간 것인가?
그리고 그에게 일어난 일을 말하는 것이 그를 그렇게 슬프게 만드는가?
너는 자비를 보여주고, 그렇게 대답하지 말기를!

내가 잠자고 있을 때, 너는 내 영혼 속에 환하게 앉아 있구나!
내가 깨어날 때는 내 채찍에서 빛나고 있구나!
오르다찰라(Orthachala)[48]에서 나를 보거라 - 그것이 나다.
멋진 축제에서 나를 보거라 - 그것이 나다.
건배를 제의하는 사람을 보거라 - 그것이 나다.
길거리에서 싸움을 하는 나를 보거라 - 그것이 아니다!

48 오르다찰라(Orthachala) - 트빌리시의 한 지역 이름.

그러면 그때야 네가 말할 것이다. "오늘밤 나는 당신과 사랑에 빠졌어요!"

내가 잠자고 있을 때, 너는 내 영혼 속에 환하게 앉아 있구나!
내가 깨어날 때는 내 채찍에서 빛나고 있구나!

그리골 오르벨리아니

Grigol Orbeliani (გრიგოლ ორბელიანი)

1804 - 1883

조지아의 낭만주의 대표 시인 중 한 사람으로 19세기 조지아 문화를 대표하는 상징적 인물이다. 조지아가 러시아에 공식으로 병합된 3년 후 티플리스의 명문 귀족 가문에서 태어났다. 낭만주의 최고 시인인 니콜로즈 바라타쉬빌리는 그의 외조카였고, 오벨리아니는 차브차바제의 딸이자 그리보도프의 미망인인 니노를 오래 연모한 것으로 알려졌다. 오벨리아니는 귀족 자제들을 위해 세워진 김나지움을 마친 후 1820년대 제정러시아군대에 들어가 북카프카즈의 다게스탄인들을 상대로 한 전투에서 여러 번 공을 세웠다. 1832년 조지아 지식인들과 귀족들이 일으킨 반러시아 봉기에 가담하여 체포되었으나, 귀족이라는 지위와 군사적 능력 덕분에 곧 풀려났다. 1832년 이후 그는 제정 러시아 식민 정책에 적극 협조하여 군에서는 장군이 지위에 오르고 후에 식민청에서 최고 지위에 올라 티플리스 총독이 되었다. 그는 조지아를 방문한 알렉산드르 2세로부터 직접 제정러시아 최고 훈장인 성 안드레이 훈장(Order of St. Andrew)를 받았다. 생애 말년인 1880년대에는 여러 버전으로 전해져 내려오는 쇼타 루스타벨리의 《호랑이 가죽을 두른 용사》의 표준 텍스트를 확립하는데 노력을 기울였다. 그의 생애는 수잔 데이톤(부록)이 지적한 것처럼 제정러시아에 적극 협조하여 군과 관료사회에서 성공한 조지아 귀족과 지식인의 대표적 예라고 볼 수 있다.

그의 시는 애국적 모티프가 근간을 이루고 와인과 여성에 대한 찬양도 넘쳐난다. 그는 지금은 사라진 조지아의 영광스런 과거와 조지아 왕가의 몰락을 탄식하는 내용의 시를 많이 썼다. 그러나 그의 시의 가장 큰 특징은 거리의 악사들이 지은 시와, 아슈그(ashug)라고 불린 유랑시인(minstrel)의 언어를 사용한 것이다. 스스로도 이런 전통을 잇는 서정시인 무함바지(Mukhambazi)를 짓기도 했다.

1832년 봉기 참여 이전에는 전투적이고 낙관적인 시를 썼으나, 1832년 이후에는 조지아의 돌아올 수 없는 과거의 영광에 대한 감상적 애국주의가 주된 모티프를 이룬다. 그의 대표 시는 1827년 러시아-이란 전쟁을 배경으로 한 예레반 전투 후의 축제의 밤이다. 러시아 고전주의 시인 주콥스키의 전사 집단의 가수를 모방한 이 시에서는 전쟁에서 유명을 달리한 병사들을 추모한 후, 조지아의 부족들, 왕들, 영웅들, 순교자들을 찬양하는 역사 순례를 한 다음, 현실로 돌아와 애가(elegy)풍으로 끝을 맺는다.

니콜로즈 바라타쉬빌리
ნიკოლოზ ბარათაშვილი

무트크바리 강변에서
ფიქრნი მტკვრის პირას, 1837

흐르는 강물이 나의 작은 슬픔을 지워 주리라 생각했다.
나는 안식을 취할 곳을 찾고 있었다.
울며 내 눈물 속에서 평화를 찾을 수 있는 곳을.
아아, 그러나 강물의 졸졸거리는 소리가 나의 슬픔을 더 크게 만들었다.
나는 강물이 휩쓸고 지나갈 때 그 물결 밑을 보려고 했지만,
내가 본 것은 반짝이는 푸른 하늘뿐이었다.

무트크바리, 나는 네가 강이 굽어지는 것을 돌아가는 것을 본다.
흘러가는 하늘이 끝나는 저 먼 곳을 바라본다.
나는 네가 누구에게 말하는지, 무슨 말을 하는지 궁금하다.
네가 기도할 때 침묵의 기도를 드리는 것은 너무나 많은 과거 때문인가?

내가 젊었을 때, 네가 인생은 부질없는 고통과
헛된 것이라고 나에게 말하는 것 같았다.
우리의 인생은 곧 불멸로 정화된다.
우리는 가득 채워지기를 꿈꾸지만, 절대로 그렇게 될 수는 없다.
욕망이 채워지고 잠잠해진 사람이
한 번 흥분을 느낀 상태로 만족하며 생을 살아갈 수가 있는가?

아무도 패배시킬 수 없고, 누구도 따라잡을 수 없는
가장 막강하고 권력 있는 왕도,
온 세계를 수중에 넣은 가장 뛰어난 통치자도
투덜대며 요구사항을 내걸 것이다 - 이 땅은
언제 우리 것이 될 것인가? 그는 점점 더
많은 땅을 원하다가 다음날에는 땅 속에 파묻힐 것이다.

세상이 지나가고 영원으로 가버리면
누가 남아 그의 이야기를 할 것인가? 누가 그 사람이 될 것인가?
우리 모두는 이 세상에 존재하기 때문에
모두와 사이좋게 살며 모든 부름을 경청하는 것이 좋다.
이 세상 안에 사는 모든 사람은 세상을 사랑해야 한다.
이 세상에 가치 있는 것을 잘 돌봐야 한다는 말이다.
헌신적인 왕이라 할지라도 쉬어서는 안 된다.

그의 생은 일과 걱정이고, 그는 항상 큰 부담을 느낀다.
그는 자신의 땅과 어린아이들은 보호하기 위해
무슨 일을 해야 하는지를 늘 생각해야 한다. 그래야 그가 죽은 후
사람들은 그와 그가 누워 있는 땅을 저주하지 않는다.

메라니
მერანი, 1842

나의 준마 메라니가 달려 나간다. 마치 길 없는 밤을 우리는 날아간다.
갈가마귀의 울음소리와 그의 부릅뜬 악마 같은 눈을 지나.
오, 메라니여, 너의 무한한 멋진 여유를 가지고 계속 달려라.
나의 모든 검디검은 생각들을 흩어버리고, 날개를 달아 바람에 보내라!

바위 계곡을 뛰어 넘고 바람을 쪼개고 물을 가르거라.
길을 단축하며 전속력으로 앞으로 달려 나가라.
날개 달린 준마며, 몸을 아끼지 말고, 폭풍이나 따가운 햇살 속에서도 달려 나가라.
너의 헌신적인 기수가 너의 동정을 받아 속도를 늦추지 않게 하라.

나의 조국을 떠나고, 나의 진실한 친구들을 한 사람씩 떠나는 것과
내가 사랑하는 사람에게 작별을 고하고, 나의 집을 다시 보지 못하는 것은 어렵지 않았다.
낮이나 밤, 어떤 이국땅을 보는 지도 개의치 않았다.
나는 오로지 동행자인 별들에게만 내 마음 속에 담긴 비밀을 이야기한다.

내 안에 남아 있는 사랑도 나는 곧 바다에 던져버리고,
달려가는 길에 새로운 사랑을 찾을 것이다. 너는 대담하고, 난폭하게 나를 태우고 달리거라!
오, 메라니여, 너의 무한한 멋진 여유를 가지고 계속 달려라.
나의 모든 검디검은 생각들을 흩어버리고, 날개를 달아 바람에 보내라!

내가 가족의 묘에 묻히지 않거나, 내 사랑하는 여인이
내가 이국땅에서 세상을 하직한 것을 알고 나를 위해 애곡하지 않아도 개의치 않는다.
황무지의 검은 눈 까마귀가 나의 무덤을 파줄 것이다.
포효하는 바람이 불기 시작하면 나의 뼈들은 흙으로 덮일 것이다.

사랑하는 이의 눈물이 아니라, 매일 아침 이슬이 나를 애도할 것이다.
나는 가족들이 애곡하는 소리를 듣지 않을 것이고, 까마귀 한두 마리가 울어주면 족하다.
오, 메라니여, 너의 무한한 멋진 여유를 가지고 계속 달려라.
나의 모든 검디검은 생각들을 흩어버리고, 날개를 달아 바람에 보내라!

집 없이 떠도는 여행가인 나는 운명에 의해 죽임을 당할 준비가 되어 있다.
운명이 무서운 칼을 나에게 떨어뜨린다 해도 그것을 두려워하지 않으리.
오, 메라니여, 너의 무한한 멋진 여유를 가지고 계속 달려라.
나의 모든 검디검은 생각들을 흩어버리고, 날개를 달아 바람에 보내라!

나의 불타는 영혼의 노력이 헛되지 않기를 희망한다.
메라니여, 나는 너의 질주의 발자국이 계속 남아 있을 것이라는 것을 안다.
나를 뒤따르는 자가 우리가 달려온 길을 1마일, 1마일 쉽게 따라 올 것이라는 것을 안다.
그의 고집스런 말이 그런 식으로 검은 말을 잠시는 따라잡을 수 있을 것이다.

나의 준마 메라니가 달려 나간다. 마차 길 없는 밤을 우리는 날아간다.
갈가마귀의 울음소리와 그의 부릅뜬 악마 같은 눈을 지나.
오, 메라니여, 너의 무한한 멋진 여유를 가지고 계속 달려라.
나의 모든 검디검은 생각들을 흩어버리고, 날개를 달아 바람에 보내라!

니콜로즈 바라타쉬빌리

Nikoloz "Tato" Baratashvili

ნიკოლოზ ბარათაშვილი(ნიკოლოზ "ტატო" ბარათაშვილი)

1817 - 1845

조지아 민족정서와 유럽적 낭만주의를 결합한 최초의 조지아 시인으로 낭만주의 문학의 최고봉으로 평가된다. 28세에 타국에서 요절하여 40편이 채 안 되는 서정시만을 남겼지만, 그이 시는 사후에 발굴되고 제대로 문학적 평가를 받아 조지아의 바이런으로 불린다.

조지아인들에게 '타토(Tato)'라는 애칭으로 불리는 그는 티플리스에서 태어났다. 아버지는 러시아 관청에서 일하는 몰락한 귀족이었으나, 어머니는 그리골 오르벨리아니의 여동생으로 그는 오르벨리아니의 외조카가 된다. 외가는 조지아의 마지막에서 두 번째 왕인 에레클레 2세의 집안이다. 1835년 티플리스의 귀족 김나지움을 졸업하고, 저명한 철학가이자 민족주의자인 솔로몬 도다쉬빌리(Solomon Dodashvili)로부터 개인 지도를 받았다.

재정적 어려움으로 러시아 대학에 진학을 하지 못한 그는 군에서 경력을 쌓으려고 했으나, 어려서 입은 다리 부상으로 한쪽 다리를 절어 이마저도 불가능했다. 그는 방황을 하다가 결국 러시아 식민청의 하급 관리가 되어 오지인 현재의 아제르바이잔 간자(Ganja)지방에 파견되어 근무한다. 그가 연모한 차브차바제의 또다른 딸 예카테리나(니노의 여동생)에게 구애를 했으나 거절당하고, 그녀는 민글레리아 공후에게 시집간다. 바라타쉬빌리는 간자에서 말라리아에 걸려 27세의 나이로 요절한다. 그가 쓴 시는 오랫동안 잊혀졌으나, 다음 세대 젊은 작가들이 발견하여 그의 사후인 1861년부터 1876년 사이에 출판되었다. 1893년 그의 시신이 트빌리시로 이장될 때는 전 국민의 환영을 받았다.

그의 대표적 작품은 1839년에 쓴 역사시 〈조지아의 운명(Fate of Georgia)〉이다. 1795년 이란의 침입을 받은 에레클레 2세가 러시아의 보호를 청하자, 총리 대신 리오니제(Solomon Lionidze)는 이 조치가 결국 러시아의 조지아 합병으로 이어질 수 있다고 강력히 반대하였지만, 에레클레 2세는 이 경고를 무시하고 러시아의 보호를 받아들인다. 두 사람 사이의 논쟁을 소재로 한 이 작품에서 리오지제의 부인은 "나이팅게일이 새장에 갇히면 무슨 낙이 있습니까?"라는 문장으로 조지아의 운명을 애통해 하는데, 이 문구는 조지아 사람 대부분이 암송한다. 짧은 문필 기간(1833-45) 동안 바라티쉬빌리는 여러 편의 주옥같은 작품을 썼다. 조지아 문학사를 쓴 레이필드(Donald Rayfield)는 바라티쉬빌리가 "불분명한 듯하지만 낭랑하고 간결하며 현대적인, 그러나 때로는 유사 고문체가 섞인 찬란한 중세주의적 문체를 구사한 자신만의 언어를 발전시켰다"라고 평가했다. 초기 시인 스타츠벤다의 여명(Dusk of Mtatsminda)(1833-36)에서는 세상의 속박에서 벗어나 비밀스런 자연의 힘에 동화되고자 하는 낭만적 갈망을 표현했다. "고아가 된 영혼(Teh Orphaned Soul)"(1839)은 예카테리나 차브차제에 대한 자신의 비극적 사랑을 고아의 영혼에 비유해 표현한 가장 뛰어난 사랑시로 평가받는다. 〈악령(The Evil Spirit)〉(1843) 〈므트크바리 강변의 생각(Thought on the Riverside of Mtkvari)〉(1837) 〈메라니(Merani)〉(1842) 등이 대표적 시로 꼽힌다. 메라니는 신비롭고 종말론적인 환상을 그린 작품으로 조지아 시인들과 독자들의 사랑을 받는다. 이 시에서 신앙에 영감을 받은 전능한 마음은 서정적 주인공으로 하여금 동포들을 위해 목숨을 희생할 것을 청한다. 혁명적 열망으로 가득찬 메라니의 비극적 낙관주의는 낭만적 정신을 놀랍고 예리하게 현시(표현)한 것으로 평가되며, 윤리적-철학적 관점과 예술적 관점 모두에서 조지아 낭만주의의 최고의 시로 꼽힌다.

일리야 차브차바제
ილია ჭავჭავაძე

비가(悲歌)(엘레지)
ელეგია, 1859

보름달이 나의 모국의 얼굴 위로
창백한 달빛을 던진다.
흰 눈으로 덮인 먼 산들이
창공으로 분해되기 시작한다.

아무 부름도 종소리도 새소리도 없다.
우리를 위로하고 인도를 해줄 부모의 목소리도 없다.
카르트벨리의 시골 깊숙한 곳에서
단지 때때로 신음소리만 들릴 뿐.

외로이 나는 서있다…… 그림자가
어두워진 과거 속에서 나의 나라를 지킬 뿐.
오 신이여! 나의 나라는 잠을 자고, 또 잠을 자고 있다……
언제 우리는 드디어 깨어날 것인가?!

봄
გაზაფხული, 1861

숲은 무성한 나뭇잎을 걸치고,
제비는 소리 높여 지저귀며 '예'라고 노래한다.
숲 속 빈터에 홀로 핀 포도는
아마도 기쁨의 눈물을 흘린다.

정원에도 모든 꽃과 나무가 자라고

산봉우리도 내가 이제껏 보지 못한 녹음으로 덮여있다.
그러면 나의 조국이여
너는 언제 푸른빛이 될 것인가?

크바렐리의 산들에게

ყვარლის მთებს, 1857

나의 조국의 산들이여! 너의 아들은 너를 뒤로 하고 떠나지만,
너의 기억은 내 마음 속에 늘 생생히 남아있다.
너는 나의 일부가 되고, 내 심장만큼 중요한 존재가 되어 나와 같이 떠난다.
그래, 산들이여, 너희는 처음부터 내 자연 속에 고정되어 있었다!
내가 겁에 질린 아이였을 때도 너의 장엄한 모습이 나를 전율하게 했다.
나는 너를 볼 때마다 마음이 진동하고, 몸이 부르르 떨리고 크게 흔들린다.
나의 심장이 빨리 뛴다고 내가 무서움을 느낀 것이 아니므로
나는 조금도 두려움을 느끼지 않았고, 겁을 먹거나 눈물을 흘리지 않았다.
내가 본 구름이 무서웠고 나로부터 멀리 떨어져 있었지만
나는 하늘까지 뻗은 너의 높은 봉우리에서 떨며 깊은 상념에 잠겼고,
어린애처럼 너의 가파른 산비탈을 달리는 꿈을 꾸었다.
너는 천둥을 환영했고, 무서운 바람이 불어와도 당당히 서 있었다.
비록 한 무리의 백학 떼가 푸른 창공에서 길을 잃었지만.
내가 보기에 백학 떼는 너에게 닿을 듯이 가까이 날아갔다.
나는 어느 어린애라도 할 수 있는 일인 것처럼 너의 산봉우리에 오르고 싶었다.
나는 하늘을 나르며 높이 솟아 있는 폭풍 한두 개와 장난을 쳤다.
나는 때로 내가 바람에 묶여 같이 날아가기를 바랐다.
때로 나는 강한 날개를 가지고 마음껏 나르는 독수리가 되었다.
독수리들은 나를 들어 올려 힘들이지 않고 너의 산꼭대기에 나를 내려놓곤 했다.
계곡에 부는 거친 바람이나
상처 입어 성난 사자의 포효가 나를 괴롭히면,
이 무서운 소리들은 미풍에 흔들리는 나뭇잎처럼 나를 떨게 했다.
그래도 그런 강한 소리를 들을 때 나는 집에 있는 것 같이 편안히 느꼈다.
나는 어려서 자존감이란 단어에 지나지 않았지만

이제 나의 친구들과 나는 너희 중에 하나라는 것에 긍지를 느낀다.
나는 자연의 아들이다. 나는 조지아인이고,
번개가 내리치는 폭풍 한 가운데서 어른으로 자랐다.
어린애 같은 나의 마음 깊은 곳에서 슬픔에 억눌리고,
쓰러져 탄식할 때, 내가 찾아가서 하소연을 할 대상은 너였다.
지금 네가 위안이 되지 않듯이 그때도 위안이 되지 않았지만
그래도 네 앞에서 나는 목 놓아 울리라.
내가 꿈꾸던 과거의 환영은 어떻게든 숨겨버리고,
죽음이 나를 데려갈 때까지 내 마음 속에 묻어둘 것이다.
어릴 적부터 친구인 너를 내가 얼마나 사랑했던가, 그리고 너는 나를 버리지 않았다.
그러나 이 덧없는 세상의 의무가 나를 멀리 데려 간다.
미래의 운명은 내가 희생 제물이 될 것을 요구한다.
나에게 이보다 더 큰 징벌이 있을까?
내 말이 한 발 움직일 때마다 나는 너로부터 멀어진다.
매 초마다 나는 고아가 되고, 나로부터 너를 멀어지게 한다.
나의 시선 안에 너를 붙잡고 싶지만, 너는 점차 녹아 사라진다.
이제 나는 두꺼운 대기와 싸우며 너의 윤곽만을 겨우 볼 뿐이다. 왜 이렇게 된 것인가?
나는 불안하고, 슬프고 찡그린 눈으로 사방을 둘러본다.
너의 봉우리들은 시야에서 사라져 버렸고, 아무 장식 없는 둥근 하늘만이 눈에 들어온다.
친구들이여 안녕, 나는 눈물에 젖은 눈으로 너희에게 작별을 고한다.
먼 훗날 나는 먼 곳에서 너희를 찾아오리라.
내가 어디에 있든지 나의 영혼은 너에게 미소 지을 것이다.
그리고 내 심장이 뛰는 날마다 나는 너를 변함없이 사랑할 것이다.

시인
პოეტი, 1860

높은 곳에서 무엇을 찾으며
노래만 할 줄 아는 새와 다르게,
대기를 달콤한 노래로 채우도록
나는 하늘로부터 지명 받았다.

나는 우리 조국의 축복이 되도록
이 땅에 보내졌다.
나는 나의 신께 바로 말을 하고
그의 인도로 민족을 이끈다.

시의 위대한 신전의 불은
나의 마음속에 더욱 따뜻하게 타오르고,
나는 일어나 우리 민족을 찬양하는 노래를 부른다.
모든 슬프고 기쁜 날들을 노래하며.

내 민족의 고난은 나의 고난이고,
그들이 고통을 받으며 나의 영혼도 불에 탄다.
그들의 노고 하나하나는
내가 제대로 박아야 하는 못이다.

하늘의 불이 나의 마음을 밝힐 때야
나는 비로소 일어난다.
나는 오로지 우리 민족의 눈에서
고통의 눈물을 씻어주기 위해서 노래한다.

일리아 차브차바제

Illia Chavchavadze (ილია ჭავჭავაძე)

1837 - 1907

일리아 차브차바제는 조지아 카케티(Kakheti) 지방의 경관이 수려한 알라자니 계곡(Alazani Valley)의 크바렐리(Kvaleli)에서 태어났다. 그의 조상은 콘스탄틴 2세에 의해 공후 지위를 부여받았고, 일리아의 할아버지인 베스파즈(Bespaz) 차브차바제는 1755년 크바렐리 지역을 침공한 2만 명의 이란군을 격퇴한 공로로 작위를 수여받았다. 일리아는 어려서부터 조지아 산문과 시를 거의 암송하고 있는 어머니 미리암으로부터 문학적 영향을 받았고, 마을 성당의 교사 겸 부사제(deacon)가 들려준 많은 민담과 이야기로부터 예술적 영감을 받았다고 회고했다. 티플리스의 명문 귀족아카데미를 졸업한 후 상트페테르부르그대학에 진학했다. 상트페테르부르그대 학생이 되기 전인 1857년 발표한 〈크바렐리의 산들에게로(To the Mountains of Kvareli)〉로 문학적 명성을 얻었다. 이 시에서는 대카프카즈 산맥에 대한 경외와 고국을 떠나 자신의 슬픔을 표현했다. 1861년 상트페테르부르그에서의 수학을 마치고 조지아로 돌아오는 길에 쓴 〈여행자의 일기(The Travler's Diary)〉에서는 조지아 민족국가 건설의 중요성을 강조하면서 카즈베크 봉과 테레크 강을 이에 대한 비유로 사용한다.
조지아로 돌아온 일리아 차브차바제는 19세기 후반 조지아의 민족문화운동의 우상이 된다. 그는 《이베리아(Iberia)》 신문을 창간하여 조지아 민족운동을 주도한다. 그는 조지아어의 부활, 조지아 문학 발전, 조지아 교회의 자립성 확보를 통한 민족부흥을 꾀했다. 그러나 그의 추종자가 많아지면서 노선이 다른 혁명가들과 충돌했다. 대표적 예는 사회민주당을 이끈 노에 조르다니아(Noe Zordania)와의 갈등이다. 후에 조지아 멘셰비키의 지도자가 되어 제정러시아 붕괴 후 잠시 조지아공화국의 지도자가 된 조르다니아는 일리아 차브차바제를 혁명적 조류를 이해하지 못하는 귀족 계급으로 보았다. 차바차바제는 1906-7년 러시아의 두마 의원이 되었다. 차브차바제는 당시 젊은 신학생이었던 스탈린(주가쉬빌리)의 문학적 재능을 발견하고, 그의 시 4편을 자신이 발행하는 《이베리아》지에 게재하였다. 그는 1907년 8월 트빌리시에서 사구라모로 이동 중 길에 여섯 명의 암살자에 의해 살해되었다. 일리아 차바차바제는 소련 말기 조지아 민족운동의 상징이 되었고, 2002년 장미 혁명으로 집권한 샤카쉬빌리는 그의 통합민족운동당(United Naitonal Movement)는 일리야 차브차바제의 당의 노선을 계승한다고 선언했다.

* 19세기 말 일리야 차브차바제와 아카키 체레텔리는 조지아의 지식 운동을 선도하는 쌍두마차와 같은 존재였다. 차브차바제는 이베리아(Iveria)는 조지아 서부 지방의 옛 이름. 1877-1906년 발행)를 체레텔리는 크발리(Kvali, 쟁기라는 뜻)라는 신문을 발행하고 있었다. 1895-1896년 사이 스탈린(본명: 주가쉬빌리)은 두 신문에 여섯 편의 시를 연이어 싣는다. 그는 신학교 교장과 장학관에게 발각되지 않게 'I. G. 시빌리'와 '소셀로(Soselo)'라는 필명으로 시들을 썼다. 제일 먼저 발표된 시는 《이베리아》에 실린 '아침'이었다. 그는 직접 이베리아 지 건물을 찾아가서 차브차바제에게 자신이 쓴 시를 보여준 것으로 전해진다. 이 시는 소셀로라는 필명을 달고 게재되었다.

허승철, "〈호랑이 가죽을 두른 용사〉 러시아어 번역과 스탈린", 〈러시아어문학연구논집〉 61집(2018년) 71-72쪽에서 인용.

아카키 쩨레텔리
აკაკი წერეთელი

바다여, 끝없이 밀려오는 파도여!

ზღვაო, ალელდი, ალელდი!, 1894

바다여, 끝없이 밀려오는 파도여!
이제 폭풍의 명령에 복종하거라.
너의 평야 같은 파도가 산을 이루게 하고
너의 경계를 훨씬 넘어 멀리 퍼져 나가라!

너의 가슴의 심연 깊숙이
소중한 진주들이 누워있다.
광풍이 시작되기 전까지는
세상이 모르는 보물이
네가 화가 났을 때만
태양과 달에게 마음을 열어준다.
너의 보물인 진주들을 너를 얽매고 있는
속박을 향해 던진다. 시인도 그러하다!

마음속의 광포한 파도로부터 숨지 마라.
천둥과 함께 잠자는 자를 깨워라!
연이어 내리치는 번개와 함께
어두움을 부수고 또 부수라!

소원

ნატვრა,

내가 로스차일드의 지갑이기를 희망한다.
내가 셰익스피어의 만개한 시 구절이기를 희망한다.

내가 온 세상을 지배하기를 희망한다, 진실로.
내가 당신의 노예이기를 희망한다.

내가 독수리처럼 날 수 있기를 희망한다.
밤에는 나이팅게일처럼 노래할 수 있기를.
그러나 내가 당신 시야에 들어올 때는
쓰디쓴 눈물을 희망해야 한다.

나는 무엇보다도 내 마음에 머물고 있는
당신과 헤어지지 않게 되기를 희망한다.
내가 보석 같은 것을 아무리 배웠더라도
당신이 떠나면 그 모든 것이 불타버린다.

술리코[49]
სულიკო, 1895

나는 사랑하는 사람의 무덤을 찾을 수 없었다.
몇 날을 찾아 헤매도 흔적도 찾을 수 없구나.
나는 눈물을 흘리며 물었다.
"나의 술리코야, 어디로 갔느냐?"

나는 외롭게 핀 장미를 보았다.
홀로 외롭게 핀 장미를.
나는 숨을 멈추고 바로 물어보았다.
"네가 바로 나의 사랑 술리코 아니니?"

그렇다고 하며 장미는 몸을 떨며

49 술리코(Suliko სულიკო) - 조지아어로 영혼을 뜻하는 단어로 1895년 아카키 체레텔리가 쓴 시에 바린카 체레텔리(Varinka Tsereteli)가 곡을 붙여 소련 시대 러시아민요처럼 불렸으며, 구소련 소수민족어뿐만 아니라, 영어, 히브리어, 중국어 등으로 번역되어 불린다.

머리를 숙여 인사했다.
진주 같은 하늘의 이슬이
땅으로 흐르는 눈물을 대신하여 떨어지는구나.

나는 나뭇잎에 덮인 집에
말없이 앉아 있는 나이팅게일을 보았다.
나는 조용히 새에게 물었다.
"네가 술리코 아니니?"

노래하는 작은 새는 날개를 치며 내려와
장미를 부드럽게 만졌다.
그리고 희망의 목소리로 말했다.
"맞아요, 맞아요. 나예요."

마치 나에게 그 이름을 알게 해 주려는 듯
내 머리 위에 별 하나가 밝게 빛났다.
나는 눈물을 흘리며 물었다.
"네가 정말 술리코 아니니?"

그 별은 더 환하게 빛났고
나는 별이 나에게 답을 해준 것을 알았다.
바람도 나의 선택을 확인해주고
나에게 기쁘게 속삭였다.

"여기 네가 찾던 것이 있다.
이제 쉬어라. 찾는 일은 이제 끝났다.
이제부터 매일매일 행복 할 수 있고,
매일 밤을 달콤히 보낼 수 있다.

"그 하나는 세 가지로 나타났다.
장미, 나이팅게일, 별 - 이 세 가지에
나의 소중한 꽃이 피었다.

이 지상에 있는 너희 셋은
있는 그대로 서로를 사랑했다."

그날 이후 나는 사랑하는 이의
안식처를 찾아다니지 않았다.
나는 이제 눈물로 얼굴을 적시며
매일 불평하지 않는다.

나는 나이팅게일의 노래를 듣고,
장미 향기를 맡으며, 별을 바라본다.
그때 내가 느꼈던 느낌을
말로 표현할 수가 없구나.

네가 지금 어디에 어떻게 있는지를
알 때까지 저주받았던
내 삶은 그날 이후 진정한 기쁨으로 가득 차고,
술리코야, 너는 세 배나 축복을 받았다!

아카키 쩨레텔리

Akaki Tsereteli (აკაკი წერეთელი)

1840 - 1915

아카키 쩨레텔리는 1840년 조지아 서부의 이메레티(Imereti) 지역에서 탄생했다. 전통 귀족 집안 출신으로서 그의 어머니는 이메레티의 왕 솔로몬 1세의 증손녀였다. 쿠타이시의 귀족학교를 졸업한 그는 1863년 상트페테르부르그대학 동양어학부를 졸업했다.

조지아로 돌아온 그는 일리야 차브차바제와 함께 조지아 민족부흥운동을 이끄는 쌍두마차가 되었다. 그가 발행하는 신문 《크발리(Kvali)》는 차브차바제의 《이베리아》와 함께 당대 지식인과 문인들의 공론의 장이 되었다.

쩨레텔리는 1860년에 쓴 하이네 풍의 '밀 편지(Secret Letter)'로 첫 문학적 명성을 얻었고, 수 백 편의 서정시와 풍자시를 썼고, 희극적이고 자선적인 소설도 남겼다. 가장 유명한 것은 조지아의 국가적 민요하고 할 수 있는 '술리코(Suliko)'(1895년)이다. 여기서 주인공이 찾고 있는 영혼은 잃어버린 사랑과 민족정신이지만, 15개의 스탄자 중 앞 일부만 노래로 불리면서 작품의 비유적 연민(allegoricla pathos)이 크게 약화되었다. 아카키의 장편 서사시 〈토르니케 에리스타비(Tornike Eristavi)〉는 영웅주의를 주제로 하면서도 아카키의 생생하고 드라마틱한 묘사력이 드러난다. 운문 희곡인 〈카케티 소년(The Kakhetian Boy)〉은 에레클레 2세 왕의 어린 시절을 소재로 하고 있다. 이 작품은 희곡 대본으로서의 가치는 높지 않지만 목동 소년의 독백은 오페라의 아리아와 같이 울린다. 이 작품에서는 아카키의 전형적 특징인 애국적 호소와 민중적 모티프의 결합, 목동과 전사의 대비가 잘 나타난다. 아카키의 자선 소설 《내 인생 이야기(The Story of My Life)》는 조지아 산문문학 최고의 걸작 중 꼽힌다.

바자-프샤벨라
ვაჟა ფშაველა

소녀여, 너는 자연의 경이다
რამ გაგაჩინა, ქალაო, 1886

누가 갈대같이 갸름한
너 같은 소녀를 만들 수 있었겠는가?
너의 가슴의 한 쌍의 장미를
나는 손으로 만져보고 싶다.
우리가 죽더라도,
저 세상에서 다시 만날 것이라는 것을 안다.
맑은 정신으로 깨어있을 때나 깊이 잠들어 있을 때,
너는 무엇과도 비교할 수 없다.
내가 너와 함께 있을 수만 있다면…
나는 나의 집도 포기하련다.
내가 너를 태양과 비교하면
나는 차라리 죽을 것이고, 나 때문에 울지 말거라.
별들이 빛을 잃고
태양이 소멸하며 까맣게 변한다 해도
경이롭게 빛나는 너의 눈으로 인해
세상은 밝게 빛날 것이다.

산속의 밤
ღამე მთაში, 1890

날이 어두워졌다. 작은 별들이
높은 곳에서 빛을 발하기 시작하지만
달은 아직 빛을 내지 않고,
달은 아직 하늘에 다다르지 않았다.

아마도 달은 아직 잠에서 깨어나지 않았고
달콤한 잠을 즐기고 있을 것이다.
우리는 여윈 산등성이 넘어 멀리에서
달이 불러주기만을 기다리고 있다.
달은 아직 밝은 빛을
물로 씻지 않았다.
여행자는 어둠 속에서 어디에
그가 설 수 있는 길이 있는지 모른다.
짙은 어둠에 휩싸인 산들은
계곡에 슬픈 키스를 보내고
깊은 동굴을 떠돌아다니는
사람 잡아먹는 귀신들에게
시원한 바람을 보낸다.
숲도 칠흑 같은 암흑 속에 있고,
계속 떨어지는 어둠 속에 있다.
산 위에서는 꽃들이 몸을 떤다.
이 산에서 저 산으로 부엉이가 울며 소리를 보낸다.
산들바람이 산의 머릿결을 살짝 일어나게 한 후,
얼어붙어 마치 보초를 서듯 서있다.
울부짖기를 좋아하는 늑대들이 어떻게
이 고요한 아름다움을 허락하는가?
협곡의 폭포는 쉬지 않고
울음소리를 내고
이곳과 저곳, 그리고 먼 곳
산등성이와 여윈 산봉우리에
산에 사는 소녀와 엄마가
한 목소리를 내며 그 소리가 메아리치게 한다.
신이여, 우리가 서로를 돕도록 만드셨기 때문에
그들은 당신의 자비를 노래하고 있습니다.
태양 아래 우리가 하는 모든 노고 중
이것이 가장 고상하고 달콤한 것이다.
산봉우리는 계곡을 위해 기꺼이 봉사하고

봄은 숲을 푸르게 만들어준다.
땅은 온갖 꽃의 봉사를 받으며
매 시간 자신의 자녀들을 돕는다.
나는 신의 따뜻한 자비로 사물들을 도우며
기쁨으로 내 이마의 땀을 훔친다.
바로 이 시간 하늘은 고요하다……
세상은 깊은 잠에 빠진 듯 하고,
한밤중의 안개는 하늘을 가리고 있다.
깊은 바다 속의 검은 고래가 곧
거대한 입을 열고
평화롭게 자는 우리를
잡아먹으려고 한다.
그때 바람이 달려 내려가 고래와 부딪친다.
이들의 사생결단 싸움에 우리는 큰 희생을 치른다.
우리의 불길한 예감은
전염병같이 퍼지는 공포에 자리를 내주고
세상은 갈기갈기 찢어진다.
아, 그렇다. 두 번 째 세상이 시작되는구나.
홍수가 바위와 나무들을 뿌리 뽑아 버리고,
이것을 저것에 부딪치게 한다.
자연은 주인이지만
그러면서 자신의 노예다.
잠시 동안은 자애롭다가
다음에는 잔혹하고 비열하다.
모든 것은 외양이 평등하다.
어둠 속의 사물이나 광명 속의 사물이나
한때 꽃이 붉게 자랐던 이곳도
흰 눈사태에 덮여 있다.
그래도 있는 그대로 얼마나 아름다운가?
새로운 싹이 솟아올라 우리 앞에 나타나고 있다!

제비꽃에게 말해 주세요

იას უთხარით ტურფასა, 1903

아름다운 나의 제비꽃에게 말해 주세요,
벌레가 너를 먹으러 오고 있다고.
오, 나의 사랑하는 꽃이여, 그렇게 너무 예쁘면 안 됩니다.
내가 인사를 할 때 머리 속에 숨으세요.
세상이 너를 만나기 위해 기다리는
천국이라고 절대 믿지 마세요.
위로 올라오지 말고, 땅 아래 숨어 있으세요.
당신을 즐겁게 하려고 기다리고 있는 사람은 없습니다.
태양을 보지 마세요, 후회할 겁니다.
태양은 검게 변하고 당신을 좌절하게 할 겁니다.
땅이여, 나의 제비꽃을 돌봐 주세요.
작은 그녀의 존재가 당신에게 간청하게 하고,
그녀의 보호자와 부모가 되면
그녀의 아름다움이 당신을 완전하게 만들 것입니다.

바자-프샤벨라

Vazha-Pshavela (ვაჟა ფშაველა)

1861 - 1915

바자(Vazha)라는 애칭으로 불리는 프샤벨리의 본명은 루카 라즈카쉬비릴(Luka Razikashvili)로서 필명인 바자-프샤벨리는 프샤빌라인들의 아들(son of Pshavians)이라는 뜻이다. 그는 1861년 동부 조지아 프샤비(Pshavi)에서 테어나서 1882년 고리(Gori)의 사범학교를 졸업했다. 그는 인민주의자(narodnik)로 활동을 하다가 1883년 상트페테르부르그대학 법학부에 등록했으나 재정적 어려움으로 1년 만에 학업을 포기하고 고향으로 돌아와서 교사 생활을 했다. 1880년대 중반부터 작품 활동을 한 바자는 일상생활과 당대 프샤비 지방 사람들의 심리를 다루는 글을 썼다. 소설에서는 조지아 산악거주민의 생활을 민속학자와 같은 정확한 눈으로 그려냈고, 시에서는 민중들의 영웅적 과거와 당대의 내외부 적과의 투쟁을 주제로 삼았다. 그는 조지아를 뛰어넘는 세계적 수준의 작품을 쓴 것으로 평가받으며, 36편의 서사시와 400여편의 서정시를 남겼다. 대표작으로는 '알루다 케텔라우리(Aluda Ketelauri)', '바크트리오니(Bakhtrioni)', '고고투르와 압쉬나(Gogoruri and Apshina)', '주인과 손님(Host and Guest)', '뱀을 먹는 사람(Snake Eater)', '피의 복수자(The Avenger of the Blood)', '에테리(Eteri)', '민디아(Mindia)' 등이 있다.

'알루다 케텔라우리(1888)', '주인과 손님(1893)'에서는 개인과 공동체(temi) 사이의 갈등을 그렸다. '뱀을 먹는 사람(1901)'에서는 자신의 이상을 가족과 사회의 필요와 조화시키지 못해 죽는 주인공을 묘사한다. 바자의 강한 주제는 강한 의지를 지닌 개인, 개인의 품위, 자유를 향한 열망이다. 같은 주제가 그가 쓴 희곡 〈거부당한 사람(The Rejected One)〉에도 나타난다. 서사시 〈바크트리오니(Bakhtrioni)〉는 1659년 카케티에서 이란의 지배에 대항해 일어난 봉기를 소재로 삼았다. 바자-프샤벨라의 색다르고도 영감을 일으키는 자연 묘사는 타의 추종을 불허라고, 그의 자연전경은 움직임과 내적 충돌로 가득 찼다. 그의 시적 언어에는 조지아어의 풍부함이 그대로 스며있고, 흠잡을 데 없는 표준어의 전형이다. 그의 작품은 오시프 만젤쉬탐, 보리스 파스테르나크, 마리나 쯔베타예바 같은 저명한 러시아 작가에 의해 러시아어로 번역되었다. 한 비평가는 그를 "어느 조지아 작가보다 질적으로 폭이 넓은 시인"으로 평가했다.

갈락티온 타비제
გალაკტიონ ტაბიძე

메리
მერი, 1915

너는 그날 밤 성당에서 결혼식을 올리게 되어 있었다.
나는 너의 눈을 보았다. 사라지는 눈빛을
그렇게 밝게 빛나던 활처럼 휜 창공은
가을날보다 더 슬퍼 보이는구나, 메리여!

제단의 촛불은 바람에 흔들리고
불꽃은 깜박여도 여전히 밝게 빛나고 있다.
그러나 너의 얼굴은 촛불보다
더 신비롭고 창백해 보였다, 메리여!

성당은 천장에서부터 바닥까지 환하게 빛나고 있었고,
향기로운 장미향이 공기를 죽이고 있었다.
기다리던 여인들은 모두 지쳐버렸고,
그들은 목소리를 높여 섬뜩한 기도를 드렸다.

너는 망상 속에 헛소리를 하며 이상한 서약을 했다.
너무 이상한 서약이라 나는 아직도 그것을 믿을 수 없다.
고문이 무엇인지 아는 나도
이것이 슬픈 애도였는지 기쁜 결혼식이었는지 잘 모른다.

근처의 바위에서 누군가 울고 있다.
그들은 창문으로 돌멩이를 던진다.
나에게 외로움과 동정의 시기가 있었고,
아무 것도 행복을 느낄 수 없었다. 아무 것도.

나는 급하게 성당을 떠났다. 나는 어디로 가는가?
나는 장님이 된 것처럼 걸었다. 나는 볼 수가 없었다.
바람이 길거리를 따라 급하게 불어왔고,
비는 계속해서 내렸다.

나는 옷깃을 당겨 굳게 여미고
상념이 나를 사로잡았다. 나는 아무것도 느끼지 못했다.
갑자기 너의 집이 앞에 나타났다.
나는 더 갈 수가 없어서 벽에 몸을 기댔다.

나는 오랜 시간 비탄에 젖어 거기에 있었다.
내 옆에 있는 단풍나무는 검고 웅장했다.
나는 단풍잎들이 이상한 어두운 소리로 바스락거리는 것을 들었다.
나에게 그것은 독수리의 날개 소리처럼 들렸다.

단풍나무 줄기들이 바스락거렸다. 메리여.
그들이 내게 얘기한 것은 아무도 알면 안 된다!
나에게 주어지지 않은 운명은
흩날리는 눈처럼 바람 속에 흩어져 버렸다.

나는 크게 울었다 - 왜 밝게 빛나던 모든 불이
다 꺼져 버렸는가? 만일 내가 기도한다면, 왜 그렇게 되었는가?
만약 누군가가 거기 있다면, 밤의 꿈은
하늘에서 사라진 독수리 같은 소리를 내는가?

왜 내가 위를 올려다보아 하늘을 보고 미소 지었던가?
누가 나의 시선을 한 줄기 빛에 고정시켰는가?
나는 왜 나의 '무덤 파는 자의 노래'를 불렀는가?
내가 "나와 밤'이라는 노래를 부르는 것을 누가 들었는가?

나는 바람과 비처럼 슬펐다.
방울방울 떨어지는 차가운 눈물처럼 비가 계속 내렸다.

그리고 나는 울며 외쳤다 - 늙은 리어왕은 버림받았다.
그가 사랑하던 모든 사람으로부터 버림받았다!

푸른 말들

ლურჯა ცხენები, 1916

그곳에는 안개가 눈발처럼 흩날렸다. 지는 해의 잔광이
마치 오래 전처럼 영원(永遠)이 계속 빛을 발하게 해준다.
약속들은 이루어지지 않았고, 우리가 알 수 있는 것은 없다.
오직 외로운 침묵과 밀어닥치는 추위만이 그곳에 있었다.
그곳 영원한 바닷가에서 슬픔은 무엇을 할 수 있는지 보여주었다.
누구의 눈도 반짝이지 않는다. 너는 어두운 무덤 속에 누워있다.
너는 그곳에서 아무 평안도 얻지 못하고, 얼마나 크게 낙담하고 있는가!
얼굴들은 앙상한 나무처럼 미쳤고, 생명 없는 날들은 빠르게 지나간다.
얼마나 날들이 빨리 걸어 지나가고, 달리기 선수처럼 얼마나 빨리 달려가는가?
꿈꾸는듯한 환상 속에 너를 태운 나의 푸른 말들이 오고 있다.
말들은 관 받침대에 누운 너를 나에게 데려온다. 모두가 여기 있다!
몇 초가 빨리 지나가는 것 같다. 나는 그들이 서두르는 것을 애석해 할 수 없다.
영원을 베개 삼아 누운 나는 우는 것은 쓸데없는 일이라고 생각한다.
열정과 고문은 한밤의 꿈처럼 모두 사라져버렸다.
마치 뜨거운 기도의 끈 속에 만들어 지는 소리처럼,
마치 바람이 휩쓸고 지나가는 세상을 떠돌아다니는 불처럼.
높은 곳에서 울리는 천둥처럼 나의 푸른 말들은 경주를 하고 있다.
꽃 한 송이도, 꿈 한 조각도, 여유도 그 한기 속에는 없다.
외로운 무덤에서 너는 안식을 얻을 수 있다. 그곳에서 누가 너를 알아보겠는가?
누가 너의 이름을 부르며, 누가 너의 얼굴을 알아보겠는가?
누가 네가 부르는 것을 듣고, 네가 말하는 것이 진실이라는 것을 알겠는가?
기적의 가슴 속에서 아무도 너를 위로하지 않을 것이다.
그 세계에서는 키메라 같은 괴물만이 차가운 철사 위에 잠들고,
아무것도 창공에 오른 빛을 덮을 수 없다.
단지 건조한 숫자만이 사막에서 끓는다.

얼굴들은 앙상한 나무처럼 미쳤고, 생명 없는 날들은 빠르게 지나간다.
순식간에 그것들은 영원의 심연으로 사라진다.
밀어닥치는 추위로 둘러싸인 영원한 안개 속에는
떠다니는 대양처럼, 소용돌이치는 운명이 펼쳐졌다.
무덤의 저주받은 그늘 속에는, 좀 더 널찍한 위쪽 세상에는
높은 곳에서 울리는 천둥처럼 나의 푸른 말들은 여전히 날 것이다.

오늘은 여러 빛깔이 넘치는 5월
დღეს მაისი ფერში ნაირ-ნაირშია, 1916

오늘은 여러 빛깔이 넘치는 5월
시간이 있다면 천천히 즐기세요.
그리스도가 갈릴리를 택했듯이
나는 거룩한 트빌리시를 택했다.
골고다가 예수의 언덕이듯이
므츠타민다 언덕이 나를 구원할 것이다.
네가 독이 든 포도주를 내게 준다 해도
너의 스카프로부터 나는 마실 것이다.

시는 아주 소중한 것이다!
პოეზია - უპირველეს ყოვლისა!, 1919

눈보다 더 흠 없는 영혼을 갖도록 하자.
친구들이여, 나는 죽을 때까지 노래할 것이다.
나의 유일한 즐거움을 이름도 없이 남겨놓지 않으리라.
시는 아주 소중한 것이다!

너희들은 내가 이기심 없는 싸움을 한 후
너무 지쳐서 노래할 힘도 없이 누워있는 것을 보지는 않을 것이다.
나는 언제나 생명을 주는 빛으로 빛난다.

시는 아주 소중한 것이다!

언제나 나는 희망은, 죽음처럼, 정신없이 돌아가는 모든 세상이
부를 수 있는 노래를 죽음처럼 주는 것이다.
내가 살아있는 동안 빛을 발하도록
시는 아주 소중한 것이다!

고향이 나의 생을 축복하지 않을 때에도
나는 시인답게 죽을 것이다.
즐거울 때나 전투할 때나 내가 부르는 노래들,
시는 아주 소중한 것이다!

바람이 분다

ქარი ქრის, 1920

바람이 분다. 바람이 분다. 바람이 분다.
바람에 나뭇잎들이 높이 난다…
나무들은 최대한 몸을 구부린다.
너는 어디 있는가? 너는 어디 있는가? 너는 어디 있는가?
비가 어떻게 내리고, 눈이 어떻게 내리고, 눈이 어떻게 내리는지를
나는 찾아내서 너를 묶어놓을 것이다 - 오, 아니다!
내가 가는 곳마다 너의 얼굴이 있다 하여도
매 시간, 모든 곳, 매일 있다 하여도
하늘은 멀리 떨어져 있고 생각은 회색으로 변한다…
바람이 분다. 바람이 분다. 바람이 분다!

아직도 숲에는

ისევ ტყეში, 1926

향기가 전나무를 감싸고 있다.

상처처럼 부드럽고 달콤한 향기가.
여기는 윙윙거리는 소리와
길거리의 재잘거리는 소리가 절대 돌아다니지 않는다.
고통 받는 시처럼,
슬픔과 회상으로
깊어진 상처를
숲은 절대 같이 나누지 않는다.

당신은 고뇌를 끌고 떠나는군요

მიდიხარ, 1926

당신은 고뇌를 끌고 떠나는군요.
바닷가의 풀을 자르듯이
오늘은 당신의 생일축하 노래가 울리는 날이네요.
누가 당신이 더 이상 존재하지 않는다는 소문을 내기 시작했지요?

당신이 떠나기 때문에,
어떤 천상의 존재나 지상의 피조물도 당신을 원망하지 않을 것입니다.
우리가 보고 있는 것은 당신의 비극이 아닙니다.
오늘은 당신이 분명히 즐기고 있는 날입니다.

당신은 멀리 떠나가는군요. 행복한 발자국을 남기기를!
미래의 집은 과거로부터 온 이야기입니다.
사람들은 당신이 집이 없다고 하지만 그것은 틀린 말입니다.
진실은 당신이 마침내 피난처를 찾았다는 것입니다.

어느 날 당신은 더 행복한 운명을 찾아 갈 것입니다.
우리가 아는 다른 운명은 있을 수 없습니다.
우주에 피난처가 있으니 기다릴 필요가 없습니다.
도시는 불멸의 존재입니다.

갈락티온 타비제

Galaktion Tabidze (გალაკტიონ ტაბიძე)

1892 - 1959

갈락티온 타비제는 1892년 조지아 서부 바니(Vani) 지역에서 태어났다. 그는 쿠타이시의 신학교를 졸업한 후 교사로 봉직했다. 1914년 상징주의의 영향을 받은 그의 첫 시집이 나왔으나 조지아 상징주의 시인 그룹인 푸른 뿔(Blue Horns)의 인정을 받는 데는 시간이 걸렸다. 그러나 1919년 발표한 '예술적 시의 머리(Crâne aux fleurs artistiques)'로 앞으로 수 십 년 간 조지아 문학을 이끌고 갈 시인으로 인정받았다. 그는 스탈린 대숙청 시기를 넘겼지만, 그의 부인(Olga Okudhava)은 체포되어 시베리아에서 죽었고, 동료 시인인 사촌 티치안 타비제(Tsitian Tabidze)도 체포되어 처형당했다. 그는 죽음은 피했으나 라브렌티 베리아에게 고문을 당하고 심하게 구타당했다. 이 후유증으로 그는 우울증과 알콜 중독에 시달렸고, 정신병원에 입원 중 1959년 창문에서 뛰어내려 자살했다.

수천 편의 시를 쓴 타비제는 20세기 조지아 문학의 대표 작가로 추앙받고 있으며, 후배 작가들에게 큰 영향을 남겼다. 그의 방대한 저작은 아직도 많은 연구와 분석을 필요로 한다. 그의 시는 고독과 사랑의 부재, 악몽과 같은 예감 등이 가득 차 있는 상징주의 경향이 강했다. 대 표작으로는 '사랑 없이는(Without Love)'(1913), '나와 밤(I and the Night)'(1913), '하늘색 말(Azure Horses)'(1915), '바람이 분다(The Wind Blows)'(1924) 등이 있다. 갈락티온 타비제는 이전의 대가 시인들의 작품을 모두 자신의 개인적인 세계로 포함시키는 능력을 보여주었다. '하늘색 말(Azure Horses)'(1915)은 바라타쉬빌리의 '메라니'를 역사적 관련성을 초월한 상징적 존재로 승화시켰고, '바람이 분다'는 쩨레텔리의 '술리코'를 상징주의적 음악성으로 채웠다는 평가를 받는다.

시몬 치코바니
სიმონ ჩიქოვანი

고리[50]

გორი

석양이 질 때 고리는 얼마나 아름다운가.
가을 단풍색이 깊어지는 그늘과 한데 어우러질 때
황혼의 고요 속에 살그머니 스며들어
경치는 꿈나라로 사라져간다.

오두막집 앞의 나무들이 바람에 흔들리고
바스락거리는 소리가 경건한 영혼을 침묵하게 한다.
태양이 산 너머 먼 곳으로 지면
나는 그 위에서 황금빛 사슴을 보는 것 같다.

므트크바리(Mtkvari) 강[51]은 회색빛을 내며 휘돌아 가고
아마도 당신 오두막 앞에서 밤을 지새울 것이다.
살짝 열어 놓은 작은 문틈 사이로
생명을 주는 아침 햇살이 떠오른다.

나는 왱왱 울리는 침묵 사이로 저녁의 콧노래 소리를 듣고
황금 빛 뿔 두 개가 하늘에 빛나는 것을 본다.
분홍빛 산 정상에서는
태양이 높은 곳으로부터 우리를 축복한다.

---

50 고리(Gori) - 동부 조지아의 쉬다 카르틀리(Shida Kartli) 주의 수도로 스탈린(주가쉬빌리)의 고향이다. 조지아의 동부와 서부를 연결하는 요충으로 2008년 러시아-조지아 전쟁 때 러시아군이 트빌리시에서 불과 40킬로미터 떨어진 고리까지 진격하여 점령했다.
51 므트크바리(Mtkvari) 강 - 쿠라(Kura) 강의 조지아식 이름.

나무와 포도덩굴 속의 목소리들은 고요해 지고
지친 바람은 초원 위에서 졸고 있다.
산들은 보초병처럼 고요히 충성을 바치며
자신들의 고국 땅을 계속 지키고 있다.

나는 보이지 않는 요람이 흔들리는 것을 느끼고,
행복한 조지아의 가슴이 떨리는 것을 느낀다.
나는 한 젊은이가 계곡과 언덕을 지나며
미래의 기쁨의 씨앗을 뿌리는 것을 본다.

이 젊은이는 이제 어른이 되었고,
독수리는 그의 산에 둥지를 틀었다.
한 빛이 세상을 가득 채우고 영광 속에 높이 빛나며
우리 조국의 밤을 흩어 버렸다.

나의 영혼은 환희의 불꽃에 싸이고,
나는 기쁨의 열기에 몸을 떤다.
빼어난 미인 같은 고리를 바라보며
나는 우리 조국의 정의의 영광을 느낀다!

누가 우리의 조국이 작다고 말하는가?
ვინა სთქვა,

누가 우리의 조국이 작다고 말하는가?[52]
아름다움과 전설로 가득 찬 땅을.
조지아에서 작은 성탑을 본 사람이 있는가?
누가 그것들이 작다고 말할 수 있는가?

52 아마도 '조지아인들의 땅이여, 너는 너무 작구나!'라고 쓴 예브게니 옙투센코를 염두에 두고 한 말일 것이다.

환희에 찬 너의 눈을 들어
은빛 정상의 높은 산을 바라보고,
야생 사슴의 쨍쨍 울리는 소리와 한데 어우러진
독수리 날개의 펄럭이는 소리를 들어보라.

산꼭대기마다 요새가 서 있다.
시인의 눈은 날카롭고 형형히 빛나며
그 위세를 재보고, 자연에 의해
빛 속에 흩어진 색깔들을 모은다.

회오리바람은 거친 정열 속에 울부짖고,
깊은 절벽 속에 단단히 갇혀 있다.
요란한 계곡물이 떨어지며 함성을 지르고
하늘에서는 번개가 뛰어다닌다.

산 정상에 서 있는 대문은
모든 불길의 분노를 견뎌냈었다.
타오르는 불꽃이 나의 영혼을 침범하고
조지아의 아름다움이 영감을 자아내는구나!
누가 우리의 조국이 작다고 말하는가?
아름다움과 전설로 가득 찬 땅을.
조지아에서 작은 성탑을 본 사람이 있는가?
누가 그것들이 작다고 말할 수 있는가?

시몬 치코바니

Simon Chikovani (სიმონ ჩიქოვანი)

1902 - 1966

조지아의 미래주의파 시인의 리더로 출발했으나 후기에는 공산당 간부로 생을 보냈다. 쿠타이시(Kutaisi)의 아바샤(Abasha)에서 태어나 트빌리시국립대학을 졸업했다. 청소년 시기부터 조지아의 젊은 상징주의 시인 모임인 '푸른 뿔(Blue Horns)' 그룹과 친분을 맺었다. 1924년 소비에트 지배에 반대하는 봉기에 참여한 죄로 총살당할 고비를 넘겼다. '므트크바리에 대한 상념(1925년)'과 '오직 시만을(Only Poems)(1930년)'으로 20세기의 가장 독창적인 시인이라는 명성을 얻었다. 조지아 문학 전문가인 도날드 레이필드(Donald Rayfield)는 "구세대 시인들에 대한 휘트만 식의 도발적인 조롱과 풍자를 퍼붓고, 마야콥스키의 망토를 가지고 장난을 쳤다"는 평가를 했다. 1924년부터 악명 높은 미래주의 잡지인 《H2SO4》을 발행하며 이전 동료였던 상징주의 시인 티치안 타비제와 파올로 야쉬빌리를 공격했다. 1930년대에 들어서면서 미래주의적 경향을 버리고 체제에 순응하는 애국주의적 시와 사랑에 대한 시를 썼다. 1937년 타비제와 야쉬빌리가 숙청당하고, 자신의 형도 총살당하자 더욱 체제 순응적이 되었다. 1944년부터 1951년까지 조지아 작가동맹회장을 역임하고, 1950년부터 1954년까지 공산당 중앙위원을 맡았다.

심수봉의 노래로 잘 알려진 〈백만 송이 장미〉는 러시아, 라트비아, 조지아, 프랑스가 얽혀서 만들어진 노래이다. 구소련 시절, 알라 푸가쵸바가 불러 대중에 널리 알려진 곡 〈백만 송이 장미〉의 가사는 안드레이 보즈네센스키가 작사한 것으로, 조지아의 화가 니코 피로스마니가 프랑스 출신 여배우에 사랑에 빠졌던 일화를 바탕으로 쓴 것이다. 1982년 러시아의 국민 가수 알라 푸가쵸바가 싱글판으로 발매해 큰 인기를 끌었다.

원곡은 1981년 라트비아 가요 콘테스트에서 우승한 〈마라가 딸에게 준 삶(Dāvāja Māriņa meitiņai mūžiņu)〉이다. 원곡의 가사는 운명의 여신 마라가 라트비아라는 딸을 낳고 정성껏 보살폈지만 가장 중요한 행복을 가르쳐주지 못하고 그냥 떠나버렸기 때문에 성장한 딸에게 기다리고 있는 것은 독일과 러시아의 침략과 지배라는 끔찍한 운명이었다는 이야기이다. 러시아에서 발표된 〈백만 송이 장미〉의 가사는 저명한 러시아 시인 안드레이 보즈네센스키가 쓴 시이다. 보즈네센스키는 니코 피로스마니(Nino Pirosmani)라는 가난한 조지아 화가가 트빌리시를 방문한 프랑스 여가수에게 반해 모든 재산을 팔아 수천 송이의 장미를 선물했다는 전설 같은 이야기를 바탕으로 시를 썼다. 그러나 이 이야기는 노벨상 후보로도 오른 단편 소설 작가인 파우스톱스키(Konstantin Paustovskii)가 먼저 작품화했다. 그의 작품에는 "마차 턱까지 장미를 가득 실은 마차들이 마르가리타의 집 앞에 멈췄다. 이른 아침 물방울이 매달린 싱싱한 장미들은 무지개 색을 내며 빛났다. 마차꾼들은 잠시 서로 조용히 얘기를 나누더니 마차에 실린 장미들을 대문 앞에 쏟아놓았고, 장미들은 집 앞 길을 가득 덮었다. 이것은 니코가 사랑하는 사람을 위해 바친 장미들이다."

이 노래가 국내에 소개되어 심수봉의 히트곡 중의 하나가 된 과정에 대해 저자가 직접 들은 이야기가 있다. 1990년대 중반 모스크바의 MBC특파원이었던 선동규 기자는 MBC 음악 PD였던 가수 심수봉씨의 부군으로부터 알라 푸가쵸바가 부른 이 곡을 한국어로 번안하여 부르고 싶다는 희망을 듣고, 당시 보즈네센스키가 칩거 중이던 모스크바 근교의 러시아 작가촌인 페레젤키노(Peredelkino)로 보즈네센스키를 직접 찾아가 2층 서재에서 담소를 나누고 그가 작사한 이 노래를 한국에 소개한다는 제안을 하자 보즈네센스키는 이를 흔쾌히 허락했다고 한다.

보즈네센스키의 〈백만 송이 장미〉

한 화가가 홀로 살고 있었네.
작은 집과 캔버스가 그가 가진 것의 전부였다네.
그러나 그는 꽃을 사랑하는
여배우를 사랑했다네.

그래서 자신의 집을 팔고,
자신의 그림과 지붕도 다 팔아,
그 돈으로
바다같이 많은 장미를 샀다네.

백만송이 백만송이 백만송이 붉은 장미
창너머로 창너머로 창너머로 그대가 보겠지.
사랑에 빠진 사랑에 빠진 사랑에 빠진
누군가가 그대를 위해 자신의 인생을 꽃으로 바꿔놓았다네.

아침에 그대가 일어나 창문 앞에 서면
정신이 아찔해질 수도 있겠지.
마치 아직 꿈속에 있는 것처럼
온 마당이 장미꽃으로 뒤덮여 있네.

정신이 들고 어떤 부자가 이런 일을 했을까 궁금해 할 때
창 밑에는 가난한 화가가 숨도 멈춘 채 서 있었네.
만남은 너무 짧았고 밤이 되자
그녀는 기차를 타고 멀리 떠나버렸네.

하지만 그녀의 인생에는
넋을 빼앗길 듯한 장미의 노래가 함께 했다네.
화가는 혼자서 불행한 삶을 살았지만
그의 삶에도 꽃으로 가득 찬 마당이 함께 했다네.

니코 피로스마니가 프랑스 출신 여배우를 모델로 그린 그림이 몇 장 남아있고, 1969년 파리에서 열린 그의 개인전에 그림 속 여배우로 비쳐진 여성이 목격되기도 해서 이 전설 같은 이야기가 사실일 가능성을 더해준다. 그러나 이 이야기의 신빙성에 의문을 제기하는 사람도 많다. 1975년 니코 피로스마니 연구가 중 한 명인 쿠즈네초프(Erast Kuznetsov)는 여배우의 실존성에 강한 의문을 제기하기도 했다. 야마노우치 시게미는 2002년 자신의 책에서 니코 피로스마니가 그림의 여배우로 보이는 인물과 연인이었다는 사실은 분명해 보이지만, 노래 가사에서처럼 그녀가 장미를 좋아했다거나, 많은 장미를 선물했다는 일화는 없는 것으로 보고 있다.

여러 설에도 불구하고 신화는 신화로 그대로 놓아두는 것이 좋을 것 같다. "연탄재 함부로 발로 차지 마라 / 너는 누구에게 한 번이라도 뜨거운 사람이었느냐?"는 안도현의 시처럼 평생을 살며 사랑하는 사람을 위해 100송이 장미도 바쳐 본 적이 없는 사람들에게 '피로스마니 전설'은 깨지지 말고 계속 전해질 필요가 있다. 사랑하는 사람이나 신을 위해 자신이 가진 모든 것을 바칠 수 있는 사람은 시의 마지막 절처럼 꽃으로 가득한 인생을 살 수 있지 않을까?…

니코 피로스마니

Niko Pirosmani (ნიკო ფიროსმანი), 1862 - 1918

카케티 지방의 미르자니(Mirzaani)에서 태어나 독학으로 미술 공부를 하였고, 소위 순진하고(naïve, 원시(원초)주의적(primitive) 그림으로 유명하다. 평생 가난하게 살며 하인, 건물청소부, 미장공 등 온갖 궂은일을 하며 생활에서 만난 상인, 가게주인, 노동자, 귀족 등을 소재로 그림을 그렸고, 자연과 농촌 생활, 동물 그림도 많이 남겼다. 피로스마니 그림에 매료된 러시아 시인 르단튜(Mikhail Le-Dantyu)와 즈다노비치 형제(Kirill and Ilia Zdanevich)에 의해 1913년 모스크바에 처음 알려졌으며, 1916년 셰바르나제(Dito Shevardnadze)에 의해 조지아 미술가협회에 소개되었다. 1918년 영양실조로 사망했고, 그 해에 그에 대한 첫 책이 출간되었다. 피카소와 프리다 칼로에게 영향을 준 것으로 평가되며, 1969년에 파리와 비엔나에서 전시회가 열리는 등 사후에 명성을 얻었다. 지금은 조지아의 국민화가로 추앙되며 조지아의 1라리 지폐에 그의 초상화가 새겨져 있다.

보즈네센스키, 안드레이 안드레비치

Вознесенский, Андрей Андреевич, 1933 - 2010

건축가인 아버지의 영향으로 건축과 미술을 공부했으나, 시에 더 강한 흥미를 느껴 청소년기부터 시작에 몰두했다. 14세 때부터 시작된 파스테르나크와의 교우로 그의 영향을 크게 받았고, 두 사람의 교우는 파스테르나크가 죽을 때까지 계속 되었다. 전쟁에 대한 공포와 역겨움을 현대적 기법으로 표현한 '나는 고야(Goya)이다'(1958년)로 시적 재능을 인정받았다. 파스테르나크 외에도 마야콥스키와 파블로 네루다로부터 큰 영향을 받은 것으로 평가된다. 당대 최고의 시 낭송가로 러시아와 서방에서 스타디엄에 모인 수만 명의 청중 앞에서 자신의 시를 낭송하거나, 대학 강당, 콘서트홀에서 시낭송회를 가졌다. 런던에서는 TV에 나와 로렌스 올리비에, 폴 스코필드(Paul Scofield)와 시 낭송 경연을 벌이기도 했다. 러시아의 개혁을 지지했으나 말년에는 자연에 칩거했다.

제4장
아제르바이잔 시

AZERBAIJAN POETRY

니자미 간자비
Nizami Gəncəvi

게젤

Qəzəl

인생의 해가 뜰 때부터 해질 때까지 남아 있는 것은 절망적인 일이다.
선행의 씨앗만이 씨 뿌릴 가치가 있는 법이다.
세상은 누구에게나 멈춰 서 있지 않으므로
강조하건대, 자신의 친구들에게 친절을 베풀라.

사랑하는 사람이 없는 가슴은 불쌍하다.
친구나 사랑하는 사람이 없는 것은 아주 비참한 것이다.
이 짧은 생은 다시 찾아오는 것이 아니므로
당신이 따뜻한 가슴을 지녔다면, 사랑하는 사람 없이 지내지 마라.

와인은 사람이 취하는 음식 중 최고의 것이다.
찾을 수만 있다면 사원의 폐허에서 오래된 순수한 와인을 찾아라.
이 세상은 무너지지 않은 곳이 없는 폐허 같은 곳이다.
오 친구여, 폐허가 되고 술에 취하라.

“내 말이 당신에게 소중한 것이 되기를…”하고 내가 말했다.
“사랑 속에 인내하는 법을 신이 나에게 가르쳐 주시기를…”라고 내가 말했다.
“당신은 왜 기도합니까?”라고 당신이 물으면, 나는 “당신과의 연합을 위해!”라고 답한다.

"신이 당신에게 그것을 주기를 바랍니다"라고 당신은 화답한다.
내가 한숨을 내쉴 때 누가 나를 도울 것인가?
내가 인내하며 노력해도 나에게 남은 생은 얼마 되지 않는구나.
매 순간 숨 쉴 때마다 나는 당신을 기억한다.
신이여, 다른 어느 누구도 이러한 바람을 갖지 않도록 해주시기를.

당신의 슬픔 속에 내가 사랑의 와인을 맛 본 이후로
당신이 상상할 수 있는 모든 고통을 당신의 슬픔 속에 나는 맛보았다.
축약해 말하자면, 나는 당신의 슬픔 속에 죽는다.
내가 본 것을 다 말하랴? 당신의 슬픔 속에 충분히 많은 것을 말했다.

니자미 간자비

Nizami Ganjavi (Nizami Gəncəvi)

1141 - 1209

니자미(네자미(Nezami)라고도 씀)는 페르시아 셀주크 왕조 영역이었던 현재의 아제르바이잔의 간자(Ganja)에서 태어났다. 원래 이름은 일리야스(Ilyas)이었다. 그는 위대한 시인이고 학자이자 사상가였으나 궁중 시인이 아니었기 때문에 그의 생애에 대해서 알려진 사실은 많지 않다. 이란에서는 그를 페르시아어로 시를 쓴 이란의 시인으로 여긴다. 함세(Khamsa)라고도 알려진 그의 5시집(Quinary)은 《비밀의 보고(The Treasure of Secrets)》(1174-75년), 《호스로프와 쉬린(Khosrov and Shirin)》(1180년), 《레일리와 마주눈(Leyli and Majnun)》(1188년), 일곱 명의 미인들(Seven Beauties)'(1197년), 《이스칸데르나마(Iskandernama: The Book of Alexander)》(1200-1203년)로 구성되어 있다. 그의 시와 디반(divan) 문학은 2만개의 2행시(couplet)에 이를 정도로 많은 작품을 썼으나, 현재는 디반 시의 일부만 전해져 내려올 뿐이다. 그의 시를 보면 그가 천문학, 의학, 철학, 교육 등 다양한 분야에 걸쳐 박학한 지식을 소유한 학자였음을 알 수 있다. 그는 유토피아 사상에 심취했으며, 기원전 3세기의 유클리드와 기원전 2세기의 프톨레미의 기하학을 찬미하기도 하였다.

마함마드 피줄리
Məhəmməd Füzuli

레일리와 메주눈

Leyli və Məcnun

제8연
(레일리와 메주눈의 불행한 사랑에 대한 시인의 언급)

오, 사키(Saki)여, 내 얘기를 들어보세요. 와인을 잔에 가득 채워
가져와서 마시고 이 세상을 더럽히는 염려를 잊읍시다.
당신의 가슴을 열어
나의 슬픈 이야기에 동정해 주세요.
자 이제 시작합시다. 나의 소중한 피를 말립시다.
잔인한 근심걱정으로 나의 가슴은 찢어졌습니다.
어서 와인을 가져오세요. 내가 잔뜩 마시고
거침없이 천천히 돌아가는 운명의 수레바퀴에
귀를 기울이지 않도록 내 마음의 감각을 없게 만들겠소.
나는 그 고문과 고통을 모르지만
어떠한 불변성이나 가치도
눈이 먼 채 돌아가는 운명의 수레바퀴를 칭송하지 않습니다.
영원한 시간의 회전에 거칠게 내던진
이 돌고 도는 세상은 선을 위해 일하고 있나요?
연인 한 쌍이 달콤하게 결합하게 해주거나,
불과 물이 마술처럼 결합하게 해주세요.
그러면 왜 우리가 동정하는 이 두 사람이
잡혀있는 자신들의 처지에 희망을 가질 이유가 있는가요.

오, 헤어지는 것을 두려워한다면
우정에서 무슨 위험과 무슨 고통을 찾을 수 있는지요.
친구는 친구를 잃는다. 말의 정원사는

그렇게 자신의 말을 사랑하고, 그렇게 자신의 땅을 장식합니다.
두 사람은 고난과 고통으로 완전히 양육된
들판의 사이프러스 나무가 될 것입니다.

마함마드 피줄리

Mahammad Fuzuli (Məhəmməd Füzuli)

1494 - 1556

마함마드 피줄리의 원명은 모함메드 빈 술레이만(Muhammad bin Suleyman)으로 피줄리는 필명이다. 현재의 이라크 지역인 카르발라(Karbala)에서 태어났다. 그는 아제르바이잔에 정착했다가 이라크로 이주한 오그즈(Oghuz) 투르크의 바야트부족(Bayat tribes)에 속한다. 그의 시는 아제르바이잔 고전 시가의 절정을 이루었고, 중세 표준어 형성에 크게 기여했다. 그는 아랍어, 페르시아어, 아제르바이잔어로 시와 산문을 썼다. 여기 소개된 작품 〈레일리와 메주눈〉은 그의 대표작이고, 아제르바이잔 중세 문학의 보석과 같은 작품이다. 그는 우화적 작품도 썼는데, 아편과 술이라는 뜻인 '반구-바데(Bangu-Bade)'는 당시의 정치와 여러 지도자의 모습을 담고 있다.

미르자 샤피 바제흐
Mirzə Şəfi Vazeh

무제

노래들 중 오랜 세월 동안
남는 것은 짧은 시들이다.

때로 사람들은 짧은 경구를
가장 오래 기억한다.

오래 전에 사람의 입에서 나온 말이라도
짧은 명언에 들어있는 지혜를 사람들은 영원토록 기억하기도 한다.

***

큰 소리로 하는 말은 때로 전혀 빛을 발하지 못하지만,
조용한 말이 때로 훌륭한 예언일 때가 있다.
운명의 수레바퀴는 소리 없이 조용히 돌지만,
짐마차(arba) 바퀴는 요란하게 소리를 낸다.

***

내가 "속물들의 경멸을 무시하고
강자 앞에서 용기를 잃지 말고

약자에게 자기 비하를 요구하지 말라"고
노래했을 때 당신들은 나의 말을 반갑게 받아들였다.

그러나 내가 내 노래처럼 생활하자
당신들은 나의 행동을 비웃었다.

***

나는 사람들이 이런 말을 하는 것을 들었다.
"정직한 사람이 날개를 달아야 한다,
이 세상의 모든 하찮은 인간들은
모든 것을 용서해도 솔직한 말(진실)은 용서하지 않는다!"

사람들은 이렇게 이야기한다.
"거짓말을 절대 하지 않는 사람에게도
진실은 불처럼 뜨거워서 쓰라리다.
길을 떠날 준비가 되어 있는
준마가 언제든 문 앞에 기다리고 있어야 한다."

하루에 백번이나 다음과 같은 말을 한
겁이 많은 사람들을 나는 원망하지 않는다.
"이 세상에 태어나서 거짓말하는 법을 배우지 못한 사람은
갑옷으로 몸을 감싸고 살아야 한다!"

나는 갑옷도 날개도 준마도 없으니
어찌할 것인가.
내가 가진 유일한 것은 진실의 말인데,
그것이 나의 준마이고, 날개이고 갑옷이다!

***

그대가 똑똑하면 어리석은 자들을 찾아가고,
눈이 잘 보이면 맹인들을 찾아가라.
맹인은 눈이 잘 보이는 자들이 가는 길을 찾지 못하고,
어리석은 자는 스스로 현자를 찾아가지 않는다.

그대가 높은 지위에 올랐다면
이 사실을 심사숙고해야 한다.
"만일 하늘에서 태양도 거드름을 피우지 말고
자신의 빛을 땅에 비추어 주어야 하는 것이다."

***

사람들이 퍼붓는 욕과 비난은 아무것도 아닌 것이다.
친구들이여, 이것을 무시하고 지나가고 다음을 기억하라.
근본적으로 모욕할 수 없는 것은
욕이나 비난으로 모욕할 수 없다는 것을.

***

지혜는 너무 순박하다는 결점을 가지고 있고,
눈먼 사람처럼 아름다움에 이끌리고,
아름다움은 너무 천진난만해서
현자들의 조언을 듣지 못하는 일이 많다.

***

지상 낙원이 어디에 있냐고 당신이 내게 묻는다면,
그것은 미녀들의 가슴속에, 말 등위에 있다고 답할 것이다.

***

당신의 착한 마음과 여러 재능이
인정받지 못한다고 할지라도,
거짓 명예에 둘러싸여, 세상에는 위인이라고 알려졌지만
실제로는 보잘 것 없는 사람으로 사는 것보다 낫다.

미르자 샤피 바제흐

Mirza Shafi Vazeh (Mirzə Şəfi Vazeh)

1794 - 1852

미르자 샤피 바제흐도 간자에서 태어났다. 그는 삶의 기쁨과 지혜, 인간의 선을 주로 노래했다. 1844년 그는 당시 코카서스의 지식, 문화 중심지였던 트빌리시에서 디반-이-히크마트(Divan-i-Hikmat)라는 문학서클을 조직했다. 당시 이 서클에 가입한 독일 학자인 프레드리흐 본 보덴스테트(Friedrich von Bodenstedt)는 시를 적지 않고 주로 낭송만 하는 미르자 샤피의 시를 받아 적어 놓았다가 1851년 독일로 귀국한 후 독일어로 번역하여 '미르자 샤피의 노래'라는 제목으로 출판하였다. 이 시집은 바로 큰 반향을 일으켜 유럽의 주요 언어로 번역되었다. 그는 이 시집에 실린 시들의 작가가 자신이라고 속였지만, 20세기가 되어 다른 학자들이 그의 속임수를 밝혀냈다.

몰라 벨리 비다디
Molla Vəli Vidadi

백학
Durnalar

큰 구름을 향해 줄을 지어 날아오른
백학들이여, 너희들은 무엇을 위해 하늘로 올라갔는가?
쓸쓸한 너희들의 노래가 너무 슬픈데
너희들은 어디를 향해 날아가는가, 백학들이여?

꿰맨 구슬 같이 줄지어 날아가는 너희들은
품위 있게 하늘 높이 날아가고 있구나.
너희들에게 어떤 불행도 일어나지 않고,
어떻게든 먹이를 찾기를 바랄 뿐이다.

이제 내가 말을 하면, 내 말 속에 진실이 살아있다.
너희들이 가는 길에 날개를 단 악당들이 기다리고 있다.
사악한 매가 날아가는 너희들을 흐트릴 터인데
백학들이여, 빨간 피로 가슴을 물들이겠는가?

너희들의 고향, 너희들의 조국은 바그다드이고,
너희들의 깃털은 부자들의 오락거리이다.
내 마음 속에 너희들의 노래가 현처럼 울리다.
백학들이여, 너희들은 무엇을 위해 나의 가슴을 찢는 것이냐?

친구들이여, 너희들이 병든 나에 대해서 물어보면,
나는 떨리는 붓으로 편지를 쓸 것이다.
병든 비다디에 대한 편지를 바그다드에 있는 그의 집으로
언젠가 물고 가주기를 바란다, 백학들이여.

몰라[53] 벨리 비다디

Molla Vali Vidadi (Molla Vəli Vidadi)

? - 1809

비다디에 대해 알려진 사실은 별로 없다. 샴키르(Shamkir)에서 태어난 그는 평생을 고향에서 살며 자신이 세운 종교학교에서 가르친 것으로 알려졌다. 그가 조지아(카케티) 왕 에레클레 2세 시기에 티플리스에 머물며 궁정 시인 역할을 했다는 설도 있다. 비다디의 초기 시는 낙관적 인생관을 보였지만, 후기로 갈수록 비관주의로 변했다. 단순하면서도 사실적인 그의 시풍은 아제르바이잔의 전통 민요 장르인 아쉬크(ashik aşıq)[54]와 많이 닮았다는 평가를 받는다. 그는 몰라 파나흐 바기프 (Molla Panah Vagif)와의 시를 통한 교신을 남겼다.

53 몰라(Molla) - 물라(Mullah)라고도 쓰며, 전통적으로 종교적 지도자나 학식이 높은 사람을 높이는 존칭으로 쓰였지만, 개인 이름 앞에 붙으면 고유명사가 된다.

54 아쉬크(aşıq) - 전통 현악기인 바글라마(bağlama) 반주에 맞추어 전통 서사시인 다스탄(dastan)이나 짧은 노래를 부르는 아제르바이잔과 터키의 전통 장르이다. 현대에 와서 바쉬크는 바글라마 반주로 다양한 터키어의 민요를 부르는 전문 악사를 뜻한다.

미르자 알라크바르 사비르
Mirzə Ələkbər Sabir

나와 무슨 상관이 있는가?

Millət necə tarac olur olsun, nə işim var?!, 1906

우리 민족이 약탈당한다고 해도 나와 무슨 상관이 있는가?
그들이 고난에 시달린다고 해도 나와 무슨 상관이 있는가?
내 배가 부른데, 남들은 나와 무슨 상관이 있는가?
내 배가 부르면 그들은 전혀 신경이 쓰이지 않는다.
온 세상이 굶주린다고 해도 나와 무슨 상관이 있는가?

쉿, 조용히 해라. 잠든 자들은 계속 자도록 놔 두어라.
누군가 잠든 자들을 깨우고 눈을 뜨게 하기를 나는 원하지 않는다.
만약 누가 깨어났다고 해도, 부디 신이
나만 계속 잘 살게 해주기를 바란다.
우리 민족이 약탈당한다고 해도 나와 무슨 상관이 있는가?
그들이 고난에 시달린다고 해도 나와 무슨 상관이 있는가?

나에게 세상의 사람들의 운명에 대해 한마디 말도 하지 말고,
내가 다시 식사를 하게 빵을 가져 와라.
오랜 세월을 내가 근심걱정에 시달리는 것은 무엇 때문인가?
인생이 너무 짧다는 사실을 나는 알고 있다.
우리 민족이 약탈당한다고 해도 나와 무슨 상관이 있는가?
그들은 불행에 시달린다고 해도 나와 무슨 상관이 있는가?

조국의 아들들이 하수구 밑바닥에서
지극히 빈궁하게 똥개들처럼 방황한다고 해도,
넝마조각을 입은 과부들이 멸시를 당한다 해도
어디서든지 나만 빛이 나면 된다.
우리 민족이 약탈당한다고 해도 나와 무슨 상관이 있는가?

그들이 불행에 시달린다고 해도 나와 무슨 상관이 있는가?

어느 민족이든 이익을 보지 않고 살 수는 없고
자기 나라에서는 진보의 길을 걷는다.
그런데 만약에 내가 잠결에 진보가 생각난다면
나는 지체 없이 그것을 완수할 것이다, 친구들이여!
우리 민족이 약탈당한다고 해도 나와 무슨 상관이 있는가?
그들이 불행에 시달린다고 해도 나와 무슨 상관이 있는가?

이슬람과 아르메니아 형제들에게

Müsəlman və erməni vətəndaşlarımıza, 1905 (카라바흐 민족 분쟁 후 쓰임)

친구들이여, 우리가 단합하도록 시대정신이 요구하고 있다.
우리가 투쟁해서 얻기로 맹세한 목표는 평화이다. 친구들이여!
우리가 믿는 바로는 여기에 아무 모순이 없다. 내 말이 맞지 않는가? 친구들이여!
그렇다면 왜 격렬한 분쟁이 우리를 가르게 놓아두는가? 나의 친구들이여.
우리의 적들이 선동하는 무분별한 적대행위에 몰두하는가? 나의 친구들이여.
아, 빛의 길로 인도할 사람은 아무도 없는가? 나의 친구들이여.
권력자들이여, 이성을 갖춘 사람들이여, 일어나 말하라!
그리고 인류의 평화와 우정을 촉구하도록 하자.

두 민족, 사이좋은 두 이웃이 아름다운 한 땅에서 살고 번영했다.
오랜 세월 그들은 자신들이 땅에서 평화 속에 우정을 나누며 살아왔다.
그러다가 악마가 끼어들어 싸움과 분쟁이 그들의 땅을 찢어놓았다.
지금 약탈자와 강도들이 그들의 땅에 폭동을 선동하고 있다.

무지로 인해 어떤 일이 벌어졌는가 보라, 신이여 우리에게 인내를 주소서!
신이여 지금 싸우고 있는 두 민족에게 이성을 주소서!

권력자들이여, 이성을 갖춘 사람들이여, 일어나 말하라!
그리고 인류의 평화와 우정을 촉구하도록 하자.

누가 지금 이 분쟁에서 이익을 취할 것인가? 누가 이 분쟁을 조장하는가?
얼마나 잔혹한 인간성 상실인가? 무엇보다도 이 싸움을 무엇이 촉발시켰는가?
이슬람이나 아르메니아인 누가 먼저 형제들의 피를 흘리게 했는가?
단순한 무지나 누군가의 비밀스런 손이 이 분쟁을 촉발했다.
이 불행한 싸움에 대해 우리는 악의적으로 이것을 촉발하고,
이 분쟁이 격렬히 확산되도록 만든 자들을 비난할 권리를 가지고 있다.

권력자들이여, 이성을 갖춘 사람들이여, 일어나 말하라!
그리고 인류의 평화와 우정을 촉구하도록 하자.

미르자 알라크바르 사비르

Mirza Alakbar Sabir (Mirzə Ələkbər Sabir)

1862 - 1911

샤마키(Shamaki)에서 태어난 미르자 알라크바르 사비르는 인본주의와 자유의 이상을 주로 소재로 삼아 시를 썼다. 사실주의 경향의 작품을 쓴 그는 '나쁜 것은 나쁘다고, 잘못된 것은 잘못되었다고, 옳은 것은 옳다고' 쓰는 것이 자신의 의무라고 주장했다. 여기에 소개된 '나와 무슨 상관이 있는가?'처럼 그는 풍자적 시를 자주 썼는데, '신이여, 그것은 당신에게 필요한 것이 아닙니다'도 그중 하나이다.

압둘라 샤이그
Abdulla Şaiq

우리 세기에 대한 인사

Əsrimizə xitab, 1915

피에 물든 이 세기를 환영해야할지,
아니면 경멸과 적의를 표시해야할지 나는 모르겠다.
이 무서운 세기의 공포와 광기는
위대한 민족들도 공포 속에 살도록 했다.
두텁고 무거운 커튼을 열고 바로 내다보자,
밝은 날이 다가오고 있는지, 아니면 다시 암흑의 날이 오고 있는지를.
타오르는 화염에 휩싸인 이 세계에
누가 다시 조용히 태어나고 싶어 하겠는가?
행복이 다시 승리할 희망이 조금이라도 있는가?
이 파도와 폭풍 속에 우리의 배는
안전하게 항구에 다다를 수 있겠는가?
보라, 하늘에는 검은 먹구름이 잔뜩 끼어있고,
동방의 바다는 파도가 높고 질풍노도가 밀려온다.
이 무서운 폭풍이 우리를 행복이나 망각으로
데려다 줄지 나는 확신하지 못한다.

압둘라 샤이그

Abdulla Shaig (Abdulla Şaiq)

1881 - 1959

이슬람 성직자인 아버지를 두고 티플리스에서 태어났으나, 유년시절 어머니를 따라 현재 이란에 속한 코라산(Khorasan)으로 이주하여 학교를 다녔다. 20세인 1901년 바쿠로 와서 정착하여 교사시험에 통과한 후 33년 간 교사로 일했다. 청손년기뿐터 시를 썼으며 러시아 문학 작품을 페르시아어로 번역했다. 낭만주의 경향의 시를 썼고, 아동을 위한 시와 글도 썼다. 러시아 혁명 직전 노동자들의 비참한 생활을 소재로 한 단편소설도 써서 소련 시절 인기 있는 작가가 되었다. 국제공산주의와 평화주의를 옹호했으며, 푸쉬킨, 레르몬토프, 크릴로프, 고리키 등의 작품을 번역했다.

사마드 부르군
Səməd Vurğun

아제르바이잔
Azərbaycan

너는 태어날 때부터 나의 것이었다는 것을 사람들은 안다.
너는 나의 보금자리, 나의 피난처 그리고 나의 따뜻한 난로이고,
나의 어머니, 조국, 그리고 소중한 땅이다!
나의 영혼과 육체를 갈라놓는다고? 그것은 죽음만이 할 수 있는 일이다.
오 아제르바이잔, 나의 아제르바이잔!

어머니가 내게 어떠한 존재이며, 아이는 어머니 당신에게 어떤 존재인가-
그것이 우리가 알고 있는 유대관계이다.
내가 어디로 날아가든 나는 다시 돌아올 것이다.
왜냐하면 너는 나의 국민이고, 나의 보금자리이고,
유일하게 축복받은 나의 고향이기 때문이다.

***

자유로운 날, 자유로운 사람,
이런 봄날은 흥겨운 잔치를 부른다!
무지개처럼 아름답게 짜진 양탄자를 펴기 위한
나무 그늘을 찾아라,
그리고 태양의 나라를 찬미하라!

***

아름다운 조국! 나는
자주색 깃발이 장식하는
자유의 여명과 함께 태어났다.
생은 끝이 없이 이어지는 흥겨운 잔치 같아 보였다.
즐거운 노래와 웃음은 그칠 줄을 몰랐다.
소중한 이 나라는 고대 동방으로 가는 대문이었다.

사마드 부르군

Samad Vurghun (Səməd Vurğun)

1906 - 1956

가자흐(Gazakh)에서 태어난 사마드 부루군은 소비에트 인민공훈 시인의 칭호를 받았다. 친근한 서정시로 유명한 회의주의, 자연에 대한 사랑과 경탄을 시의 주제로 삼았으며, '앞으로 가야할 먼 길(A Long Way Off)'과 여기에 소개된 '아제르바이잔'이 대표시로 꼽힌다. 그는 18세기의 저명한 시인 몰라 파나흐 바기프(Molla Panah Vagif)를 소재로 한 〈바기프(Vaqif)〉 등 뛰어난 운문 희곡을 쓰기고 했다. 그는 애국주의와 국제주의, 동정 등을 시의 주제로 썼고 '무간(Muğan)', '아이군(Aygun)', '옛 친구들(Old Friends)', '검둥이의 꿈(Negro's Dreams)' 등이 유명하다. 아제르바이잔 국립연극극장이 그의 이름을 땄으며, 바쿠와 모스크바에 부루군 거리가 있다.

알마스 일디림
Almas İldırım

나의 노예 아제르바이잔
Əsir Azərbaycanım

꽃 속에 나를 낳고,
눈물로 나의 빵 반죽을 만들고,
나의 요람에서 자장가를 불러준
당신은 어디에 있습니까?
아제르바이잔, 나의 불행한 어머니여, 아아.
나는 오랜 세월 동안 당신을 그리워했습니다, 아아.

만일 바람이 나의 인사를 받아서
아그리(Agri) 산에서 알라고즈(Alagoz) 산으로 전해준다면,
그리고 나의 큰 소리를 푸른 카스피해에 전해준다면,
나는 카스피해가 그 사슬을 쳐서 부수기를 바랍니다, 아아!
그리고 이 어리석음이 멈춰지기를 바랍니다, 아아!

오, 무간(Mughan) 평야와 밀(Mil) 평야와
기름 냄새가 나의 사랑하는 꽃인 바쿠에서 소식을 들을 수 있다면,
내가 더 이상 당신의 이름을 부르지 않는다고 누가 감히 말합니까?
아제르바이잔, 어느 것과 비교할 수 없는 나의 조국이여, 아아!
내 안의 사랑과 슬픔은 결코 죽지 않을 것입니다, 아아!
나는 당신을 내 가슴의 유일한 카바(Kaaba)[55]입니다.
내가 왜 당신 없는 이방 나라에서 살아야 하는가요?
내가 왜 당신 없는 신이나 종교를 필요로 하는가요?
아제르바이잔, 당신은 나의 왕관이고 나의 왕좌입니다. 아아!
나의 눈 먼 운명은 깨어날 것인가요, 아아?!

55 카바(Kaaba) - 이슬람 신도들이 기도할 때 향하는 메카의 검은 사원

알마스 일드름

Almas Ildyrym (Almas İldırım)

1907 - 1952

1907년 바쿠에서 태어난 알마스 일드름의 본명은 엡둘 하산이다. 상인 가족에서 자란 엡둘 하산을 가족들이 할아버지 이름을 따서 알마스로 불렀기 때문에 그는 알마스라는 필명을 갖게 되었다. 아제르바이잔이 소련에 병합되면서 알마스는 부유한 상인 가족 출신이라는 이유로 재학 중인 아제르바이잔국립대학교 동양학부를 중퇴했다. 1926년에 술레이만 루스탐(Suleyman Rustam)과 함께 시집 《어제는 오늘이다(Yesterday is Today)》를 출간했다. 1928년에 알마스는 시에 반영된 민족주의적 사상으로 인해 다게스탄(Dagestan)으로 추방되었다. 다게스탄에 있는 동안 '산에서의 추억들(Memories from the Mountains)', 레즈긴 랜드'("Lezgi Lands)', '크리미아의 저녁(Evenings in Crimea)', '누구의 잘못인가?(Whose Fault is It?)'를 썼다. 1930년에 다시 바쿠로 돌아와 〈산이 노래 부를 때(When Mountains Make a Sound)〉라는 시집을 출간했지만 책의 판매가 금지되었고 알마스도 아제르바이잔작가회의에서 추방되었다. 이후 투르크메니스탄으로 추방되어 아시가바트(Ashgabat)에서 학교 교장으로 일하다가 가족과 함께 이란으로 이주했다. 이란에 입국하자마자 체포되어 고문을 받았고, 이로 인해 건강이 악화되었고, 빈궁하게 살았다. 이란에서 생활하기 힘들어지자 다시 터키로 이주하여 터키 국적을 취득한 후 교사로 일했다. 그는 터키에서 17년 동안 생활하면서 민족주의적 시인으로 유명해졌으며 그의 시들은 《영원한 시(Undying Poem)》과 《아제르바이잔 노래들(Azerbaijani songs)》이라는 시집으로 출판되었다.

아흐마드 자바드
Əhməd Cavad

아제르바이잔 국기를 향하여
Azərbaycan bayrağına

투르키스탄[56]의 바람이
너의 이마에 입 맞추며 자신의 근심을
너에게 속삭인다, 나의 국기여!
흑해가 너의 삼색(三色)을 선물로
친구들에게 보내주게 하라, 나의 국기여!

나는 투란(Turan)[57]으로 가는 길에서 너를 만났다.
너의 그림자가 내 머리 위에 드리웠다.
눈물이 나의 눈을 적시게 하고
모든 사람이 자신의 슬픔을 이야기하게 하라, 나의 국기여!

너는 가이 칸(Gayi Khan)[58]으로부터 너의 색을 가져왔고
이슬람 고관(bey)들은 엘칸(Elkhan)처럼 나이가 들었다.
엘칸의 후손인 너는 우리 종교의 요새이다.
너는 나의 영혼에 기쁨을 가져왔다, 나의 국기여!

나는 매서운 바람을 가슴에 맞으며 앞으로 걸어 나갔다.
나는 너의 그림자가 떨어지는
신성한 장소에 입 맞추고 싶다!
하늘의 별들, 아름다운 요정 같은 국기의 달은
너의 무릎 위 달에서 피난처를 찾았다,
나의 국기여!

56 투르키스탄(Turkistan) - 터키계 민족 전체를 지칭함.
57 투란(Turan) - 알타이 산맥에서 흑해 이르는 터키 민족들이 사는 모든 영역.
58 가이 칸(Gayi Khan), 엘칸(Elkhan) - 오구즈 터키족의 전설적인 기사.

아흐마드 자바드

Ahmad Javad (Əhməd Cavad)

1892 - 1937

아제르바이잔 국가 작사가로 유명하다. 이 국가는 1918-1920년 아제르바이잔 민주공화국의 국가로도 쓰였다. 아흐마드 자바드는 샴키르(Shamkir) 지방에서 태어났다. 집에서 교육을 받으며 터키어, 페르시아어, 아랍어를 익혔다. 1916년 첫 시집 《고쉬마(Goshma)》를 출간했고, 1919년 두 번째 시집 《파도(Dalga)》를 냈다. 간자의 신학교를 졸업한 후 교사로 일하다가 발칸 전쟁에 자원병으로 참전했다. 아제르바이잔 민주공화국 설립 과정에서 무사바트(Musavat)당을 위해 일했다. 아제르바이잔 독립 선언을 축하하는 시 '아제르바이잔, 아제르바이잔!'과 여기 소개된 '아제르바이잔 국기를 위해'를 썼다. 아제르바이잔대학교 설립에 적극 참여하는 등 교육, 문화 부문에서 활동하며 많은 업적을 남기과, 혁명 후에도 여러 직함을 맡아 일을 했으나, 1937년 스탈린 숙청 때 처형되었다.

술레이만 루스탐
Süleyman Rüstəm

나의 타브리즈[59]

Təbrizim

나는 너의 아름다움을 바라보며 전혀 피곤함을 느끼지 못한다.
나의 타브리즈여, 나의 타브리즈여, 아름다운 나의 타브리즈여!

나는 네가 낯선 자를 포옹하는 것을 허락하지 못한다.
내가 너의 목에 팔을 감싸 안으마!
너의 언어를 말하는 너와 피를 나눈 너의 형제와
너의 슬픔을 같이 나눈 절친한 친구가
너의 축제와 너의 잔치에 찾아왔다.

너는 소금과 빵[60]으로 나를 환영했다.
너는 너의 정원에서 딴 꽃으로 나를 환영했다.
너는 너의 진실한 가슴으로 나를 환영했다.
나의 타브리즈여, 나의 타브리즈여, 오 나의 타브리즈여!

나의 타브리즈여, 너의 머리 위에 깔린 안개가 걷히도록 하자!
고독을 겪어본 사람만이 너를 높이 평가할 수 있고,
이별의 눈물을 흘려본 사람만이 너를 소중히 여긴다.
어두운 삶을 살아본 사람만이 너를 높이 평가할 수 있다.
나는 너의 정원에서 꽃을 땄다. 나의 타브리즈여,
나의 슬픔이 되살아났다, 나의 타브리즈여!

---

59 타브리즈(Tabriz) - 1813년 굴리스탄 조약(Treaty of Gulistan)으로 이란의 영역이 된 남부 아제르바이잔의 중심 도시, 현재 이란에는 약 2천 만 명의 아제르바이잔인들이 거주하고 있다.

60 소금과 빵 - 친구나 소중한 손님을 맞을 때 최고의 환영의 표시로 소금이 얹힌 빵을 들고 환영하는 아제르바이잔의 풍습을 뜻함, 러시아와 구소련권 국가에 공통된 관습임.

너에게로 가는 길에 난 버드나무는 얼마나 아름답고,
용감한 소년들은 버드나무 그늘에서
할아버지의 훈계에 귀를 기울이고 있고,
그들의 피가 끓어오른다, 나의 타브리즈여.
이 용감한 소년들은 너무 멋있구나, 나의 타브리즈여!

네가 울면 나도 울 것이고, 네가 웃으면 나도 웃으리라.
네가 살면 나도 살고, 네가 더 이상 존재하지 않으면 나도 죽을 것이다.
나는 모든 것을 너와 함께 나눌 것이다.
너에게 다시 한 번 입 맞추게 하라, 나의 타브리즈여!
네 주위에 꽃을 뿌리게 하라, 나의 타브리즈여!

그 깊고 사려 깊은 표정은 무엇을 의미하는가?
네 눈에서 뿌리는 빗물은 무엇을 의미하는가?
너의 영혼의 가을과 겨울들은 무엇을 의미하는가?
고아처럼 풀이 죽어 땅을 내려다보지 마라, 나의 타브리즈여!
슬퍼하지 마라, 나의 타브리즈여!

나에게 너의 꽃을 다오.
나를 "형제여"라고 부르는 너의 혀를 다오.
너의 나라와 땅을 나에게 다오.
나는 너의 아름다움을 바라보며 전혀 피곤함을 느끼지 못한다.
나의 타브리즈여, 나의 타브리즈여, 아름다운 나의 타브리즈여!

술레이만 루스탐

Suleyman Rustam (Süleymən Rüstəm)

1906 - 1989

소련 시절 아제르바이잔의 시인이자, 극작가로 뿐만 아니라 공산당 지도자로 활동했다. 바쿠대학 동양학부에서 공부한 다음 모스크바대학에서 수학했다. 1970년대에는 아제르바이잔공화국 최고회의 의장과 전소련 당대회 아제르바이잔 대표의원을 맡았다. 1920년 첫 시집 《행복에서 슬픔으로》를 출간했고, 20년대에는 주로 콤소몰과 노동자, 적군을 찬양하는 시를 썼다. 러시아 문학작품을 아제르바이잔어로 번역했으며, 1937년에는 쇼타 루스타벨리의 《호랑이 가죽을 두른 용사》를 아제르바이잔어로 번역하기도 했다. 소설로는 지주의 압제에서 탈출하여 동료 농민들을 규합하여 봉기를 일으키는 스토리를 담은 〈카자크 네비(Qachaq Nebi)〉가 유명하다. 2차 대전 중에는 애국주의 정서를 담은 시 '그날이 올 것이다(A day will come)', '아제르바이잔의 아들들에게(To the sons of Azerbaijan)', '노인의 대답(Old man's answer)' 등을 썼다.

모함마드 후세인 샤흐리야르
Məhəmmədhüseyn Şəhriyar

안녕하세요, 헤이다르 바바!
Heydərbabaya salam

헤이다르 바바[61]여, 하늘에 천둥이 울리고,
홍수가 산악 계곡을 휩쓸고 내려오고,
소녀들이 쏟아져 흘러가는 물을 바라볼 때,
우리 부족민들과 마을 사람들에게 내 인사를 전해주고
나와 나의 이름을 한 번 더 기억해 주기 바라오.

헤이다르 바바여, 꿩들이 날아오르고
산토끼들이 꽃덤불 속을 뛰어다니고,
당신의 정원에 꽃이 만발할 때,
우리를 기억하는 사람들이 만수무강하고,
슬픔에 잠긴 우리의 마음에 기쁨이 넘치기를 기원하오.

3월의 바람이 나무 그늘 아래 불고,
연노랑 달맞이꽃과 흰 바람꽃이 언 땅을 뚫고 나오고,
구름이 흰 옷깃을 날개처럼 펼칠 때,
우리가 다시 한 번 기억되게 하고
우리의 슬픔이 산처럼 솟아오르게 해주오.

헤이다르 바바여, 당신의 눈썹이 환히 빛나기를,
시냇물과 정원이 당신을 두르기를,
우리와 마찬가지로 당신도 만수무강하기를.
이 세상은 불행과 상실로 가득 찼고,

61 헤이다르 바바는 아제르바이잔인들이 많이 사는 이란 북부 타브리즈 인근의 산으로 시인은 이 지역에서 보낸 자신의 어린 시절을 회상하며 이 시를 썼다.

이 세상은 아들을 잃은 사람들과 고아들로 가득 찼다오.

헤이다르 바바여, 나의 발은 당신의 길을 지나간 적이 없고,
나는 나이가 들어 당신을 방문하기에는 너무 늙었고,
이 아름다운 소녀들이 모두 어떻게 될지를 알지 못하오.
나는 막다른 골목과 돌아올 수 없는 길을 절대 알지 못하고,
나는 이별과 상실, 죽음을 절대 알지 못하오.

모함마드 후세인 샤흐리아르

Mohammad Hussein Shahriyar (Məhəmməd hüseyn Şəhriyar)

1905 - 1988

모함마드 후세인 샤흐리아르는 20세기 아제르바이잔과 이란의 대표적 시인 중 한 사람이다. 1920년대부터 시작 활동을 한 그는 1931년 첫 시집을 출간하였다. 여기 소개된 '안녕하세요, 헤이다르 바바'는 아제르바이잔에 널리 알려진 그의 대표시이다. 아제르바이잔과 페르시아어로 시를 쓴 그는 양국의 시적 전통을 잘 결합하여 좋은 작품을 썼다. 정의, 자유, 도덕성, 낙관성 등이 그의 시의 주제로 자주 등장하고, 아제르바이잔 자연과 풍습, 전통의 아름다움을 노래하고 조국에 대한 한없는 사랑을 시에 담았다.

미르바리드 딜바지
Mirvarid Dilbazi

마흐사티가 니자미에게 보내는 편지
Məhsətidən Nizamiyə məktub, 1945

나의 슬픈 꿈의 진실한 친구인 당신이여,
내 영혼의 비애는 해안이 없는 대양과 같습니다.
사랑하는 사람들과 멀리 떨어진
이 낯선 곳에서 이별의 슬픔이 너무 큽니다.

당신은 당신의 아름다움으로 우리에게 영감을 주고,
무지와 악에 빛을 비춥니다.
당신의 마음은 오래 전해져 온 세상의 지혜를 닮았지만,
당신은 실제로는 새로 뜨는 달처럼 젊고 신선합니다.

그러나 궁정은 시와 시인에게는
무덤과 같은 곳입니다.
이 바다를 항해하던 모든 배는 가라앉았고,
우리도 물에 빠졌으니 당신은 조심하시기 바랍니다.
시대가 변했으니 시대를 믿지 마시기 바랍니다.

당신이 바다에서 보는 것은 물이 아니라 피입니다.
이 황금빛 피에 익사하지 않도록 조심하십시오.
왕들이 군주의 위세를 아는 순간
당신을 자신들의 궁전에 가둘 것입니다.

간히기를 싫어하고
왕들로부터 멀리 있고 싶어 하고,
왕들의 노예가 되기를 원하지 않는 사람은 모두
죽임을 당하거나 추방을 당하게 될 것입니다!

아침에 떠오르는 해 같은 당신이여!
분명히 기억하십시오. 당신의 따사로운 햇살이
차가운 대지에 입맞추며 따뜻하게 하는 순간
궁전은 당신에게 올가미를 씌울 것입니다.
그러나 성난 물결이 곧
도랑을 부술 것이라는 것을 잊지 마십시오.
당신은 태양입니다. 구름이 당신의 얼굴을 가리지 못하게 하십시오.

궁전에서 멀리 떨어져 있고, 명성을 멀리하십시오.
궁정은 폐허에 지나지 않습니다.
궁전은 화려한 눈속임에 지나지 않습니다.
이 진지한 경고에 귀를 기울이십시오.

친애하는 니자미님, 당신의 이름을 반복해 부르는
많은 세대의 사람들은 당신의 위대함을 느끼지 않을 수 없습니다.
땅에서 솟아오르는 샘물로 당신의 욕조를 채우십시오.
모든 이에게 작별을 고하며 이제 나는 떠납니다.

살며, 창조하며, 사랑하며, 원숙해지십시오!
나의 운명이 나를 당신에게서 멀리 데려갔습니다.
친구들을 향해 나의 팔을 길게 뻗은 채로
슬픔으로 인해 나의 머리칼은 하얗게 셌습니다.
만일 내가 간자에서 멀리 떨어진 곳에서 죽는다면,
고국에 나의 무덤을 만들어 주시고,
아래 말을 묘비에 새겨주십시오.
"별 하나가 하늘에서 떨어졌지만, 태양은 솟아올랐다.
그렇게 마흐사티가 죽은 곳에 니자미는 여전히 살아있다."

미르바리드 딜바지

Mirvarid Dilbazi (Mirvarid Dilbazi)

1912 - 2001

미르바리드 딜바지는 1912년에 아제르바이잔 가자흐(Gazakh) 시에서 태어났다. 1929년에 아제르비아잔 사범대학을 졸업한 후에 구바(Guba)로 가서 교사로 일하기 시작했다. 2년 후에 바쿠에 돌아오며 아제르바이잔 국립과학아카데미 고문서연구소에서 일했다. '여성들의 해방(Women's Emancipation)'이라는 첫 시가 1927년 시집 《불》에 출간되었다. 이 시집에는 아제르바이잔 여성들의 생활을 소재로 한 여러 시가 함께 실렸다. 2차 세계대전 때 출판된 일곱 책 중에 여섯 책이 조국 사랑에 관한 내용을 담고 있다. 1945년에 쓴 시 '메흐세티Mahsati)'는 아제르바이잔의 유명한 시인 마흐사티 간자비(Mahsati Ganjavi)의 삶에 대한 내용을 담고 있다.

⁜ 소설 〈알리와 니노〉

Əli və Nino

쿠르반 사이드(Kurban Said Qurban Səid)란 필명을 쓴 작가에 의해 쓰인 이 작품은 1937년 오스트리아에서 출간되었고, 현재까지 30개국 이상 언어로 번역되었다. 우리나라에서는 이상원 박사가 2005년 번역하였고, 2016년 개정판(지식의숲 출간)이 출간되었다.

제정러시아 붕괴 후 볼셰비키 정권 수립 시기인 1914-1920년 바쿠를 배경으로 펼쳐지는 이 소설은 청소년 시절 사랑에 빠진 아제르바이잔 청년(알리)와 바쿠에 거주하는 조지아 소녀(니노)를 주인공으로 하여, 이슬람과 기독교 문화, 동양과 서양의 만남과 충돌을 그렸다는 평가를 받으며 코카서스 3국 문화의 여러 모습을 보여준다.

〈알리와 니노〉를 쓴 작가가 누구인지에 대한 논쟁은 이 책이 처음 출간된 이후 계속 지속되었고, 작가의 정체는 현재까지 정확하게 밝혀지지 않은 상태이다. 현재까지 레프 누심바움(Lev Nussimbaum)과 엘프리데 에렌펠스(Elfriede Ehrenfels)가 '쿠르반 사이드'라는 필명을 쓴 것으로 밝혀졌다. 1905년 바쿠에서 출생한 유대인인 레프 누심바움이 이 소설을 구상했고, 나치 독일을 탈출하여 정착한 오스트리아에서 에렌펠스 남작부인과 절친한 관계가 되었다. 에렌펠스는 같은 필명으로 〈알리와 니노〉 외에 〈골든 혼에서 온 소녀〉라는 작품도 썼다. 현재이 책의 판권은 에렌펠스 친척들이 가지고 있다.

작품의 줄거리

아제르바이잔의 귀족 가문 출신인 주인공 알리 칸 쉬르반쉬르는 러시아계 학교에서 교육을 받으며, 동양적 전통을 고집하는 아버지와 다르게 서구 문화에 관심을 갖는다. 그는 맞은편 여학교에서 기독교 교육을 받고 잇는 조지아계 소녀 니노 키피아니에 대한 사랑을 키워간다. 사랑에 빠진 두 사람은 학교 졸업 후 결혼을 약속하지만, 니노는 알리가 그녀에게 이슬람 전통을 강요하지 않을 것을 약속하게 한다. 알리의 아버지는 반농담으로 여자는 영혼이 없으므로 기독교인인 니노와의 결혼을 반대하지 않는다고 하면서 두 사람의 결혼을 축복한다. 그러나 니노를 짝사랑한 두 사람의 친구인 아르메니아 소년 멜리크 나카라리얀이 니노를 납치하면서 두 사람의 운명은 바뀐다. 니노를 차에 태우고 도망가는 멜리크를 말을 타고 쫓아간 알리는 이슬람 전통에 따라 자기 여자를 겁박한 멜리크를 칼로 찔러 죽인다. 알리는 몸을 더럽히지는 않았어도 명예를 더럽힌 니노도 이슬람 전통에 따라 죽여야 한다는 친구의 말을 거부하고 니노는 살려둔다. 알리는 멜리크 가족의 복수를 피해 다게스탄의 깊은 산속으로 피신을 한다. 얼마 후 알리가 피신하고 있는 곳으로 니노가 찾아가 둘은 산중에서 결혼식을 올리고, 문명의 이기가 없는 산속에서 신혼 생활을 한다. 볼셰비키 혁명이 일어나고 터키군이 바쿠로 진군한 후, 볼셰비키가 다시 바쿠를 점령하자 알리 가족은 이란으로 피난을 간다. 아제르바이잔 민족 세력이 볼셰비키를 물리치고 아제르바이잔 민주공화국을 설립하자 알리는 프랑스 대사 자리를 제안 받는다. 그러나 알리는 프랑스에서 행복을 찾을 수 없다고 생각하고 바쿠에 남는다. 볼셰비키 적군이 다시 코카서스를 점령하려 내려오자 바쿠의 젊은이들은 무기를 든다. 알리는 니노와 딸을 친정이 있는 트빌리시로 보내고 바쿠에서 게릴라전을 펼치다가 최후를 맞는다.

소설의 줄거리는 혁명기 러시아 여러 곳에서 일어났을 법한 이야기를 소재로 전개되지만, 이 소설을 통해 바쿠에서 교차되고 충돌하는 아제르바이잔, 조지아, 아르메니아의 풍습과 문화를 관찰할 수 있다. 작품에는 그리보예도프가 트빌리시에서 타살된 것으로 그려지는 등 역사적 사실에 대한 혼동도 있지만, 다게스탄 산속에 피신한 알리는 마을 노인들이 부르는 랩과 비슷한 '메이하나(Meykhana)'[62]를 접한다. 아르메니아계 청년 멜리크가 니노에게 제안하는 스웨덴에서의 생활과 이란으로 피난을 가는 알리 가족의 행보를 통해 서유럽과 동양 두 벡터를 지향하는 코카서스 민족들의 사고가 나타난다. 이 책에 해설을 쓴 존 웨인은 다음과 같이 작품의 의의를 설명한다.

소설에 등장하는 배경, 그리고 갖가지 사건이 일어나는 시간은 우리와 아주 멀리 떨어져 있다. 그래서 우리가 트랜스카프카스 민족의 운명, 착취당하고 침략 당했던 그 세월에 대해 생각해 볼 기회는 많지 않다. 하지만 때로는 이런 쪽에 관심을 돌릴 필요가 있다. 그저 인류 역사를 이해하기 위해서가 아니다, 당시 일어났던 문화적, 사회적 파괴행위가 오늘날 벌어지는 온갖 사건의 구도를 결정했기 때문이다(티베트나 나이지리아에서도, 제2, 제3의 쿠르반 사이드가 필요할 텐데 말이다.) 이런 이유 때문에 '알리와 니노'는 우리게에 큰 의미가 있다.(중략)

알리가 니노를 납치한 멜리크를 추격하는 장면에서는 현대적 서양 문물인 영국제 차와 말로 대변되는 구시대적 동양적 문물을 대비시킨다.

62 메이하나(Meykhana) - 현대의 랩(rap)과 유사한 아제르바이잔 시와 노래 형식이다. 원래 메이하나는 페르시아어로 사람들이 모여 마시며 시를 낭송하는 장소를 뜻한다. 메이하나는 천 년 이상의 전통을 가진 시낭송 형식이며 두 사람 이상이 모여 한 사람이 즉흥적으로 시를 읊으면 다음 사람이 이 시를 이어서 읊으며 노래를 이어간다.

"니카라리얀이 니노를 납치하자 알리 칸이 뒤따라가 격투를 벌여 상대를 죽이는 장면을 봐도 그렇다. 얼핏 무미건조할 수 있는 그 기본 윤곽 안에 쿠르반 사이드가 섞어 넣은 에피소드들은 우리의 상상력을 자극하고, 두 남자와 두 세계 사이에 가로놓인 심연을 느끼게 한다. 니카라리얀은 값비싼 영국제 자동차로 니노를 납치한다. 뒤쫓는 알리 칸은 말, 붉은 기가 도는 황금빛 털을 가진 전설의 말, 그 주인인 멜리코프 공작이 전쟁에 나갈 때에만 올라타는 귀한 말을 타고 달린다. 황금빛 말이 번쩍거리는 기계와 경쟁하는 것이다."

〈알리와 니노〉 쿠르반 사이드, 이상원 역 (지식의숲, 2005, 2016)

〈알리와 니노〉는 이미 만화영화로 국내에 소개되었고, 2017년에는 아제르바이잔과 터키 배우들이 등장한 영화가 상영되었다. 코카서스 3국, 특히 아제르바이잔에 대해 공부를 하고자 하는 사람은 꼭 일독해 볼 만한 책이다.

제5장
아르메니아 시

ARMENIA POETRY

나렉의 그리고리
Գրիգոր Նարեկացի

기도의 책

Մատյան ողբերգության, 1002

우리 눈을 기쁨으로 채우는 태양은
항시 밝게 빛나는 둥근 원판.
언제나 빛을 발하며
어둠을 물리치고 날을 세면서
창조의 여명을 가져오고,
이 덧없이 흘러가는 세상의
영원한 생명과 죽음의 순환을 따라
한 해, 한 해를 묶어 세기를 만듭니다.

야벳 집안의 사람들의 달력을 따라
아홉 번째 축일이 끝나고
열 번째 축일이 시작되는 때에,
로마의 정복왕 바실리우스 황제[63]는
로마 변경 북동쪽에 도착한 지 3년 후에

63 바실 2세(Basil II 976-1025년) - 999년 아르메니아 땅으로 와서 다비트 왕이 남기고 떠난 땅을 차지했다.

그는 모든 사방팔방으로 광대한 땅을 지나가며,
자신의 손이 닿은 곳마다
눈 하나 깜짝이지 않고
거대한 기념비를 세우고,
그는 잠시도 쉬지 않고
자기가 지나가는 좌우의
모든 땅을 취해
많은 나라의 재산과 영토를
자신의 제국에 포함시켰습니다.

교회의 적들이 제어가 된
평온한 시대에
나는 이 책을 쓰기 시작했습니다.
나는 자료를 모으고, 편집하고, 필기를 하고,
다시 원고를 모으고 정리한 후 쓰기 시작하여
모든 것을 이 큰 책 한 권으로 모았습니다.
이 경건한 책을 만들기 위해 여러 출처에서 나온
다른 글들을 하나의 문체로 통일했습니다.
시인들 중 가장 격이 낮고,
선생님들 중 가장 보잘것없는 존재인
신앙을 지키는 하나님의 종인 나, 그리고리는
나레크 수도원 형제회의
은혜 받은 형제인 요한의 도움을 받아 이 책을 썼습니다.
우리는 육신의 형제일 뿐만 아니라,
영혼과 신앙, 명예, 생각에서 하나가 되고,
같은 생활방식을 영위하며
두 사람이지만 하나의 인격을 살고 있고,
네 개의 눈은 하나의 신비로운 환상을 보고 있습니다.
이제, 당신을 이 수많은 음식이 차려진
잔칫상에 같이 참여하도록 초대합니다.
신실한 기도 소중한 제물 속에
순결한 사랑과 자애로운 생각으로 우리를 이 기억하고,

당신의 이름이 저 높은 천국의 영생의 책에

기록되기를 기원합니다.

아멘.

나렉의 성 그레고리

Gregory of Narek (Գրիգոր Նարեկացի)

951 - 1003

최초의 위대한 아르메니아 시인(the first Armenian great poet)으로 불리는 성 그레고리는 수도사이자 시인, 신비철학자, 신학자, 작곡가이며, 아르메니아교회와 로마가톨릭교회 모두에서 성인으로 시성되었다. 그의 가장 유명한 작품은 〈기도의 책(The Book of prayer)〉 또는 〈애통의 책(The book of lamentations)〉이다. 자자는 이 책을 스스로 모든 민족들의 기도의 백과사전(encyclopedia of prayers for all nations)이라고 불렀다. '마음 깊은 곳으로부터 신과 이야기한다'라며 쓴 이 시는 아르메니아 시학의 금자탑이자 기독교 신비주의의 보석 같은 작품으로 여겨진다. 977년 쓰인 《기도의 책》은 95부로 구성된 장시로 천 년 이상 아르메니아인들의 사랑을 받았고, 세계 여러 언어로 번역되었다. 성 그레고리는 2015년 로마 교황 프란시스(Francis)에 의해 교회학자(Doctor of the Church)[64]로 인정받았다. 그는 기도의 책에서 '이미 모든 것을 가지고 계시고, 죄 많은 인간보다 많을 것을 아시는 신께 각 사람이 무엇을 드릴 수 있을 것인가'라는 질문에 성 그레고리는 회개의 탄식과 겸손한 마음을 드려서 고통과 겸손을 신을 찬양하는 언어로 바꿀 수 있다고 답했다.

64 교회학자(Doctor of the Church) - 교의(敎義)상 교회에 큰 기여를 한 학자에게 부여된 칭호로, 교회박사(敎會博士)라고도 한다. 생활의 성성(聖性), 탁월한 학식, 그리고 교황이나 세계 공의회를 통한 교회의 선포 등 세 가지 조건을 갖추어야 한다.

성 네르세스
Սուրբ Ներսես Շնորհալի

아침 노래

Առավոտ լուսոյ, 1151

오, 봄날이여, 정의의 태양이 나에게 정면으로 비추이는구나!
보석 같은 자비의 님이여, 나의 영혼이
당신의 숨은 보화를 볼 수 있게 하소서!
사람들의 모든 생각은 당신의 눈에 드러나고
어둡고 침침한 나의 영혼에 광명으로 빛나는 생각을 주시옵소서!
성부, 성자, 성령이여! 전능하신 삼위일체시여,
모든 피조물을 돌보시는 이시여, 저에게 자비를 베푸소서!
오 주여, 깨어 일어나시어 자비와 성스러운 힘으로 우리를 도우소서,
빛나는 하늘의 태양처럼 지금 잠자고 있는 사람들을 깨우소서!
생명을 주시는 구세주시여, 죽은 자에게 생명을 주시고,
연약해지고 고난에 빠진 자들을 일으켜 세우소서!
능숙한 항해자이시여, 밝게 빛나는 등불 같은 이시여,
두려움에 몸을 숨긴 나에게 힘과 확신을 주소서!
낡은 것을 새롭게 하시는 이시여, 나를 새롭게 하시고,
나는 지금 속으로 애도하고 있습니다. 주여, 구원으로 나를 기쁘게 하소서.
선한 것을 주시는 분이여, 당신의 죄사함으로 나의 죄를 씻으소서!
하늘의 왕이시여, 당신을 따르는 자들을 천국의 신도들에게 인도하소서!
잡초 씨를 뿌리는 악한 농군을 물리치시고,
내 안의 모든 악한 뿌리의 열매를 시들고 죽게 하소서!
오 주여, 내 눈에 물을 부으시어 뜨거운 눈물이 나오게 하시고,
내 영혼에 나타난 죄악을 씻으시고 도말하소서!
깊은 그늘에 숨어 있는 나에게 지금 밝게 비추소서, 오 영광의 빛이여!
달콤한 생명수여, 나의 영혼의 갈증을 끄고, 광명의 길을 보이소서!
그 이름이 사랑이신 예수여, 당신의 사랑으로 돌 같은 내 마음을 깨소서,
당신의 보혈로 나의 심령을 적시고, 나의 슬픔이 떠나가게 하소서!

당신이 함께하심으로 내 영혼이 만족하게 하소서!
당신이 이 땅에 다시 오시는 날, 모두가 당신의 영광을 보게 하시고,
무섭고 두려운 날에, 오 그리스도시여, 저를 기억하소서!
오, 구세주여, 인간을 죄에서 구원하신 당신에게 제가 간구합니다.
이제 당신을 찬양하고, 더욱 더 찬양하는 자를 구원하소서!
(이 시는 다양한 곡조로 이른 아침 예배에 찬송으로 불린다)

자애로운 네르세스 4세

Nerses IV The Graceful (Սուրբ Ներսես Շնորհալի)

1102 - 1173

시인, 신학자, 찬송가 작곡가로 1166년부터 1173년까지 아르메니아 교회의 총주교를 지냈다. 그는 아르메니아교회와 동방정교회의 화해를 이끌려고 노력하였다. 그가 지은 기도서와 24시간 기도는 30개 이상 언어로 번역되었고, 그의 시 여러 편은 〈아르메니아 찬송성가집(the Armenian Hymnal and Divine Liturgy)〉에 포함되었다.

사야트 노바
Սայաթ-Նովա

젊은이와 시냇물

먼 산에서부터 흘러내려온
시냇물은 스스로 길을 찾아
작은 소용돌이를 일으키며
조용한 마을로 흘러 들어온다.
검은 낯빛의 젊은이가 집을 나와
물가로 와서
시냇물에 손과 눈썹을 담그며
외친다. “오 사랑스런 시냇물아
너는 어느 산에서 흘러온 것이냐?”
“저기 눈 위에 덮여 잠을 자고,
오래된 눈 위에 새 눈이 쌓이는
추운 산에서부터 흘러왔어요.”
“어여쁜 시냇물아, 그러면 이제 어느 강으로
흘러 들어가는지 말해주렴.”
“나는 제비꽃이 뭉쳐 피는
강으로 흘러 들어가지요.”
“사랑스런 시냇물아, 어느 포도원으로
가는지 얘기해다오.”
“포도원지기가 하루 종일
열심히 일하는 포도밭으로 흘러가지요.”
“그러면 어느 나무에 물을 대주니?”
“뿌리로 양들을 먹이고, 아네모네가 활짝
꽃 봉우리를 피는 나무와
달콤한 과실들이 열매 맺는 과수원에 물을 대주지요.”
“시원하게 흘러가는 시냇물아,
너는 어느 정원을 찾아가니?”

"나이팅게일이 상냥하고 달콤하게
노래하는 정원으로 가요."
"그러면, 어느 샘으로 흘러 들어가니?"
"당신이 사랑하는 사람이 아침과 저녁으로
찾아와 머리를 숙여 물을 마시는
그 샘으로 가지요."
"거기서 나는 당신의 신부가
될 처녀를 만나서
그녀의 뺨에 입을 맞추고, 그녀의 사랑으로
나의 영혼이 큰 기쁨을 얻지요."

사랑의 노래

Յիս քու ղիմեթը չիմ գիդի,

당신이 나의 영혼인 한 나는 한숨을 쉬지 않을 겁니다.
아름다운 여인이여, 내게 당신은 불멸의 물로 채워진 황금잔과 같습니다.
당신의 그늘이 내 위에 덮이도록 나는 자리에 앉겠습니다, 사랑하는 이여.
당신은 뜨거운 햇볕에서 나를 지켜줄 황금수로 장식된 장막입니다.
먼저 나의 실수에 대해 듣고, 그 다음 당신이 원하면 허물 많은 나를 죽여주세요.
모든 힘을 가진 당신은 나에게는 술탄이나 칸이나 마찬가지입니다.

진실을 말한다면 당신의 허리는 백양목처럼 가늘고, 당신의 혀는 설탕처럼 달콤합니다.
당신의 입술은 달콤한 사탕이며, 당신의 살결은 프랑크의 비단처럼 부드럽습니다.
당신의 이는 진주와 다이아몬드와 같고, 감미로운 소리가 드나드는 문입니다.
당신의 눈동자는 보석으로 장식된 황금 법랑의 잔입니다.
당신은 값을 매길 수 없는 진귀한 보석이고, 바라보기에 가장 경이로운 존재입니다.
사랑하는 이여, 당신은 내게 루비가 가득한 베타크쉬(Bedakhsh) 산입니다.

내가 돌로 만든 심장을 가지고 있지 않은데, 어떻게 이 슬픔을 견뎌낼 수 있나요?
당신 때문에 나의 눈물은 피가 되었고, 나의 이성은 뒤집혔습니다.
사랑하는 이여, 당신은 녹색의 화초와 장미로 뒤덮인 향기로운 정원의 어린 포도 줄기 같습니다.
나는 사랑을 노래하는 나이팅게일새처럼 당신 위를 돌겠습니다.
나의 여왕이여, 당신은 나에게 기쁨과 사랑의 풍경화입니다.

아, 나는 당신의 사랑에 취했습니다! 내가 잠에서 깨어도 나의 심장은 여전히 잠을 잡니다.
세상은 세상으로 가득 차서 배불러도,
나의 마음은 배고프기만 합니다.
당신 말고 아무것도 세상에 남지 않는다면, 나는 무엇으로 당신을 찬양할 수 있을까요?
당신은 사슴이고, 거친 바다에서 솟아오르는 페가수스입니다.

당신은 사야트 노바의 사랑이라는 그 말 한마디만 해주세요.
그러면, 하늘과 땅 위에 무슨 일이 일어나도 상관이 없습니다.
당신의 빛이 이 세상을 가득 채웠고, 당신은 태양빛에 맞서는 빛의 방패입니다.
당신은 정향과 시나몬, 제비꽃, 장미, 마저럼(marjoram)의 달콤한 향내를
창백해진 사랑과 함께 내게 내뿜습니다.
당신은 들판에 핀 붉은 꽃이고, 계곡에 핀 백합화입니다.

사야트 노바

Sayat-Nova (Սայաթ-Նովա)

1712 - 1795

1712년 당시 카르틀리 왕국에 속한 티플리스에서 태어난 사야트-노바는 카만체흐(kamancheh), 촌구리(Chonguri), 탐부르(Tambur) 같은 조지아 민속 악기를 능숙히 다루는 뛰어난 음유시인으로서 당시 카르틀리의 왕 헤라클리우스 2세(Heraclius II)의 궁정 악사였다. 여기에 소개된 '사랑의 노래'는 당시의 고전주의적 종교 사회의 틀을 뛰어넘는 파격적인 낭만주의 작품이다. 그는 1759년 갑자기 궁정에서 쫓겨났는데, 왕의 여동생인 안나를 사랑한 것이 추방의 추정된다. '사랑의 노래'에 나오는 주인공도 안나로 여겨진다. 그는 마르마르(Marmar)라는 여인과 결혼을 했는데, 1768년 아내가 죽자 하그파트 수도원(Haghpat Monastery)으로 들어가 수도사가 되었다. 1795년 그는 아르메니아를 침공한 이란군에 의해 죽임을 당하는데, 기독교를 버리고 이슬람으로 개종하는 것을 거부하고 순교하였다. 중세 아르메니아의 가장 대표적인 시인으로 꼽히는 그는 천 편 이상의 시를 쓴 것으로 알려졌으나 현재는 약 220편의 시가 남아 있다. 그는 아르메니아어, 조지아어, 페르시아어로 시를 썼고, 조지아에서는 그를 조지아 시인으로 여기기도 한다. 그는 종교성이 가득한 당시 사회에서 세속적이고 낭만적 표현으로 가득한 시를 썼고, 여기에 소개된 '사랑의 노래'는 가장 대표적인 시이다.

베드로스 토우랸
Պետրոս Դուրյան

아르메니아를 위한 기원
Լոճք առ Հայաստան, 1869

맑은 이슬이 나뭇잎과 꽃 위에 떨어지고,
밤하늘에 별이 빛날 때,
눈물과 불꽃이 혼합되어
나의 흐린 눈에서 쏟아져 나온다.
너를 잊을 수 있겠는가, 오, 아르메니아여!
아니다, 차라리 내가 검은 사이프러스가 되어
너에게 그늘을 만들어 주리라!

별이 빛나는 밤하늘도 나에게 위안을
가져오지 못하고, 아라라트 산의
희미한 산봉우리가 흘리는 눈물로 수놓은
장막처럼 보이는구나.
오 무덤들이여! 오 폐허들이여! 나의 영혼에
너의 기억들은 사랑하는 사람의 타는 가슴에 흘리는
처녀의 첫 사랑의 눈물처럼 소중하다.
내가 죽은 후에 내 영혼은
너를 잊을 수 있겠는가?
절대 아니다, 나는 눈물의 홍수가 되어
너를 나의 눈물방울로 덮을 것이다!

칼도, 쇠사슬도, 깊은 심연도
낭떠러지 절벽도,
천둥소리도, 번쩍이는 번개도
장례의 횃불도, 조종도,
그 어떤 것도, 죽음 아래의 검은 돌도,

과거의 빛나는 기억과
우리의 자유의 날들을
나에게서 숨길 수 없다.
너를 잊을 수 있겠는가? 아니다, 나는 절대 잊지 못한다.
오, 영광스러운 과거의 날들이여!
나는 차라리 불로 변해
너를 다시 한 번 데려오리라!

새벽 여명에 별빛이 희미해질 때
이슬 맺힌 봉우리가 벌어지고,
나이팅게일이 부드럽게
장미에게 노래 부를 때의
아, 모든 자연의 조화로움이여!
사이프러스 가지가 바다처럼
신음할 때의 탄식을
나에게 결코 다시 가져오지 못하리.
너를 잊을 수 있겠는가, 어둡고 비참한 나날들이여!
아니다, 절대 아니다! 오히려
나는 피로 변하여
너의 어둠을 붉게 만들리라!

아르메니아 검은 산들이 웃고,
시베리아의 얼음이 연기를 피울 수는 있지만,
강인한 불굴의 영혼은
나의 목에
구부러지지 않고 차가운 멍에를 누를 것이다
감정이 격앙되면
나는 말을 할 것이고, 그러면
자유로운 내 영혼의 울음소리를 잠재울 것이다.
정의여, 너를 잊을 수 있겠는가? 절대 그럴 수 없다!
나의 생명이 떠나기 전에
나는 차라리 칼이 되어

너로 하여금 사람들의 가슴을 찌르게 할 것이다!

부자와 성직자조차도
애국자의 열정을 느낄 때,
아르메니아의 가슴들이 오랫동안
사랑과 열정에 동요될 때 -
아르메니아가 자유로운 영혼을 가진 아들들을 잉태할 때
차가운 과거의 날들은 지나가고
사랑과 형제애의 불길이
마침내 타오를 것이다 -
그러면 그때 나는 너를 잊을 수 있겠는가, 나의 수금이여!
오, 아니다! 그러나 내가 죽을 때
차라리 나는 너의 목소리가 되어
아르메니아를 위해 탄식하리라!

베드로스 토우랸

Bedros Tourian (Պետրոս Դուրյան)

1851 - 1872

이스탄불의 가난한 대장장이 집안에서 태어난 토우랸은 프랑스어로 교육을 받아 일찍이 빅토르 위고, 라마르텡 등 프랑스 작가들의 작품을 접하고 서정적이고 감상적인 요소를 자신의 시에 반영하였다. 그는 뛰어난 극작가로 아르메니아의 독립을 위한 애국적인 작품을 남겼고, 직접 연기에 뛰어들기도 하였다. 그의 시를 사랑하는 독자들이 많았으나 폐결핵으로 21세의 짧은 생을 마쳤다. 그는 예술성이 뛰어난 시를 남겼고, 당시의 고전적 아르메니아 시를 현대적 시로 전환시키는 혁신적 기법을 도입한 것으로 평가받는다. 여기에 소개된 '아르메니아를 위한 기원'도 그의 애국적 열정을 표현한 시이다.

미카엘 날반댠
Միքայել Նալբանդյան

자유
Ազատություն, 1859

영원히 자유로운 신께서
지상의 형체들에게 생명의 숨을 불어넣어 주신
태초의 첫날부터, 그의 자유로운 뜻에 의해
내가 살아있는 영혼이 되었을 때,
엄마의 가슴을 빠는 갓난아기로
내가 말도 하기 전에
이미 그때 나는 연약한 팔을
뻗어 너를 감싸 안았다, 자유여!

배내포대기로 여러 겹 말린 채
나는 밤새도록 울음을 멈추지 않았다.
요람에서 계속 몸을 뒤척이며
나의 울음을 우리 엄마의 잠을 깨웠다.
"오, 엄마!' 나는 마음속으로 기도했다.
"내 팔을 풀어주고 나를 자유롭게 해주세요!"
이미 그 시간부터 나는 맹세했다,
너를 영원히 사랑하기로, 자유여!

내가 겨우 입을 떼었을 때,
아들이 처음으로 단어를 분명히 말하는 것을
들은 우리 부모님의 가슴이
떨리는 기쁨으로 동요할 때,
아이들이 말하는 "엄마, 아빠"가
내가 처음 부른 이름이 아니었다.
나의 어린 입술에서 나온

위대한 그대의 이름은 오, 자유였다!

"자유!" 저 높은 곳에서
운명의 절대자가 대답을 했다.
"이제 너는 자신을 자유의 진정한 병사로
명부에 올리겠는가?
앞길은 험난할 것이고,
수없는 고난이 너를 기다릴 것이다.
자유를 사랑하는 자에게
이 세계는 너무 좁을 것이다."

"자유여!" 나는 대답했다. "내 머리에
불이 내려오고 천둥이 치게 하라.
적들이 내 생명을 호시탐탐 노리게 하라.
그대를 미워하는 모든 자는 흉악한 일을 할 것이다.
나는 죽을 때까지 그대에게 충실하리라.
교수대에 매달려서
수치스런 죽음의 마지막 숨을 쉴 때도
나는 그대의 이름을 부르리라. 오, 자유여!"

미카엘 날반댠

Mikael Nalbandian (Միքայել Նալբանդյան)

1829 - 1866

현재의 로스토프-나-도누 주(州)의 나히체반에서 태어난 그는 모스크바대학과 상트 페테르부르그대학에서 수학했다. 시인, 평론가, 혁명주의자로 활동한 그는 러시아의 진보적 문예지 《종(鐘)(Kolokol)》과 《현대인(Sovremennik)》의 영향을 받아 혁명과 자유를 주창하는 시를 썼다. 그는 유럽 여러 지역과 인도를 여행하고 유럽의 혁명가들과 교분을 쌓았다. 런던에서는 게르첸과 바쿠닌과 친분을 쌓았고, 청년당(Party of the Young)이라는 비밀 혁명 결사를 조직하고 아르메이나어 잡지인 《메구(Meghu: 벌(Bee)이란 뜻)》를 발행했다. 1861년 형식적 농노해방 조치를 비방한 죄로 1862년 러시아로 귀국하자마자 체포되어 사라토프로 유형에 처해졌다. 감옥에서 폐결핵에 걸린 그는 1865년 조기 석방되었으나 1년 뒤 사망했다. 아르메니아 국가인 메르 하리레니크(Mer Hayrenik)는 1859년 그가 쓴 '이탈리아 소녀의 노래(Song of the Italian Girl)'를 번안하여 곡을 붙인 것이다. 그의 대표적 시인 자유에서 그는 영혼의 자유를 타고 난 사람은 침묵하고 있을 수 없고, 속박으로 몸이 묶인 상태에서도 자유를 외칠 수밖에 없다는 것을 표현한다.

라피
Րաֆֆի (Հակոբ Մելիք-Հակոբյան)

반 호수[65]
Վանա Լիճ,

말하라, 오, 호수여, 너의 물결은 왜 고요한지를?
너는 불행한 나와 함께 애통해 하지 않을 것인가?
불어라, 산들바람아, 물결치라, 잔잔한 파도여
나의 눈물이 호수에 뒤섞일 것이다.

호수여, 너는 가장 오래전부터 우리 역사의
증인이었으니 나에게 말해보렴,
한때 아름다운 정원이었던 아르메니아는
앞으로도 영구히 가시덤불 덮인 사막으로 남을 것인지?

불행한 우리 조국은 영원히
이방 주인의 압제에 시달릴 것인지?
아르메니아인들과 그 후손들은 정의로운
신의 보좌 앞에 심판 받아야 할 불초한 존재인지?

아라라트 산 꼭대기에 깃발이 활짝 휘날리는
기쁨의 날이 다가올 것인지?
그리고 세상 구석구석에서 아르메니아 순례자들이
아름다운 조국으로 달려올 것인지?

65 반(Van) 호수 - 아르메니아 고대 문명의 발상지로, 현재는 터키 안에 있다. 고대 대아르메니아 시기에는 아르메니아 영역이었다. 가장 넓은 곳의 폭은 119킬로미터이고, 평균 수심은 451미터이다.

라피

Raffi(Hagop Melik Hagogpian) Րաֆֆի (Հակոբ Մելիք-Հակոբյան)

1835 - 1888

이란 북부 파야육(Payajuk)에서 이란-아르메니아 귀족 가문에서 태어났다. 가정교사 밑에서 교육을 받다가 티플리스의 귀족학교에 보내진 라피는 대학 입학을 앞두고 병든 아버지 사업을 돕기 위해 고향으로 돌아온 후 더 이상 공식 교육을 받지 못했다. 아르메니아 여러 지방을 여행하며 고난과 가난에 시달리는 아르메니아인들을 보고 아르메니아어 교육의 중요성을 절감했다. 첫 소설 《바보》를 신문에 연재한 후 많은 작품을 썼고, 아르메니아인들은 그의 작품을 통해 아르메니아어를 익혔다. 그의 아르메니아 독립 운동에 참가한 젊은이들에게도 큰 영향을 미쳤다. 티플리스에서 정착해서 노년을 보내며 작품 활동을 하다가 1888년 티플리스에서 사망했다.

바한 테랸
Վահան Տերյան

아라라트[66]

Արարատ,

땅을 향하면서도 하늘로 치솟아 오르고,
창공을 떠다니며 푸른 안개를 가르는
너는 빛을 날개로 삼은 천사이다.
너는 사물이 아니라 비상(飛上)이고,
아르메니아 세계의 영혼이다.
네가 우리의 짓밟힌 땅과 가슴을
지키고 경비를 설 때,
희게 작열하는 불길이
격노한 것처럼 너의 앞이마에서 타오른다.

나는 너를 보지 못했지만, 너는
연기가 피어오르는 불꽃으로
우리의 모든 꿈을 밝게 비추며 군림한다.
아르메니아의 상징이며, 흠결 없는 깃발이고,
인간을 사랑하는 신의 제단이며,
흠없고 깨끗한 부활의 증인이다.
육신이 아무리 모욕을 당해도
너는 아르메니아의 영혼에 희망을 주었다.

순수한 빛의 밝은 환상이

66 아라라트(Ararat) 산 - 대홍수 이후 노아의 방주가 머물렀다는 전설이 있는 산으로 터키 동쪽 끝에 있다. 터키, 아르메니아, 러시아, 아제르바이잔의 경계를 이루고 있으며 대(大)아라라트 봉(Greater Ararat)(해발 5,137 미터)와 소(小)아라라트 봉(Little Ararat)(해발 3,896 미터)로 이루어져있다. 대아르메니아 시기에는 아르메니아에 속해 있었기 때문에 아르메니아인들에게는 민족의 성산으로 여겨진다. 노아의 방주가 머문 아라라트산이 아르메니아의 국가 문양으로 쓰인다.

사람의 손이 닿지 않은 번쩍이는 눈으로 환히 빛나고,
너는 피난처이자, 우리 국민은 견뎌낼 것이라는
약속과 언약의 증거이다.
안개에 싸인 신비,
고결한 힘의 요새,
십자가에 못 박힌 자가 일어날 것이라는 약속,
죽어가는 사람의 피난처인 아라라트는
우리의 잿빛 땅의 불멸의 가슴이다.

바한 테랸

Vahan Terian (Վահան Տերյան)

1885 - 1920

현재 아제르바이잔에 속하는 간자(Ganja) 지역에서 태어난 그는 모스크바대학에서 수학하다가 상트페테르부르그로 옮겨 동양어를 전공했다. 러시아 상징주의에 강한 영향을 받은 그는 비, 안개, 황량한 들판, 그늘과, 슬픔, 절망, 평화의 상징들을 시에 자주 등장시켰다. 특히 가을과 사랑을 소재로 한 시를 많이 써서 "〈가을을 노래하는 시인(Singer of Autumn)〉"이라는 별명을 얻었다. 그는 1908년 첫 시집인 《여명의 꿈(Dreams at Dusk)》을 출간하여 바로 문학적 명성을 얻었다. 투마냔은 그를 당대에 가장 서정성이 뛰어난 시인으로 평가했다. 그는 이후 '밤의 회상(Night Remembrance)', '황금 전설(The Golden Legend)', '귀향(The Return)', '황금 고리(The Golden Link)', '나이리 땅에서(In the Land of Nairi)'를 썼다.

예기쉐 차렌츠
Եղիշե Չարենց

나의 사랑스러운 아르메니아 말을 사랑한다

Ես իմ անուշ Հայաստանի, 1920

나는 태양의 맛으로 가득 찬 나의 달콤한 아르메니아 말을 사랑한다.
나는 애통해하며 애곡하는 멜로디를 담은 오래된 우리의 수금을 사랑하고,
피와 같은 꽃들과 장미들의 생명력 넘치는 향기를 사랑한다.
나이랸 소녀들의 우아하고 날렵한 춤도 역시 사랑한다.
나는 우리의 우울한 하늘과 순수한 물과 밝게 빛나는 호수도 사랑한다.
여름의 태양과 용의 목소리로 포효하는 겨울의 숭고한 바람도 사랑하고,
어둠 속에 사라진 움막집의 환영하지 않는 검은 벽도 사랑한다.
그리고 나는 오래된 도시들의 천 년 된 돌도 역시 사랑한다.

내가 어디에 있건 나는 우리의 애처로운 노래를 결코 잊지 않을 것이고,
지금은 기도가 된, 쇠로 만든 글자가 새겨진 우리의 책들을 결코 잊지 않을 것이다.
피에 물든 나의 상처가 아무리 날카롭게 나의 가슴을 찌른다해도
나는 고아가 되고, 피투성이가 된 나의 사랑스러운 아르메이나를 사랑할 것이다.
그리움이 가득 찬 나의 가슴에는 어떤 다른 이야기가 있을 수 없다.
코우차크(Kouchag)와 나렉아치(Naregatsi)보다 더 밝은 이마는 없고,
세상 어디를 둘러보아도 아라라트 봉우리처럼 하얀 봉우리는 없다.
도달할 수 없는 영광의 길처럼 나는 마시스산(Mount Massis)도 역시 사랑한다.

예기셰 차렌츠

Yeghishe Charents (Եղիշե Չարենց)

1897 - 1937

아르메니아 동부 카르스(Kars) 지방에서 태어난 카렌츠의 본명은 예기셰 압가리 소그호모냔(Yeghishe Abgari Soghomonyan)이다. 여러 대에 걸쳐 카페트 제작과 장사를 하는 집안에서 태어난 그는 비교적 유복한 유년 시절을 보냈다. 카렌츠는 1차 세계대전, 볼셰비키 혁명, 아르메니아와 아르메니아인들의 고난을 직접 체험한 후 급진적 혁명운동가가 되었고, 자신의 경험을 바탕으로 다양한 주제의 시와 산문을 썼다. 소련 정권 수립 후 문예 부문에서 여러 활동을 하며 창작을 이어갔으나 1937년 스탈린 대숙청 때 반혁명분자로 낙인 찍혀 처형당했다. 그는 아르메니아의 20세기의 대표 시인으로 인정받는다. 그는 창작과 혁명 운동 등 사회활동을 병행하였다. 15세인 1912년 아르메니아의 문예지 《파타니(Patani: 티플리스의 아르메니아 명칭)》에 첫 시를 발표하였고, 1915년 1차 세계대전과 아르메니아인 학살을 경험한 후 볼셰비키에 가담하여 적군 병사로 혁명과 내전의 여러 전투에 참여하였다. 1920-21년 조국에 대한 송가인 〈나는 태양빛에 익은 아르메니아의 달콤한 과일 맛을 사랑한다(I love the sun-sweet taste of the fruits of Armenia)〉을 썼다. 1921년 모스크바의 문화예술대학에서 수학하는 동안 '모든 이의 시(Amena poem Everyone's poem)'와 자전적 시인 '카렌츠의 이름을 위하여(Charents-name)'를 썼다. 이 시기에 쓴 그의 소설 〈나이리 땅(Land of Nairi Yerkir Nairi)〉은 큰 반향을 일으켜 러시아에서 그의 생애 동안 여러 번 출간되었다. 1924-25년에는 약 7개월 동안 터키, 이태리, 독일 등 유럽 7개국을 여행하였고, 귀국 후 작가 동맹 설립에 기여하였다. 1928년부터 1935년까지 그는 소련 국영출판사(Gosizdat)에서 일하며 창작 활동을 하였다. 1927-30년 사이 쓴 시들을 모은 〈서사적 여명(Epic Dawn)〉이 1930년 예레반에서 출간되었다. 1934년 1차 소비에트 작가 회의(Soviet Writers' Congress)에 그는 막심 고리키의 추천을 받아 아르메니아 문인 대표단을 이끌고 참가하였다. 스탈린 독재의 소비에트 체제에 회의를 느낀 그는 1934년 이후 아무 작품도 쓰지 않았고, 1936년 아르메니아의 소비에트 지도자 아가시 칸지안(Aghasi Khanjian)이 처형당하자 그의 마지막 작품인 〈코미타스[67]를 기리는 영원한 레퀴엠(Requiem Æternam in Memory of Komitas)〉을 썼다. 1937년 그는 베리야의 전임자인 예조프에 의해 반혁명분자이자 민족종파주의자로 낙인 찍혀 체포된 후 처형되었다.

67 코미타스(komitas) - 발칸 지역의 역병.

홉한네스 투마냔
Հովհաննես Թումանյան

아르메니아 산속에서
Հայոց Լեռներում, 1902

길은 험하고 밤은 깜깜하지만,
우리는 슬픔과 비애를 견디고
살아남았다.
수많은 세월 동안
삭막하고 가파른
우리의 높은 곳을 지나며 바라보았다.
아르메니아 고원을.

위대한 우리 국민의 영혼에 의해
살아난 바다와 같이 광대한
우리의 보물을 오래전부터 짊어지고 왔다.
우리의 우뚝 선 땅
아르메니아 고원에서.

태양이 작열하는 사막에서 온
야만인 부족들이 얼마나 수없이
우리의 카라반을 공격하고 약탈하였는가.
피로 물든 우리의 땅인
아르메니아 고원에서.

약탈당하고 뿔뿔이 흩어졌지만,
우리의 카라반은
자신의 수없는 상처를 세며
험한 돌길을 벗어나 길을 찾았다.
우리의 애절한 땅

아르메니아 고원에서.

비통해 하며 갈망하는 눈으로
우리는 우울한 땅과
먼 곳의 별들을 바라본다.
아, 언제나 새벽이 마침내 밝아올 것인가?
우리의 푸른
아르메니아 고원 위에.

홉한네스 투마냔

Hovhannes Tumanian (Հովհաննես Թումանյան)

1869 - 1923

로리(Lori)지역에서 태어난 투마니안은 19세기 아르메니아 문화의 중심지였던 티플리스로 이주하여 활동하였다. 이해하기 쉬운 단순한 문체로 시, 소설뿐만 아니라, 동화, 비평문, 기고문 등 많은 글을 쓴 그는 아르메니아 어른, 아이 모두의 사랑을 받고 있고, 아르메니아 민족 시인이라는 칭호를 얻었다. 그의 작품을 바탕으로 한 오페라와 만화영화, 영화가 다수 만들어졌다. 여기 소개된 '아르메니아 산 속에서'에서 시인은 아르메니아인들은 자신들이 걸어온 험난한 여정과 고난에 굴하지 않고 새로운 역사를 창조할 것을 확신한다.

파루이르 세바크
Պարույր Սևակ

사랑
Սերը, 1964

비가 올 때나 얼음이 녹을 때 떨어지는 물방울처럼,
예측할 수 없이 지도에 나오지 않는 길로 늘 오는 것,
그것이 사랑이다.

오랜 세월 네덜란드 사람들이 땅을 얻기 위해
바다에서, 전지전능한 바다에서
한 번에 한 주먹씩 모래를 한알 한알 건져 올리는 것 같은 것,
그것이 사랑이다.

거대한 돛단배가 다가오면
강 위에 낮게 걸린 다리는
두 팔을 공중으로 활짝 벌리고
완전한 항복의 표시를 하는 것,
그것이 사랑이다.

당신은 주위의 모든 사람과 재치 있게 대화를 나누고,
기계처럼 즉각적으로 대답을 하지만
마음속에서는 오직 멀리 떨어져 있는
그녀와만 말을 나누고,
당신이 소유한 유일한 것은
공식 도장이 찍히지 않은 여권의 그녀의 이름뿐인 것,
그것이 사랑이다.

당신 혈관의 고동소리가 처마에서 떨어지는 물소리처럼,
바위를 파고 길을 뚫는 것처럼 크게 울리고,

밤마다 불면증이 아무도 빠져나갈 수 없는 그물을 짜지만,
이 그물은 고기를 잡는 것이 아니라
사람을 목조를 만큼 두껍다.
그것이 사랑이다.
당신은 마치 피부를 벗겨낸 것처럼
나약해지고 부드러워진 것을 발견한다.
그것이 사랑이다.

두 눈이 사정없이 당신을 쫓아다니고,
두 눈은 당신의 인생에,
당신이 마시는 물에, 당신의 세계에
당신의 피 한 방울마다 낙인을 찍는 두 개의 도장이다.
두 개의 눈,
두 개의 도장,
두 개의 봉인,
낙인을 찍는 두 개의 다리미,
그것이 사랑이다.

파루이르 세바크

Paruyr Sevak (Պարույր Սևակ)

1924 - 1971

아르메니아인들의 큰 사랑을 받는 파루이르 세바크은 20세기의 가장 중요한 시인 중 하나로 평가된다. 주로 사랑을 주제로 시를 쓴 그는 영혼의 깊이와 철학적 사고를 담아 한 사람이 얼마나 깊이 사랑하고 고통 받을 수 있는지를 표현했다. 1924년 장가카툰(Zangakatun) 지역에서 태어나 예레반대학에서 문학을 공부하고 모스크바 고리키문학연구소에서 수학했다. 원명은 파루이르 가자랸(Paruyr Ghazaryan)이었으나, 서부 아르메니아 시인 루벤 세바크(Ruben Sevak)의 영향을 받아 파루이르 세바크라는 필명으로 시를 썼다. 1960년 아르메니아로 돌아온 그는 아르메이나작가동맹 회장이 되고 최고회의 의원 지위에도 올랐는데, 1970년 공화국 지도부의 부패를 강력히 비판했다. 그는 1971년 자동차 사고로 사망했다. 많은 아르메니아인들이 그의 죽음이 정치적 타살이라고 믿고 있다.

다니엘 바루잔
Դանիել Վարուժան

아들을 애타게 그리워하며

Կարոտի նամակ, 1908

우리 엄마가 편지를 쓴다. - "우리 아들은 순례자이네.
낯설은 달빛 아래 너는 얼마나 오래 떠돌아다녀야 하는가?
집에 돌아와 불쌍한 네 머리를 내 따뜻한 가슴에 안아 줄 때까지
얼마나 많은 시간을 기다려야 하는가?"

"오, 옛날 내 손으로 따뜻하게 해주던 너의 발은
낯선 땅을 너무도 오래 밟고 다녔구나.
옛날 내 가슴을 비워 채워준 너의 심장은
나의 텅빈 가슴에서 멀리 떨어져 여위어 갔구나!

나의 팔은 물레를 돌리며 지쳐가고,
눈처럼 하얗게 센 나의 머리카락으로 나의 수의를 짜는데,
나의 눈으로 너를 다시 한 번 볼 수만 있다면
나는 가슴을 내려놓고 편히 눈을 감을 수 있으련만!

나는 문가에 슬피 앉아
날아가는 기러기들 하나하나에게 너의 소식을 묻는다.
네가 오래전 심은 버드나무는
벌써 훌쩍 자라 내가 앉을 수 있는 그늘을 만들어 주는구나.

성탄 전야 네가 돌아오기를 헛되이 기다려보는데,
마을의 모든 청년들이 내 앞을 지나가고,
일꾼도 지나가고, 목동들도 지나가는데,
아, 나는 오로지 달과 함께 외롭게 남아있구나!

우리집은 지붕도 없이 허물어졌고,
난롯가에 앉은 나는, 때로는 죽음을 갈망하기도 하지만,
늘 밝은 날을 기다리고 있다. 나는 부서진
껍데기에 몸을 숨기는 거북이 같구나!
오, 아들아 어서 돌아와 오래전부터 살던 우리집을 고쳐다오!
사람들이 문을 부수고 들어와 먹을 것을 다 가져갔구나.
부서지고 깨져 바람이 막 통하는 창문으로
봄 제비들이 드나드는구나.

옛날 우리가 키우던 가축 떼도 다 사라지고,
용감한 숫양 한 마리만 마구간에 외롭게 남아있다.
아들아, 기억하니, 그 녀석의 엄마가 아직 어렸을 때
네 손으로 여물을 먹여주던 일을.

쌀겨와 토끼풀을 숫양에게 먹이며
그 녀석의 꼬리 아래 지방살을 크게 키우고,
내 나무빗으로 그 녀석의 부드러운 양모를 빗질해준다.
그 녀석은 더없이 소중한 희생 제물이다.

네가 돌아오면 숫양의 머리에 장미를 씌우고
그 녀석을 죽여서 사랑스런 너를 위한 잔치에 내놓아야지.
그리고, 사랑하는 내 아들아, 숫양의 피에
나의 순례자의 지친 발을 씻어 줄 것이다.

다니엘 바루잔

Daniel Varoujan (Դանիել Վարուժան)

1884 - 1915

다니엘 바루잔은 터키의 프르크니크(Prknig) 지방에서 태어났고, 아명(兒名)은 츠푸카랸 (Daniel Tchboukkiarian Դանիէլ Չպուքքեարեան)이었다. 그는 20세기 초 서부 아르메니아를 대표하는 시인으로 서부 아르메니아의 많은 지식인들처럼 아르메니아인 학살 때 사망했다. 동포들의 수많은 비극을 본 그의 시 세계는 피와 슬픔으로 가득 찼고, 여기에 소개된 시에서도 아들과 떨어져 있는 어머니의 비극을 다루고 있다. 청년 시절 베니스와 벨기에에서 교육을 받은 그는 고향으로 돌아와 교사가 되었고, 1912년부터 이스탄불의 아르메니아인 학교의 교장으로 일했다. 1914년 그는 고스탄 자랸(Gostan Zarian)을 포함한 동료들과 함께 메헤안 문학그룹(Mehean Literary Group)을 결성했다. 이 그룹은 아르메니아 정신(Armenia spirit)에 바탕을 둔 아르메니아 문학과 예술의 창조를 주창했으나, 1915년 아르메니아인의 강제 이주 때 사망했다.

나르 베이
Նար-Պեյ

아르메니아

Հայաստան

만일 다이아몬드로 만든 왕의 홀(笏)과 빛나는 왕관이
내 것이라면, 나는 둘 다 당신의 발아래 놓겠습니다.
여왕 중의 여왕인 오, 아르메니아여!

만일 자줏빛 망토가 나에게 주어진다면,
왕의 망토로 당신을 감싸겠습니다.
불쌍한 아르메니아, 나의 어머니여!

만일 나의 젊음의 불과 강철 같은 힘줄이
나에게 돌아온다면, 나는 그 환희와 열정을
모두 당신에게 바치겠습니다. 아르메니아여!

만일 나에게 영원한 생애가 주어진다면
나는 기꺼이 그것을 당신께 드리겠습니다.
오, 나의 생명인 아르메니아여!

만일 백합 같은 여인의 사랑을 받는다면
나는 당신만을 택하여 나의 기쁨과 사랑을 베풀겠습니다.
나의 유일한 사랑인 아르메니아여!

만일 내가 값비싼 진주의 왕관을 받는다 해도
이것보다 훨씬 아름다운 당신의 눈물 한 방울을 소중히 여기겠습니다.
오, 눈물을 흘리는 나의 아르메니아여!

만일 나에게 무한한 자유가 주어진다 해도

나는 당신의 고귀한 노예가 되는 것을 택하겠습니다.
오, 나의 어머니 아르메니아여!

만일 내가 자랑스런 유럽을 받을 것인지, 거절할 것인지 택하라고 해도,
나는 당신 머리의 슬픔을 택하겠습니다.
나의 조국 아르메니아여!

만일 나에게 이 세상에서 거처를 선택하라고 한다면,
당신의 폐허도 나에게는 에덴동산이라고 말할 것입니다.
내가 사랑하는 아르메니아여!

만일 내게 치품천사가 연주하는 천국의 수금이 주어진다면,
나는 그 화음에 맞추어 영혼을 바쳐 노래할 것입니다.
내가 사랑하는 그 이름, 아르메니아여!

나르 베이

Nar Bey (Նար-Պեյ)

1826 - 1906

대주교 나르 베이는 아르메니아 왕가의 후손이다. 베니스의 가톨릭 수도원에서 수학했으나, 로마 카톨릭을 떠나 아르메니아 교회를 위해 섬겼다. 그는 콘스탄티노플 총주교로 선출되었으나 이 자리를 고사했다. 그는 뛰어난 설교자이자 시인, 작가였다. 라마르텡(Lamartine)의 친구였던 나르 베이는 그의 시를 아르메니아어로 옮겼다. 1892년 콘스탄티노플에서 독살당한 그의 죽음의 배후에는 정치적 이유가 있다는 것이 일반적 추측이다.

실바 가부디캰
Սիլվա Կապուտիկյան

호두 나무

Ընկուզենի, 1946

세상 끝
정원에
호두나무 한 그루가 있었네.

나의 동포들이여, 당신들은
은혜가 넘치는 가지를 가진
거대한 그 고목과 같다.

땅의 구석구석까지
가지를 뻗고,
뿌리와 줄기를 펼치며
당신들의 과실을 뿌려
이국 땅을 풍요롭게 하는 존재이다.

실바 가부디캰

Sylva Gaboudikian / Silva Kaputikyan (Սիլվա Կապուտիկյան)

1919 - 2006

현재 터키에 속해 있는 반(Van) 시에서 태어나 예레반에서 성장했다. 20세기 가장 저명한 아르메니아 시인으로 꼽히며 아르메니아시의 여왕으로 불린다. 예레반 대학을 졸업하고 모스크바의 고리키문학연구소에서 수학했으며, 소련 시대 정치에도 활발하게 참여하고 민족주의 운동에도 적극 참여했다. 모국어를 잃어버릴 바에야 어머니를 먼저 잊으라고 교훈한 '나의 자녀에게 쓰는 시(Lines to My Child)'로 일약 유명해졌으며, '날이 가며(With the Days)(1945)', '간지의 해안(Shores of the Ganges)(1947)', '이것이 나의 조국(This is My Country)(1949)', '나의 친우들(My Intimates)(1951)', '솔직한 대화(Candid Conversation)(1955)', '잘 가세요(Von Voyage)(1957)', '한낮의 명상(Midday Meditations)(1961)', '나의 페이지(My Page)(1968)' 등의 시를 남겼다.

홉한네스 쉬라즈
Հովհաննես Շիրազ

아라라트의 눈
Արարատի ձյունը, 1958

검정과 갈색 머리카락 사이로
나의 검은 머릿결을 자주 쓰다듬으며
너는 내밀히 흰 색 환희를 찾았으나
찾지 못했다.

내 첫 새치를 보고 너는 상을 찡그렸다.
나는 한숨을 내쉰다. 아, 변덕장이 소녀여,
이제 우리는 서로 헤어질 운명인가 보다.
내가 아라라트처럼 희어지면
너는 더 이상 나를 가슴에 안지 않을 것이다.
너는 웃음을 터뜨렸다. - 어떤 아르메니아 사람이
자신의 가슴에서 아라라트를 없애버릴 수 있나요?

유언
Կտակ, 1955

나의 아들이여, 내가 무슨 말을 유언으로 남기리, 나의 사랑하는 아들이여.
슬플 때나 기쁠 때 나를 기억해주기 바란다.
나에게는 아무 보물도 없지만, 내 눈의 빛이 내가 가진 보물이고,
나의 보물 중의 보물은 바로 너란다.
너의 아버지로서 나는 너에게 이런 보물을 유산으로 남기려고 한다.
다른 나라의 아버지들은 남길 수 없는 유산을.
위대한 우리 조국에서는 작은 사람들이 감옥에 갇히고, 구름 속에 묶여 있다.
나는 너에게 우리의 산을 남기니, 너는 그 산을 먹구름 속에서 꺼내

흠결 없는 정의와 함께 조국으로 가져오기 바란다.
사랑하는 아들아, 너의 작은 손으로
위대한 정의의 바다인 그 산을 우리에게 던져주기 바란다.
사랑하는 아들아, 네가 그 산을 가져올 때 나의 무덤에서 나의 심장을 꺼내서
그 심장을 아라라트 산 눈 아래 묻기 바란다.
그러면 나는 수 백 년을 갈망한 불 때문에 무덤 속에서도 춥지 않을 것이다.
나는 아라라트 산을 너에게 물려주니 영원히 그것을 간직하거라.

홉한네스 쉬라즈

Hovhannes Shiraz (Հովհաննես Շիրազ)

1915 - 1984

본명은 홉한네스 타데보시 카라페탼(Hovhannes (Onik) Tadevosi Karapetyan)으로 러시아의 알렉산드로폴(현재 아르메니아의 규므리(Gyumri) 에서 태어났다. 생후 얼마 되지 않아 아르메니아 학살로 아버지를 잃었고 어려서 가난 속에 자랐다. 쉬라즈의 장미처럼 향기로운 시를 쓴다고 해서 쉬라즈라는 필명을 받았다. 예레반 국립대학과 고리키문학연구소에서 수학했다. 1935년 첫 시집 〈봄의 시작(Beginning of Spring)〉을 발간했다. 1958년 아르메니아의 리라(수금)(Knar Hayastani (Lyre of Armenia) 첫 권을 출간하고, 1965년과 1974년 2권, 3권을 출간했다. 대표작으로는 '아니(Ani)', '나의 어머니(My Mother)', '나의 사랑이 비밀로 남기를(May my love remain a secret)', '샤만토와 케자레(Siamanto and Khjezare)', '야만의 사랑처럼(Like the Pagan Love)', '신성한 나의 조국(My Holy Homeland)', '아르메니아인의 운명(The Fate of Armenians)' 등이 있다.

하모 사흐얀
Համո Սահյան

숲속에서

Անտառում, 1953

숲속에 작은 구름들이 있었고,
푸른 안개가 숲속에 매달려 있네.
가을이 숲속에서 부드럽게 자장가를 부르지만,
나무들은 아직 잠들지 못하네.
숲속에 속삼임이 있었고,
젖은 향기가 짙게 풍겨 나왔네.
그늘과 오솔길들이 바짝 뒤엉켜있고,
사람의 발자국과 흔적도 있네.

이슬방울이 버섯 머리를 은색으로 물들이고,
야생 아몬드나무가 차가운 기운을 내뿜네.
바람이 숲속 빈터에 쉬러 들어왔다가
천둥소리에 몸을 기울이네.

입에 이끼가 낀 어린 사슴이
어미 사슴의 울음소리를 듣고 뛰어가네.
사냥꾼은 젖은 풀잎 위에서
놓친 사슴의 흔적을 찾고 있네.

나무꾼은 오래된 노래를 다시 부르며
뜨거워진 톱날에 기름을 바르네.
빵나무는 잘려진 떡갈나무의
한숨 소리를 듣지 못하네.

숲지기의 오두막 앞에서

모닥불이 한가롭게 연기를 피워 올리고,
불 가까이에 있는 녹색 전나무는
사이프러스 나무와 다정히 얘기를 나누네.

숲속에는 깊은 불가사이가 있고,
산울림이 숲속에 가득 찼네.
가을이 숲속에서 부드럽게 자장가를 부르지만,
나무들은 아직 잠들지 못하네.

하모 사흐얀

Hamo Sahyan (Համո Սահյան)

1914 - 1993

흐마약 사하키 그리고랸(Hmayak Sahaki Grigoryan)이라고도 불림. 아르메니아 시시안(Sissian)에서 태어난 그는 바쿠 사범대학을 졸업한 후 《아방가르드》신문의 기자와 《Grakan tert》 잡지의 편집자로 일하며 시를 썼다. '보로단 강둑에서(On the Banks of Vorodan)(1946)', '돛(Sail)'(1947)', '스텝의 무지개(The Rainbow in the Steppes)(1953)', '비행(In Flight)(1955)', '아르메니아 노래(노래 속의 아르메니아)(Armenia in Songs)(1962)', '돌둑의 노래(The Song of Stone Banks)(1968)' 등이 대표작이다.

부록

수잔 레이톤(Susan Layton)의 〈러시아 문학과 제국〉 중
'동양여성으로 그려진 조지아' 부분 요약 번안

〈Russian Literature and Empire:
Conquest of the Caucasus from Pushkin to Tolstoy〉
(Cambridge: Cambridge University Press, 1994)

많은 사람이 당신에게 구애를 했는데, 당신은 거인을 선택했군요.

- 알렉산드르 오도옙스키

코카서스(카프카스)를 여성화하려는 러시아의 욕구는 조지아를 동양 여성으로 상징화하는 것으로 가장 편리한 문학적 표현 방법을 찾았다. 이런 의인화된 서술은 푸쉬킨, 베스투제프-마를린스키, 레르몬토프의 작품에서 시르카스인과 다게스탄인, 체첸인을 애매하게 대한 것과 대비되는 흥미로운 대위법이 된다. 낭만적인 코카서스를 만들어 낸 핵심 3인방은 산악 지역 이슬람 부족민을 영웅적 남성성. 자유에 대한 사랑, 본능적 진실성, 단순성과 호머 작품의 분위기를 띤 자신들의 그림자 같은 존재로 만들어냈다. 이러한 문학적 창작은 저자들의 차르 전제 국가에 대한 반란성을 투영하는 동시에, 반(半)아시아적인 러시아가 유럽의 꽁무니를 좇아가며 정체성을 찾는 불운한 느림보가 아니라, 남들이 부러워할 젊음을 가진 떠오르는 국가라는 문화적 이미지를 지속시킬 수 있게 도와주었다.

이슬람 부족민에게 낭만적 옷을 입힘으로써, 서구의 계몽주의에 대한 열등의식을 가지고 있는 러시아인들은 자신들은 이미 유럽인이라는 것을 주장할 수 있는 우월의식을 가질 수 있었다. 푸쉬킨, 베스투제프-마를린스키, 레르몬토프는 조지아를 동양적 타자(他者)로 만드는데 각기 비중이 다른 기여를 했다. 세 사람 중 레르몬토프가 가장 중요하고

다음이 푸쉬킨이며, 베스투제프-마를린스키는 알라자니(Alazani) 계곡을 결혼 적령기의 예비신부로 상징화하는 데 중요한 역할을 했다. 그러나 19세기 러시아 문학에 큰 영향력을 끼친 세 작가는 경직된 이분법적 문화신화학의 형성에 기여를 했다. 1820년부터 1850년까지의 기간에 러시아 문학에 반영된 코카서스를 보면 세 가지 특징적 양상을 발견할 수 있다. 우선 조지아가 오랜 기간 기독교 문명에 속해 있었음에도 불구하고, 이 작가들은 이 나라의 아시아적, 유사(類似)이슬람적(quasi-Islamic) 성격을 강조했다. 두 번째 특징은 토박이 남자 주인공을 배제한 것이다. 푸쉬킨의 시르카스인, 아말라트-베크(Amalat-Bek), 이즈마일-베이(Izmail-Bey), 카즈비치(Kazbich), 하지 무라트(Hadji Murat), 샤밀(Shamil) 같은 인상적인 산악 부족민이 등장하는 코카서스 문학의 화랑에서 조지아 주인공은 러시아인들의 작품에서 거의 찾아볼 수 없다. 설사 조지아인이 등장한다 해도 이들은 늘 심하게 폄하된 형태로 묘사된다. 문학적 조지아의 세 번째 특징은 이성(異性) 관계를 전면에 부각시킨 점이다. 동양과 다른 이국적인 지역에 대한 유럽의 작품 대부분이 그러하듯이, 이러한 러시아 텍스트를 만들어낸 남성 작가들은 민족적이며 동시에 성적 매력이 넘치는 토박이인 조지아 여성을 전면에 배치한다.

조지아를 소재로 한 문학은 조지아를 은유적으로 여성으로 묘사하는 전통을 발전시켰고, 이 여성은 자신의 조국보다 더 강한 남자에 의해 보호되고 지배되어야 한다는 당위성을 내세웠다. 이러한 구도는 조지아 여성의 이중적 정체성 설정이 바탕이 된다. 악(惡)(살인녀, 마녀, 유혹녀)으로 쉽게 변형될 수 있는 아주 선한 여인상(순결한 처녀, 헌신적인 어머니)이 이중적 구성을 만든다. 여기서부터 이런 위험한 존재를 통제해야 할 필요성이 당연히 대두된다. 동양이라는 맥락과 조지아인 남자주인공이 부재하는 상황에서 러시아 작가들은 자신들을 강하고 합리적인 유럽의 대리인으로 내세우는 성적으로 굴절된 문화신화학을 만들어냈다. 여기에서는 자신들만이 조지아를 보호하고, 조지아의 사악함을 통제할 수 있는 존재가 된다.

문학에서 성적 지배와 제국적 지배의 상호작용은 후진 민족을 문명화시키는 것을 자신의 의무로 생각하는 러시아의 이념의 모순성을 적나라하게 드러낸다. 차르 정부의 관리들은 페르시아, 터키, 다게스탄의 이슬람의 야만으로부터 기독교와 유럽적 문화 가치를 보호하는 수단으로 조지아의 합병을 합리화했다. 조지아는 알렉산드르 1세의 차르 제국에 합병되지 않았더라면 코앞에 다가온 페르시아의 위협으로 인해 사라질 운명에 처했던 나라인 것이다. 그러나 조지아는 이러한 생존을 위해 값비싼 대가를 치러야 했다. 먼저 동부 조지아가 합병되고, 다음으로 서부 조지아가 러시아에 합병된 후 20년의 기간은 피지배 민족과 지배자의 관계에서 갈등과 혼란만 야기시켰다. 러시아 군대가 다랼계곡을 통과한 후 조지아 사회의 여러 계층은 순서를 돌아가며 끊임없이 반란을 일으켰다. 현지에 파견된 차르 관료들 사이에 부패가 만연하고, 현지의 법규와 전통에 대한 존경은 어디서도 볼 수 없었다. 이렇게 해서 조지아 합병의 종교적 명분과 실제 진행된 제국건설(empire-building)의 실상 간에는 큰 간극이 드러났다.

러시아 문학에서 조지아를 동양화하고 여성화하는 것은 이러한 불일치에 흥미로운 관점을 제공해 준다. 그러나 이국적 성격에 목마른 러시아 작가들은 상상의 영역에서 기독교를 걸러내고, 대신 이슬람과 야만적 원시종교성을 강조했다. 이런 식으로 조지아를 동양으로 격하시킴으로써 작가들은 이방인인 "아시아인들"에 대한 신념과, 이전에 다른 제국의 보호령이었던 조지아에 대한 러시아의 잔혹한 힘의 행사를 숨기지 않고 드러냈다.

동양으로서의 조지아

유구하고 파란만장한 종교적, 문화적 역사를 지닌 조지아를 단순히 동양으로 치부하는 것은 문제가 되지 않을 수 없었다. 조지아는 유서 깊은 기독교 문화를 가지고 있는 나라이다. 키예프 루스(Kievan Rus)가 988년에 기독교화된 것에 비해, 조지아는 이미 3세기에 시리아인들에 개종되기 시작하여, 330년 카르텔리-이베리아의 미리안 왕이 기독교를 국교로 받아들였다. 그러나 이후 조지아는 이슬람 국가들의 계속적 공격을 받았다. 640년경부터 약 200년 간 아랍인들이 코카서스를 지배했고, 이들의 지배는 기독교를 말살시키지는 않았지만 조지아에 지울 수 없는 흔적을 남겨 놓았다. 16세기 중반부터 18세기 중반까지 투르크인들과 페르시아인들이 코카서스에 대한 영향권을 확대하고자 반복적으로 싸우는 동안 조지아는 다시 한 번 전쟁터가 되어 나라가 사분오열 갈라졌다. 이 기간 동안 일부 조지아 귀족들은 기독교 신앙을 부정하지 않은 죄로 큰 고난을 당했다. 그러나 대부분 지역에서 공후들은 명목적으로 이슬람으로 개종한 후, 이슬람 군주에게 복종하며 자신들의 지역을 통치했다. 페르시아와의 왕래가 특히 활발했던 동부 조지아의 티플리스에서는 기독교적 요소와 이슬람적 요소가 혼합되어 특색 있는 문화, 정치 환경을 만들어내었다. 수도인 티플리스에서 진행된 유럽과 아시아의 화려한 혼합은 많은 수의 러시아인들이 조지아로 들어오는 19세기 초반까지 지속되었다.

문화적 이질성에도 불구하고 조지아의 기독교 유산은 예카테리나 여제 이후 러시아의 정치 이데올로기에서 자연스럽게 강조되었다. 그러나 동양을 방문하고 싶은 열정이 넘치던 낭만주의 시대에 이국적 경험을 원하는 사람들은, 정교회 러시아와의 유사성이나 이슬람에 대한 반감을 숙고하는 것보다 조지아를 동양화하는 것이 훨씬 좋다고 생각했다. 이러한 시각은 1820년대 말 통계조사를 위해 티플리스에 파견된 2류 시인이자 관리인 바실리 그리고리예프(Vasily Grigoriev)에 의해 잘 예증된다. 자신이 조지아에 파견된다는 사실을 안 그는 상트페테르부르그의 지루한 일상을 떠나 "여행을 하고 싶은 소중한 꿈"을 실현할 기회를 얻었다는 것에 큰 기쁨을 표현한다. 그러나 여기서 흥미로운 것은, 그의 기대는 페르시아나 다른 장소에 맞는 말로 표현되었다는 사실이다. "직업적 경험의 새로운 영역, 새로운 땅이 내 앞에 열린 것이다. 동양은 모든 것이 경이로운 땅이고, 내가 상상 속에서 그렇게 자주 날아갔던 곳이다. 이제 나는 그 자연 환경의 모든 시적 매력과, 그곳 거주자들이 풍속을 보게 될 것이다." 조지아에 도착한 그리고리예프가 자신이 보는 현실에 동양적 환상을 씌운 것은 전혀 놀랄 일이 아니다. 형형색색의 치마를 입은 여인들이 티플리스의 별이 빛나는 밤하늘 아래 지붕에서 춤을 추는 광경은 그에게 "천일야화에서 바로 튀어나온 장면"으로 다가왔다. 여기에 영감을 받은 그는 "조지아 여인"이라는 시를 썼는데, 무아지경으로 춤을 추는 매력적인 조지아 처녀가 남편의 불행한 노예가 되는 것을 묘사했다. 조지아가 기독교 국가라는 사실은 그리고리예프의 상상에 아무 영향을 미치지 않았다. 이것은 동양이 러시아의 지루함으로부터의 피난처가 된다는 집착에 완전히 가려져 버렸다.
그리고리예프의 반응은 조지아를 유서 깊은 기독교 문화가 아니라 이슬람 문화로 인식하는 러시아의 일반적 경향을 잘 반영한다. 이런 방문자에 의해 만들어진 문학에서 표준적인 인물인 조지아 여인들은 공공장소에서 긴 천으로 된 차도르를 두른 미인이다. 반복적으로 나타나는 이런 모티프는 어떻게 러시아작가들이 가장 이슬람적인 양상을 집어내어 이국적 정취가 가득 찬 조지아의 분위기를 만들어냈는지를 잘 보여준다. 조지아를 동양화시키는 또 다른 수단은 조지아 여성을 당대의 사회적 맥락으로부터 떼어내어 그녀를 다른 과거 이슬람 국가의 하렘 안에 배치시키는 것이다. 가장 대표적 예는 푸쉬킨의 '바흐치사라이의 분수'에 등장하는 기레이 칸(Girey-Khan)의 애첩인 자레마(Zarema)이다. 레르몬토프가 쓴 '조지아 노래'(1829년)는 늙고 역겨운 아르메니아인 손에서 벗어나지 못하는 성노예인 조지아 여성을 다루고, 카멘스키(Kamensky)가 쓴 고대 압하지아의 하렘을 무대로 한 희곡 '켈리쉬 베이(Kelish-Bey)'는 레즈긴 노예 상인에 의해 어려서 납치된 조지아 여인을 다룬다.

희생자에서 살인자로

하렘을 소재로 한 이야기들은 19세기 초반 오토만제국의 노예무역에 대한 러시아인들의 병적인 관심에서 나왔다. 조지아 여인들 중 일부도 터키의 궁전으로 팔려갔다. 카멘스키가 쓴 '켈리쉬-베이'는 이 여성 무역을 가장 충격적인 색으로 묘사했고, 동양적 수간(獸姦)의 희생양이 된 조지아 출신 첩의 자살을 그렸다. 레르몬토프의 '조지아 노래'도 마찬가지로 잡혀간 여주인공이 그녀에게 연인이 있다는 것을 안 주인에 의해 즉결 처형을 당한다. 그러나 아무 힘없이 희생당한 여주인공말고도 러시아 문학은 훨씬 더 흥미로우며 이중적인 조지아 여인을 그리는데, 이 여인상은 희생자이면서 동시에 다른 사람을 죽일 수 있는 능력이 있다. '바흐치사라이의 분수'은 기레이 칸이 새로 잡아온 폴란드의 공주 마리아에게 마음을 온통 빼앗기자 이에 질투를 품고 복수를 하는 조지아에서 잡혀온 여인 자레마를 묘사한다. 푸쉬킨의 두 여주인공은 아시아적 방탕녀와, 성적으로는 억압되었지만 정신적으로는 성숙한 유럽의 기독교 여인 사이의 표준적 대립을 보여준다. 까무잡잡한 피부에 관능적이며 이슬람으로 개종한 자레마는 칸의 사랑을 받는 애첩이었기 때문에 자신의 위치를 빼앗기지 않기 위해 수단방법을 가리지 않는다. 이에 대비되는 금발의 마리아는 처녀로서의 순수함을 간직하고, 고고한 태도를 유지하며 기레이의 사랑을 받으려고 애를 쓰지 않는다. 그녀는 십자가를 옆에 두고 개인 방에서 혼자 잘 수 있게 기레이의 허락을 받는다.

푸쉬킨은 조지아의 방탕녀와 유럽의 처녀를 대비시키지만, 궁중의 칸의 애첩도 노예무역의 희생자라는 것을 강조한다. 자레마는 긴 독백으로 자신의 어린 시절 이야기를 마리아에게 들려준다. 그녀는 어머니로부터 기독교 가르침을 받기 시작한 어린 소녀 시절에 납치당했다. 자레마가 어린 시절 기독교를 접했다는 사실이 그녀와 마리아 사이의 공통점을 형성한다. 이 장면에서는 문화적 경계가 흐려지면서 두 여자 사이에 공통점이 많다는 것이 드러난다. 어느 면에서는 아시아의 하렘에 갇혀 있는 마리아의 운명은 가부장적인 폴란드 가정에서 사제 아버지에게 갇혀 있었던 이전 시절과 닮은 면이 있다. 이와 유사하게 집에서 멀리 떨어져서 공포 속에 갇혀있는 유럽의 '죄없는 처녀'가 처한 현재 상황은 자레마의 어린 시절에 일어난 일을 재연하는 것이다. 사건이 일어난 시간은 다르지만 하렘에 납치되어 온 죄없는 기독교 희생자라는 면에서 조지아 여인의 운명과 마리아와 운명이 겹친다. 그러나 아무 힘없이 납치된 여성이었지만, 자레마는 살인녀로서 상황을 장악하는 주도적인 역할을 한다. 이야기의 대단원에 확실히 명시되지는 않았지만, 이 조지아 여인은 마리아를 죽이고 자신도 벌을 받아 익사해 죽는다. '바흐치사라이 분수'는 두 여주인공 간에 흥미로운 연결점을 만든 다음, 구성의 마지막 부분에서 살인에까지 이르는 무서운 질투는 분명히 아시아적인 것임을 보여준다. "나는 칼을 쓸 수 있다. 나는 코카서스에서 태어났기 때문이다"라고 자레마는 말한다. 여기서 말한 코카서스는 험준한 산악으로 둘러싸인 조지아를 말한다. 자레마는 천성적으로 잔혹한 성향을 타고 난 것으로 그려지고, 이것은 마리아의 가톨릭 폴란드보다 야만적인 비유럽지역에서 탄생한 탓으로 그려진다. 푸쉬킨의 시 끝부분에서 마리아와 자레마는 둘 다 잔혹한 죽임을 당하지만, 그들은 중요한 면에서 서로 충돌한다. 〈바흐치사라이의 분수〉 작품 전체를 통해 유럽인은 수동적인 순진함을 지닌 인물형으로 나타난다. 그녀는 아버지뿐만 아니라 그녀를 납치한 크림타타르와 기레이의 제약과 통제를 당하지만, 최종적으로는 분노에 찬 자레마에게 죽임을 당함으로써 그녀는 모두 위에 서게 된다. 이와 대비되어 자레마는 푸쉬킨의 시에서 희생자이자 동시에 살인자라는 이중적 역할을 수행한다.

그리보에도프의 '조지아의 밤'에도 이중적 역할을 하는 여주인공이 등장한다. 이 희곡은 1820년대 작가의 동시대인들에게는 알려졌지만, 지금은 작품의 일부만 전해져 온다. 이 작품은 희생양이 된 여자 대신 헌신적인 어머니를 등장시키고 이슬람이 아니라 원시종교 모티프를 내세운다. 그리보에도프의 희곡과 '바흐치사라이 분수' 사이의 명백한 차이에도 불구하고, 두 작품 모두 희생자에서 살인자로 변한 조지아 여인을 그린다.

그리보에도프의 희곡에는 조지아 공후('K'라는 이니셜로 등장)와 자신의 유모였고, 지금은 딸의 시중을 들고 있는 여자하인('T'라는 이니셜로 등장)이 등장한다. 공후는 이웃이 훔쳐 간 자신의 애마에 붙은 인질금을 마련하기 위해 자신의 종들 중 한 명인 이 유모의 미성년 아들을 판다. 유모는 자신의 아들을 돌려달라고 그에게 애원하다. 공후는 그녀를 "복수의 여신"이라고 부르고, 마지못해 아들을 돌아오게 하겠다고 약속하지만 자신의 약속을 지키지 못한다. 지금은 원고가 전해지지 않는 희곡의 말미에서 자상하던 어머니는 악의에 찬 노파가 되어 조지아 원시종교의 악한 여자 영(靈)인 '알리(Ali)'의 도움을 받아 복수를 꾀한다. 알리의 마법에 걸린 공후의 딸은 러시아 장교와 사랑에 빠져 그와 도망을 간다. 격노한 공후는 산꼭대기까지 두 연인을 쫓아가서 러시아 장교를 총으로 쏘아 죽이려고 하지만, 악령의 작용으로 장교가 아닌 자기 딸을 죽이게 된다. 그 후 유모는 자신의 아들을 총으로 쏘아 죽인다. 이해할 수 없는 행동에 극도로 놀란 공후는 자신이 부모와 자식 간의 성스러운 연대를 얼마나 철저히 파괴했는지를 뒤늦게 깨닫는다. 그리보에도프의 희곡은 조지아 여주인공의 복수심을 극단까지 몰고 가서, 공후를 죽음으로 몰기 위해 그녀 스스로 자신이 세상에서 사랑하는 아들을 죽인다.

'바흐치사라이의 분수'이 자레마의 극단성을 민족적 성격으로 돌리는 것처럼, '조지아의 밤'도 유모의 복수를 향한 극단적 갈망이 근본적으로 아시아적인 성격에서 나왔다는 것을 암시한다. 그리보에도프도 기독교 국가였던 조지아의 전통적 지위를 부정하고, 지역의 이교도신앙의 이국정서에 주안점을 둔다. 희생자가 된 유모는 기도에서 위안을 얻는 경건한 기독교도였을 것이다. 그러나 그녀는 악한 마법을 거는 이교도로 등장하여 독자들이 가지고 있는 문명적 행위의 기준을 철저히 파괴한다. 아시아적인 위험과 광포성을 여자에만 한정함으로써 그리보에도프의 비극은 메데아(Medea)의 전설을 연상하게 한다. '콜키스(Colchis)'는 조지아 서부 지역의 옛 이름이었다. 18세기 러시아 시는 동화 같은 메데아 지역과, 야손(Jason), 금빛 양털(Golden Fleece)에 대한 환상을 가지고 있었다. 이러한 전통적 관심의 연장선상에서 그리보예도프는 그리스 신화의 가장 유명한 여자 마법사이자 자기 자식을 살인한 여자의 복수님을 유모에게 물려준 것이다. 메데아에서와 마찬가지로 '조지아의 밤'의 여주인공도 악령과 소통하며 자신을 잔인하게 배신했다고 생각하는 사람을 파멸시키기 위해 자기 자식을 죽인다. 그러나 '조지아의 밤'의 두 주인공 간에는 성적인 관계가 없지만 이것은 '알리'의 존재로 보상된다. 조지아의 악마 전통에서는 이러한 야만적 혼령들은 대개 아름답고 교활하며 잔인한 여성이다. 주류적 전통에 따르면 이러한 악령은 남자 앞에 발가벗은 채로 나타나 그를 파멸시킨 후, 자신들의 정복을 산꼭대기에서 열리는 축제에서 추악하고 긴 독니를 가지고 있는 악의 어머니에게 보고한다. '분노의 신'인 유모가 사악한 '알리'와 연합하게 함으로써 그리보예도프의 조지아 공후는 아시아 마녀들의 무리에 의해 파멸 당한다.

레르몬토프와 조지아의 목가적 매력

조지아를 소재로 한 작품을 쓴 모든 러시아 작가들 중 그리보예도프가 이 나라의 문화와 역사에 가장 정통했다고 볼 수 있다. 그는 조지아 여인 니나 차브차바제(저명한 조지아 시인 알렉산더 차브차바제의 딸)과 결혼하여 조지아와 밀접한 개인적 관계를 맺었다. 그러나 이 지역에 대해 가장 오래 영향력을 행사하는 작품을 쓴 것은 레르몬토프이다. 그는 1837년 조지아를 방문했다. 그의 작품들은 조지아 여인의 이중성을 강조한 점에서 푸쉬킨과 그리보예도프의 맥을 잇는다. 그러나 레르몬토프는 토착 여인들의 매력적인 순결성과 그녀들 조국의 오염되지 않은 아름다움을 결합시켰다.
레르몬토프의 가장 유명한 조지아 여주인공 두 사람 모두 "타마라(Tamara)"라는 이름을 가졌다. 한 여자는 조지아의 목가적 매력을 구현한다면, 다른 여인은 아시아적 위험을 의인화한다. 후자의 인물상은 12연 4행시구(stanza)로 쓰인 '타마라'(1841)의 주인공이다. 그녀는 다랼 계곡의 탑에 살면서 이 지역을 공포로 장악한다. "악마처럼 위험하고 야비한" 타마라는 자신의 달콤한 목소리로 남자들을 유혹하는 요부로, 남자들을 유혹한 후 이들을 죽인다. 레르몬토프는 방탕함과 폭력성의 결합을 분명한 동양적인 혼합으로 그린다. "이집트의 밤"에 나오는 푸쉬킨의 클레오파트라와 마찬가지로 그녀는 남자와 동침하는 대가로 그의 목숨을 빼앗는다. 레르몬토프의 타마라는 밤에 남자와 한바탕 정사를 치른 후, 아침에는 이 남자들의 시신을 절단하여 테레크 강에 던져버린다. 레르몬토프의 상상에 의해 태어난 간통과 살인에 완전히 몸을 바친 기가 막히게 아름다운 조지아 여왕은 아시아적 음란과 폭력에 대한 전형적인 유럽중심적인 악몽을 전달한다. 레르몬토프는 외국인으로서 단순이 이야기를 만들어 낸 것이 아니라 조지아의 전설에서 소재를 따온 것이다. 조지아는 국력이 전성기에 달했던 12세기에 타마라 여왕이 통치했었다. 그러나 성격이 정반대되는 두 가지 설화가 그녀의 이름과 연결된다. 19세기까지 이어져 온 원시신앙에 가까운 지배적인 전설에 의하면, 타마라는 기적과 같은 치료술을 가진 여왕이자 의사였고, 동정녀 마리아의 속성이 그녀에게 투사되기도 했다. 그러나 다른 전설에서는 테레크 강가에 사는 성적으로 욕구불만에 찬 여자마법사로 나타난다. 티플리스에 근무했던 프랑스 영사인 자크-프랑소와 감바(Jacques-François Gamba가 쓴 '여행기(récit de voyage)'는 레르몬토프가 "다리아(Daria)"란 이름을 가진 여성이 등장하는 현지 전설을 알고 있었다고 주장한다. 아마도 레르몬토프는 사악한 유혹녀를 "타마라"라고 부르는 전승도 알고 있었을 것이다.

조지아 전승에서 소재를 따오면서 레르몬토프는 타락한 동정녀인 두 번 째 "타마라"를 창조함으로써 여인의 위험한 이중성에 대한 개인적 신념을 나타냈다. 이 타마라는 다랼 계곡에 숨어 있는 사악한 유혹녀의 반대 인물(alter ego)의 형상을 깎아내린다. 여기에서도 레르몬토프는 조지아의 설화에서 영감을 얻었을 것이다. 그러나 산의 신이 아름다운 세상 여자를 사랑하는 것을 포함하여 어떠한 자료도 무력한 처녀를 성적으로 정복하는 레르몬토프의 이야기와 관련이 없다.

신으로부터 버림받은 강력한 반란자라는 비극적 의미로 무장된 악마는 의심할 여지없이 성적 소유욕을 가진 악령으로 행동한다. 레르몬토프의 초자연적인 주인공은 창공을 날며 모든 세상을 볼 수 있는 강력한 날개를 가진 인물이다. 그는 플롯을 작동시키고, 타마라의 침실을 마음대로 드나들며, 그녀와 대놓고 말을 때는 화려한 웅변력을 과시한다. 그러나 다른 한편으로는 여주인공은 가부장적 세계에서는 "슬픈 노예"로 지배를 받는 입장이 되어서, 그녀의 아버지는 그녀를 부자에게 시집보내려고 한다. 침묵을 시키는 과정에서 레르몬토프는 타마라가 유혹을 할 때 목소리를 빼앗는다. 그녀의 기독교적 방어는 악마의 마법에 의해 침해를 받아서 그녀는 아주 연약한 존재로 축소되어 속수무책으로 유린당한다. 레르몬토프는 완곡어법으로 악마의 키스로 인한 "치명적 독"에 의해 타마라가 죽는 것으로 표현한다. 그러나 이야기 종말에 수호천사가 악마를 물리치고 승리하여, 죄악에서 벗어나고 축복받은 사람들의 영역으로 가는 것이 허락된 타마라의 영혼과 함께 멀리 날아간다. 신의 사자는 여주인공이 악이 아니라고 선언하고, 그녀는 사랑을 했고, "천국은 사랑에 열려있다"라고 천사는 말한다.

레르몬토프는 타마라의 선한 심성을 조지아의 거부할 수 없는 아름다움과 연결시킨다.

"분홍 포도알을 선물로 받은" 알라자니(Alazani) 계곡을 찬양하는 그리보예도프의 문구로 그는 작품을 시작한다. 러시아 서정 시인들은 조지아를 따뜻하고 과실이 풍성히 넘치는 나라로 묘사하고, 이것을 종종 성적 매력이 넘치는 이곳 처녀들과 연결시켰다. 이러한 목가적 전통의 정점에서 레르몬토프의 '악마'와 '므치리'에 나오는 조지아 처녀들은 러시아 독자들이 여러 세대에 걸쳐 암송한 시구(詩句)에서 조지아의 상징이 되었다. '악마'에서 지구는 "신의 세상"이고 타마라는 더할 나위 없는 영광이다. 그녀는 풀이 파릇파릇 난 계곡과, 물보라가 튀는 냇물, 꽃, 넝쿨과 아몬드 나무와 결합된다. 땅과 여자의 결합은 아카디아 같은 시적 공간(Arcadian spaces)에서 남자들을 배제시킴으로써 강조된다. 이와 유사하게 '므치리'에서는 "포플러 나무처럼 늘씬한" 젊은 조지아 여인이 신록이 무성한 전경에 홀로 서 있다. 그녀는 마치 그 장소에 가장 완벽한 거주자이다. 이 시는 아그라바(Agrava) 강과 쿠라(Kura) 강을 "두 자매"로 비유하여 언급하며 자연에 성을 부여한다. 알라자니(Alazani) 강을 예비신부로 비유한 베스투제프-마를린스키처럼 감상적이지 않지만, 이러한 세심한 묘사는 순결한 조지아 시골이 레르몬토프 시에서 지역 처녀들을 반영한 여성 인물 역을 하는지를 보여준다.(중략)

조지아 신랑의 부재

현지 남자를 거부하고 차르 군대의 장교를 택하는 조지아 여주인공을 다룬 쉬쉬코프(Aleksandr Shishkov)의 '케테바나(Ketevana)'는 조지아 남성을 성적인 영역에서 전혀 경쟁상대가 되지 않는 존대로 그리는 러시아 문학 경향의 한 예에 불과하다. 러시아에서 온 남성들은 성공적으로 조지아 여성을 차지하고('조지아의 밤' 레르몬토프의 '랑데뷰', 1841년), 아르메니아인(카멘스키의 '마이코(Maiko)'와 심지어 타타르 경쟁자('랑데뷰')도 이 장면에 등장한다. 때때로 러시아 남성 작가들은 러시아인 연인을 애타게 그리워하는 외국인 여성의 목소리를 만들어내기도 한다. 야코프 폴론스키(Iakov Polonskii)의 시 '니나 그리보예도바(Nina Griboedova)'는 젊은 조지아 미망인을 러시아 남편을 그리워하며 정절을 지킨 진정한 아이콘으로 만든다.

문명을 뛰어넘은 이성 간의 결합의 패턴은 알렉산드르 오도옙스키의 '조지아와 러시아 제국의 결혼'에서 절정을 이룬다. 이 비유는 조지아를 정열적인 검은 피부의 "처녀"로, 러시아는 대담하고 갈색머리를 한 거인으로 의인화한다. 신랑에 대한 열정으로 몸이 달은 여인은 모든 "다른 청혼자들"을 거절한다. 오도옙스키는 의심할 여지없이 조지아를 얻지 못한 패배한 경쟁자로 페르시아와 터키를 염두에 둔 것이다.

러시아인들이 조지아를 포도밭에 뒤덮인 나라로 일반적으로 생각하는 경향은 문학에서 많은 술주정꾼을 만들어냈다. '논쟁'이라는 시에서 레르몬토프는 달콤한 와인을 들이키고 나무 그늘 아래 빈둥거리며 누워있는 모습을 조지아 남자의 전형으로 그려냈다. 폴론스키의 시 '카케티 사람에게'에서도 태평하고 안락한 생활의 일부로 와인에 탐닉하는 것을 조지아 상류층의 특성으로 묘사한다. 좀 더 선정적인 표현으로는 카멘스키의 시 '마이코'에서 고리(Gori) 인근의 피크닉에서 벌어진 주연을 "고대와 현대의 모든 주연을 어린애 장난처럼 보이게 만드는 흥청망청한 조지아의 술잔치"로 표현한다.

제국을 위한 봉사

모든 신화 만들기에서 그러하듯이 조지아에 대한 러시아문학에도 흥미로운 억압과 왜곡이 나타난다. 왜 조지아 남자들에게는 영웅적인 속성을 부여하지 않았는가? 통치와 군사적 업적보다는 음식을 탐닉한 무능력한 조지아의 마지막 왕 기오르기(Giorgi) 12세 같은 군주가 러시아인들의 마음에 큰 자리를 차지하고 있다할지라도, 역사를 보면 다른 상상이 얼마든지 가능한데도 불구하고, 영웅적 조지아 남성상을 문학에서 철저히 배제한 것은 놀라운 일이다. 예를 들어 러시아 작가들은 조지아의 중세 기사 전통에서 영감을 얻을 수도 있었다.[68]

조지아가 러시아에 병합된 후 많은 조지아 남자들이 차르 군대에서 장교로 복무했다. 이들은 나폴레옹 전쟁에 참여하고, 터키, 페르시아와 다른 코카서스 이슬람과의 전투에 참여했다. 마지막으로 문학은 전쟁 이야기를 다루지 않고, 1820년대 말 최소한 러시아인과 조지아인 사이에 발전된 상호 이익이 되는 직업적, 개인적 관계를 반영했다. 군대나 제국 행정기관, 그리골 오르벨리아니(Grigol Orbeliani) 공과 알렉산더 차브차바제(그리보예프도프의 장인)의 저택에서 맺어진 교분으로 당시 조지아에 머물던 러시아인들은 조지아인들의 따뜻한 환대와 문학을 주제로 한 흥미로운 담화 등을 회상했다. 그러나 푸쉬킨이 <카프카스의 포로>의 발문에 등장시킨 유능한 지휘관이었던 파벨 찌찌아노프(Pavel Tsitsianov)만 작은 예외이고, 전쟁터, 사무실, 살롱에서의 모든 다양한 경험들은 러시아 문학에서 긍정적인 조지아인의 이미지를 만드는데 별로 기여를 하지 못했다.

68 저자는 대표적 예로 쇼타 루스타벨리의 '호랑이 가죽을 두른 용사'를 들고 있는데, 이 작품은 19세기 후반부터 그 일부가 러시아에 소개되기 시작했고, 1930년대 후반 여러 번역본을 통해 러시아독자들에게 알려지기 시작함으로써 19세기 초반 러시아 작가들이 이 작품을 알고 있었다고 보기는 어려움. 그러나 이 작품은 소련 시대에 조지아 남성상을 애국심 넘치는 용감한 전사로 바꾸는데 큰 역할 함.

이슬람 부족에 대한 러시아의 낭만적 작품들은 동양 여자 노예에 대한 이야기를 많이 다루고 있지만, 조지아를 다룬 문학작품은 성적, 민족적 예속에 대한 이야기를 특이한 방법으로 풀어내고 있다. 조지아 남성을 묘사하면서 러시아 문학은 전형적으로 무력한 아시아적 '타자'를 만들어내서 차르 정부의 제국주의적 계획을 지원한다. 작가들은 때로 야만적 행동(흥청망청 술 취함, 야비한 도적질, 페르시아인들과의 공모)에 몰입하는 조지아 남성을 그리기도 하지만, 이들의 상상 속에서는 나약함이 원시적이고 정체된 동양에 대한 우선적인 이미지가 된다. 조지아 남자들은 기독교 문명을 위해 이슬람과 벌이는 전투에서 러시아인과 손을 잡은 용맹스런 동지가 되지 못한다.
무력한 토박이 남자를 만들어 내는 것은 문화적 신화학에서 핵심적 역할을 하지만, 조지아에 대비되는 부럽기만 한 유럽적 정체성에 대한 갈망은 무엇보다도 조지아 땅을 이중성을 가진 동양 여성으로 그리는 '토포스(topos)'[69]에 의존한다. 러시아 남성 작가들이 쓴 작품 세계에서는 코카서스 땅의 타자성은 주로 성적 차이로 표현된다. 여자는 조지아를 표상하고 의인화하는데 중심 무대를 차지한다. 조지아 여인들이 러시아 남성을 향한 열정에 굴복하는 사랑이야기가 넘쳐난다. 이러한 행복한 남녀 결합은 제국적 지배에 대한 지배적 메타포가 된다. 이러한 한 방향으로만 치닫는 선별적 남녀 간의 결합은 역사의 모든 갈등을 덮어버리고, 그리보예도프가 니나 차브차바제와 결혼한 것은 아주 중요한 역사적 사례가 된다.
러시아 작가들은 조지아 병합이 갈등과 공격성을 수반한다는 것을 알고 있었기 때문에, 조지아를 단순히 매력적이고 수동적인 생물체로서만 아니라 제국건설의 잔인성을 정당화할 폭력적인 여인으로 그릴 필요가 있었다. 차르 군대의 장군 라자레프(I.P. Lazarev)를 살해한 조지아 여왕 미리암(Miriam)이 역사의 좋은 사례를 제공한다. 그녀는 1803년 추방 명령서를 들고 자기 방을 침입한 라자레프를 단검으로 찔러 죽인다. 러시아 작가들에 의해 철저히 덮여진 이 사람을 죽인 여왕은 나름대로 복수를 한다. 그녀는 살인을 마다않는 자신의 조지아의 딸들을 만들어냄으로써 러시아인들의 문학적 상상력을 따라 다닌다. 푸쉬킨의 자레마, 그리보예도프의 대리모 메데아, 레르몬토프의 사악한 타마라가 그 주인공들이다. 그러나 조지아 여인이 러시아 남자에게 적대감을 갖는 것은 문학에서 철저한 금기사항이었다. 작가들은 이와 반대로 문화장벽을 뛰어넘는 성적 결합을 강조했고, 이렇게 함으로써 조지아를 러시아를 사랑하지만 길들여져야 하는 존재로 만들었다.
조지아에 대한 러시아의 보호관계를 다룬 성심리학적 역학은 이러한 제국적 신화에 인

69 토포스(topos) - 문학의 전통적인 주제나 사상.

정사정없는 유럽중심주의(Eurocentrism)를 키워놓았다. 프랑스인들이 러시아를 야만인들의 나라로 반복적으로 폄하하던 그 시기에, 러시아 작가들은 아직 충분히 유럽화되지 않은 문화적 초조감을 해결하기 위해 문학 속의 코카서스를 이용했다. 카멘스키 같은 영향력이 약한 동양주의자들은 코카서스 사람들에 대한 유럽중심적 자세를 지속적으로 유지했지만, 푸쉬킨, 베스투제프-마를린스키, 레르몬토프는 러시아가 가지고 있는 유럽과의 차별성에 대한 복합적 감정의 모든 양상을 표현하였다. 그들은 남성우월주의적 이슬람 주인공을 아시아인으로 선택함으로써 러시아 자신과 동양 간의 조화를 이루었지만, 이와 반대로 조지아는 철저하게 하찮게 다루어지고, 러시아가 유럽에 들어가지 못한다는 콤플렉스를 보상하는 대상으로 채택되었다. 모든 면에서 볼 때 성적 지배의 심리학은 러시아 문학 상상력에서 거대한 역할을 차지하고 있다. 기오르기 12세는 무력한 왕이라는 신화적 위상을 얻었지만, 조국의 명예를 위해 단검을 휘두른 미리암 여왕 같은 여성 주인공들이 훨씬 많았다. 무력한 조지아 남자들에 대한 경멸과 잠재적으로 위험한 조지아 여성들의 저항을 분쇄하기 위한 의지가 문학에 나타난 코카서스라는 하위분야에 팽배해 있었다. 남성위주의 부족적 아시아의 특권적 그룹을 별도로 하면 조지아는 남성성을 제거당하고 여성화된 동양이 되었고, 여기에서 러시아 제국 건설자들은 인도를 점령한 영국인들과 대등한 존재로 선언되었다.

참고문헌

석영중, 《뿌쉬킨: 알렉산드르 뿌쉬킨 문학전집》 (열린책들, 1999)

임혜영, 《파스테르나크의 작품 세계와 닥터 지바고》 (고려대학교 출판부, 2018)

파스테르나크, 임혜영 역, 《삶은 나의 누이》 (지만지, 2010)

카플란, 로버트, 이순호 역, 《지리의 복수》 (미지북스, 2017)

허승철, 《조지아의 역사》 (문예림, 2016)

《호랑이 가죽을 두른 용사》 (문예림, 2017)

Blackwell, A., *A Selection of Armenian Poetry* (Los Angeles: Indo-European Publishing, 2008)

Coffin, L,. *Georgian Poetry: Rustaveli to Galaktion: A Bilingual Anthology* (Bloomington: Slavica Publishers, 2013)

Kaplan, Robert., *The Revenge of Geography* (New York: Random House, 2012)

Kelly, L., *Lermontov: Tragedy in the Caucasus* (New York: Tauris Parke, 2003)

Kveselava, M., *Anthology of Georgian Poetry* (Honolulu: University of Pacific Press, 2001)

Kusov, G., ed., *Pushkin i Kavkaz: 200-letiu so dnia rozhdeniia A. S. Pushkina* (Vladikavkaz : Ministerstvo kultura i iskustva Respubliki Severnaia Osetiia, 1999)

Layton, Susan, *Russian Literature and Empire: Conquest of the Caucasus from Pushkin to Tolstoy* (Cambridge: Cambridge University Press, 1994)

Lermontov, M., *Polnoe sobranie sochinenii v odnom tome* (Moskva: Al'fa-kniga, 2010)

Markov, Evgenii, *Ocherki Kavkaza* (Sankt Peterburg: Vol'f, 1887)

Ram, H., *The Imperial Sublime: A Russian Poetics of Empire* (Madison: The University of Wisconsin Press, 2003)

Slonim, M., *Soviet Russian Literature: Writers and Problems 1917-1977,* 2nd ed.

(New York: Oxford University Press, 1977)

Smith, P., *Classic Poetry of Azerbaijan: an Anthology* (Victoria: Book Heaven, 2013)